旗手和德生

丁建勋 著

文心出版社
·郑州·

图书在版编目(CIP)数据

旗手和德生／丁建勋著. — 郑州：文心出版社，
2023. 11

ISBN 978-7-5510-2882-0

Ⅰ.①旗… Ⅱ.①丁… Ⅲ.①报告文学 — 中国 —
当代 Ⅳ.①I25

中国国家版本馆 CIP 数据核字(2023)第 213137 号

出　　版	文心出版社	
	(地址:郑州市郑东新区祥盛街 27 号　邮政编码:450016)	
发　　行	新华书店	
印　　刷	辉县市伟业印务有限公司	
版　　次	2023 年 11 月第 1 版	
印　　次	2023 年 11 月第 1 次印刷	
开　　本	710毫米×1000毫米　1/16	
印　　张	15	
字　　数	244 千字	
书　　号	ISBN 978-7-5510-2882-0	
定　　价	39.00 元	

如发现印、装质量问题,请与印刷厂联系。电话:0373-6217581

前　言

　　本书真实地记录了河南省安阳市滑县白道口镇民寨村的父老乡亲在村党支部书记和德生与党支部的带领下,为实现脱贫致富奔小康、建设社会主义新农村的梦想所付出的艰辛努力,并回顾了他们在当时的历史条件下,于艰苦的环境中,发生的可歌可泣的感人故事。

　　南宋初年,为抵御金兵侵袭,东京(今河南省开封市)守将杜充在当时还流经滑州(今河南省滑县)境内的黄河从北岸扒开了河堤。河水裹挟着大量泥沙顺势而下,在黄河故道留下高低不平的大片沙丘。特别是白道口镇民寨村这一段,沙丘遍布,高的地方三四丈高,像山岗;低的地方两三丈深,如山沟。

　　1942 年,是我国历史上自然灾害相当严重的年份,像著名作家刘震云所著《温故一九四二》一书中所描写的悲惨情景一样,民寨村也未能逃脱这次厄运。村里老辈人永远难忘那一年的惨重灾难。大风连刮好几天,沙尘暴遮天蔽日,沙子把庄稼打得一棵也不长……那年全村饿死 400 多人。家家户户背井离乡,出去逃荒要饭。

　　中华人民共和国成立后,在中国共产党的英明领导下,社会主义事业得到空前发展,广大农村也焕发出新的生机。但黄河故道(民寨村段)遗留下来的大片沙荒,仍旧困扰着民寨村的农业生产与其他各项事业的发展。

　　1978 年 2 月,年轻的退伍军人和德生当选为民寨大队的党支部书记。他与党支部一班人在抓好农业生产、发展庭院经济、解决群众温饱问题的基础上,决心带领全体村民治理千年沙荒,造福子孙后代,实现脱贫致富奔小康的梦想。

　　开荒治沙,这可是民寨村村民以前连想都不敢想的事。但和德生与党支部

1

成员敢于向困难挑战，他们带领开荒突击队，在全村干部群众的大力支持下，硬是凭着"一不怕苦、二不怕死"的艰苦创业精神，忍受着难以想象的艰难困苦，历经5年的拼搏奋战，把众多的沙岗推成了平地。昔日的"沙窝窝"变成了良田绿洲，变成了"聚宝盆""摇钱树"。

穷则思变。要改变命运、实现梦想，就必须要大干、实干。和德生带领干部群众成功开荒治沙的社会实践，是党和国家农村农业改革发展要求在民寨村的具体体现，被当地人称作"民寨精神"，这种精神在民寨发展中发挥了重要作用：

一、大公无私，全心全意为人民服务的精神在民寨村深深扎根。改革开放初期，在大家都争先恐后搞家庭副业来增加家庭收入的时候，开荒突击队的"五不要"（刚开始是"三不要"，后来在劳动中逐渐形成了"五不要"）精神让很多人感到震撼。"五不要"即不要家（不回家）、不要命（拼命干）、不要钱（不要报酬）、不要老婆（不照顾老婆）、不要孩子（无暇抚养孩子）。过去别说开荒治沙，就是能在沙荒地里把树栽活也是人们的一种奢望。正是凭着这种大公无私、全心全意为人民服务的精神，经过5个春秋的日夜奋战，他们硬是把人们过去想都不敢想、动也不敢动的千年沙荒变成了一望无边的大平川、高产稳产的丰收田。

二、吃苦耐劳，不怕牺牲的无穷干劲成了治理沙荒的不竭动力。当时生活条件比较艰苦，突击队队员们干着重活、累活却没有吃过一顿像样的饭菜。吃馍时没菜，就蘸着盐水往嘴里塞。饭里沙子多得难以下咽，大家吃饭时就着水，硬吞下肚。冬季干活时，手脚裂得到了春天还在流血，突击队队员们不仅没有一个叫苦叫累，反倒是喊出了响亮的口号：夏天看着太阳干（夏天白天长），冬天看着钟表干（冬天白天短，看着钟表不到时间不下班）。就这样，他们挑战着超出人体极限的高强度劳动，为实现脱贫致富梦想默默无闻地流血流汗，也为民寨村的精神血脉注入了吃苦耐劳、以苦为荣的新动力，为"民寨精神"补充了新元素、新内涵。

三、团结一致、齐心协力是他们战天斗地、战胜一切困难的法宝。人心齐，泰山移。长达5年的沙荒治理，使当时有3200多人的民寨村民心高度凝聚。不论是开荒工地让义务送粪、送安装节水管道，还是义务栽种苹果树、葡萄树、桃树、杨树和泡桐树,不用开会动员,只要村支书或支委一广播,村民们一个比一个积极地参加这些无任何报酬的义务劳动。事实证明,只要领导干部为老百姓办好事、实事,代表的是人民群众的利益,领导干部就有很强的号召力、凝聚力和向心力。党支部是人民群众的主心骨,只要党员干部带头,人民群众也决不会落后。民寨村村民在村党支部的带领下,任劳任怨,为改变全村面貌与党员干部一起努力,一起付出。

四、旗帜引领,党支部的战斗堡垒作用和党员的先锋模范作用得到充分发挥。榜样的力量是无穷的。只要党支部高举党的伟大旗帜,积极引领,党员带头,就没有干不成的事。民寨村开荒突击队里有3名党支部委员,党支部书记和德生任队长,与大家同吃、同住、同劳动,遇到重活、累活、险活,总是冲在队员前面抢着干。其他党员干部也是"跟我上"而不是"给我上"。突击队队员们人人争先恐后地跟着党员干部干。民寨村通过抓好农业生产、发展庭院经济、开荒治沙、兴办集体林场、建农药总厂、创建文明新村,使村民们发家致富、建设社会主义新农村的决心和信心倍增,干出了令人刮目相看的不凡业绩,让民寨村成为远近闻名的"富裕村""红旗村"。

五、学用结合,干部群众的科技创新意识、劳动技能在克难攻坚的课堂上得到锻炼与提升。科学发展不只是苦干,更不是蛮干。从民寨村有了治理沙荒的想法,到外出参观学习、请教专家教授论证,再到开荒治沙、植树管理、抗旱浇水、综合开发,都是由河南农业大学的教授对突击队队员进行专业的培训指导。后来民寨村兴办企业也是如此,专家教授到村里讲课、指导技术攻关,村里群众、企业职工都和前来指导工作的教授成了朋友,大家像一家人一样亲密无间。短短几年时间里,干部、群众不仅学到了知识、增长了才干、提高了劳动技能,也有效地增强了科技创新意识,劳动致富、长远发展的能力得到显著提升。

总之,开发千年沙荒,以前连想都不敢想的事,终于在民寨村变成了现实。经商办企业、打井通电、建校修路、建设社会主义文明新农村的社会实践,不但给民寨村干部群众留下了一笔巨大的物质财富,更为子孙后代留下了一笔宝贵的精神财富!

历史不会忘记,收获才是最好的归真。民寨村的父老乡亲们在党支部书记和德生与党支部的带领下,通过不懈的努力,不甘落后,敢于向困难挑战,敢于干事创业,在新时代奋进的征程上书写了一部乡村振兴的发展史,描绘出了一幅壮阔的奋斗画卷。

2023 年 5 月

序 一

张红琳

金黄六月,麦浪翻滚,素有"豫北粮仓""中国小麦第一县"之称的河南省安阳市滑县迎来了又一年的夏粮丰收。

在这喜悦的时刻,刚刚退出领导岗位的原滑县政协党组副书记、副主席段其东同志给我介绍了这本《旗手和德生》的书稿并请我写序。书稿真实再现了河南省滑县白道口镇民寨村原党支部书记和德生在 1978 年至 2012 年的 34 年的时间里,团结带领干部群众发展庭院经济、治理千年沙荒、狠抓农业生产、兴建林场果园、创办滑县农药总厂、打井通电、集资建校,建设富裕文明新农村的奋斗历程。尽管书中记录的场景已经过去多年,但主人公和德生的"旗手"形象十分鲜明、清晰,干事创业的精神面貌跃然纸上。在当时极为困难的历史条件下,白道口镇民寨村开荒突击队硬是凭着"五不要"的"拼命三郎"精神,不等不靠、艰苦创业、忘我奋斗,在农村这个大舞台上干出了骄人的业绩。读罢掩卷,顿觉满是正能量,很多故事与情节感人至深、催人泪下。

滑县历史悠久,文化底蕴深厚,英模辈出。在党的坚强领导下,历届滑县县委团结带领全县人民高举旗帜,踔厉奋发,基层党组织战斗堡垒愈加巩固,党员先锋模范作用充分发挥,广大干部群众战天斗地,滑县面貌日新月异。迈入新时代,踏上新征程,在实现共同富裕的道路上,滑县全面推进乡村振兴,人民群众幸福指数稳步提升。

"火车跑得快,全靠车头带""群雁高飞头雁领"。伟大时代呼唤我们的领导干部对党的各项工作的坚守与奉献。而如何把农村各项工作做好,如何实现乡村振兴,这部报告文学应该能够给予广大农村领导干部一些有益的启发。

习近平总书记在中国文联第十一次全国代表大会、中国作家协会第十次全国代表大会上明确提出，广大文艺工作者要"坚守人民立场，书写生生不息的人民史诗"。

讲好中国故事，讲好基层干部群众的故事，凝聚起团结奋进的力量，是广大文艺工作者应有的责任。要坚持为人民立言、为人民放歌，切实以精品奉献人民。

本书作者丁建勋同志曾任职河南省安阳市滑县县委宣传部，是分管新闻宣传工作的副部长兼县文明办主任，曾多次采访、报道民寨村的发展历程与先进事迹，对和德生同志与民寨村的艰苦创业史较为了解，这是他写好这本书的基础与优势。在此，对作者的辛勤付出表示感谢！

我也长期在滑县不同的岗位上工作，对和德生与民寨村的感人故事也多有耳闻。相信这部作品定能为广大读者带来一顿精神大餐，也能为农村干部、基层党支部书记输血补钙、强筋壮骨，为我国农村各项工作的开展带来一些有益的启示。

2023 年 6 月

（张红琳，现任中共滑县县委常委、宣传部部长，县人民政府副县长）

序 二

石志民

日前,好友丁建勋给我传来他的新作——长篇纪实文学《旗手和德生》,并嘱托我为之写序。通读书稿,感慨万分,无由推辞,遂欣然应允。

其一,我与本书的作者相识、相知。早在 1989 年,我在滑县县委组织部工作时,就与建勋同志共事两年。当时,建勋就是一位才华横溢、很有写作天赋的同志。他年轻有为、工作勤奋,尤其擅长新闻写作。后来建勋同志调到县委宣传部,工作期间,发表了大量宣传滑县的新闻、文艺作品,其特长得到了很好的发挥。这部长篇纪实文学《旗手和德生》,更是花费了他大量心血的精品力作。

其二,我与本书的主人公和德生同志(当地人亲切地称其为"红旗哥")更是熟悉。1973 年,我们一同参军、一同服役于原武汉军区司令部管理局。在部队,由于老乡加战友的双重关系,平时我们交流较多,可谓是志同道合。后来,我们俩先后退伍回乡,虽在不同的工作岗位上,但仍有来往。我俩经常交流思想,相互鼓励,共同进步。

其三,我与和德生同志同事 6 年,对他那几年的工作深为了解。1978 年 2 月,和德生同志开始担任滑县白道口镇民寨大队党支部书记,直到 2012 年退休。比较巧合的是,1990 年至 1996 年,组织上安排我到白道口镇党委书记的岗位上工作。在此岗位上任职 6 年,更是与和德生同志、与民寨村结下了不解之缘。

作为一名农村党支部书记,和德生同志与时俱进,是一位想干事儿、能干事儿、干实事儿、实干事儿的基层当家人。

想干事儿。这主要体现在他有远大的理想与抱负。1991 年,和德生同志被中共安阳市委评为"优秀党支部书记",根据他的优秀业绩、突出贡献以及国家有关政策,组织上将他转为国家干部,本打算让他供职于镇政府,但他却不愿离开生养他的民寨村,甘愿当一名基层党支部带头人,立志改变家乡的面貌。

能干事儿。和德生同志是一位勇于担当的农村党支部书记。有人称他为"胆儿大支书"。面对当时较为困难的发展条件,每每遇到发展机遇,他从不放弃,并善于做干部群众的思想政治工作。他敢于拍板,敢于带头,敢于拼搏,带领全村干部群众干成了很多大事。

干实事儿。民寨村处在豫北黄河故道,沙岗遍野。要想从根本上改变一穷二白的面貌,在当时条件下首要的就是要治理沙荒。这是以前村民们连想都不敢想的事儿,但是和德生同志与他带领的党支部做到了。他们面对一个又一个的挑战,克服种种难以想象的困难,历时5年,拼搏奋战,终于把众多沙岗夷为平地,使昔日的沙窝窝变成了良田绿洲。其次是兴业富民。和德生同志和他带领的党支部也做到了。他们满怀激情,勇立潮头,充分发挥共产党员先锋队的作用,一心向党、全心为民,历尽艰辛,先后干出了发展庭院经济、兴办林场果园、创办滑县农药总厂、打井通电、建校修路等一件件大事,极大地提升了乡村经济发展水平,彻底改变了民寨村的面貌。

实干事儿。这主要体现在和德生同志及他带领的党支部起到的模范带头作用上。改革开放初期,在大家争先恐后搞家庭副业、增加家庭收入的时候,和德生同志和他带领的党支部便成立了"开荒突击队"。他亲自任队长,以身作则、率先垂范,与大家同吃、同住、同劳动。以"三不要"(后来成为"五不要")的艰苦创业精神与"一不怕苦、二不怕死"的实际行动,硬生生地把千年沙荒变成了稳产高产的丰收田。

与时俱进,思维超前。他们审时度势、奋发有为,广泛开展精神文明创建、建设社会主义新农村、争创"十星级文明户"、践行村规民约等有益活动,如评选致富能手、五好党员、五好家庭、好媳妇、好婆婆、好妯娌,设立全县第一个乡村敬老节等,创造了骄人的业绩,实现了美好的梦想。

和德生同志身上有很多值得人们学习的东西,他带领的党支部也非常令人敬佩,多次被上级党组织评为五好党支部、先进基层党组织,切实起到了战斗堡垒的引领作用。

通读建勋同志的大作,展现在我们眼前的是发生在豫北大地的一个个生动而感人的乡村故事。我们不仅看到了像和德生同志一样的基层共产党员忠诚于党、心系人民的宽广胸怀,也看到了他们豪情万丈、艰苦创业的雄心壮志,更看到了一个个普通共产党员不忘初心、牢记使命的孜孜不倦的人生追求。

《旗手和德生》是一部花费了作者大量心血凝结而成的纪实文学作品。该作品贵在资料内容翔实、语言朴实无华、主题鲜明生动,不仅能唤醒亲身经历过那个年代的人们鲜活的记忆,更能让后人了解那个年代我党农村党员干部艰苦创业的故事,从而激发干劲、励志前行。

通读有感,谨以此文为序。

(石忠民,曾任河南省滑县白道口镇党委书记,2014 年在河南省安阳县人大常委会主任岗位上退休)

旗手 和德生 目录

开篇的话

一代人有一代人的追求和梦想,特别是生活在农村、经历过很多苦难的人,对于改变人生的境遇、实现自己的梦想都是非常迫切和盼望的。他们希望通过自己的努力奋斗,过上美好幸福的生活。

旗帜,高举着信仰,凝聚着民心,鼓舞着干劲,传承着始终不变的红色精神血脉。在豫北滑县,就有一个被誉为"红旗村"的村子,村子里有一个被当地老百姓亲切地称为"红旗哥"的人,这个村就是滑县白道口镇的民寨村,这个人就是该村的党支部书记和德生。

红旗,是民寨村干部、群众对党旗、国旗、突击队队旗和一面面红旗的统称,广大干部、群众喜爱这些旗帜,敬重这些旗帜,运用这些旗帜,传承这些旗帜,善于从这些旗帜中领悟思想、汲取智慧、汇聚力量。在民寨村每一个奋斗阶段里，完成每一次艰巨的任务时，都是由这些精神旗帜引领，都是在这些旗帜的映照下，村民们干成了他们想干的每一件大事，实现了他们的追求和梦想，让民寨村成为一个各项工作都出彩、都拔尖的红旗村，这就是民寨村被誉为"红旗村"的缘由。

至于"红旗哥"的由来，就是和德生同志作为这个村的党支部书记，不忘入党时的铮铮誓言，紧密联系群众，高举党的伟大旗帜，勇当旗手，甘做领头雁，把红旗指引当作他团结带领广大干部、群众干好各项工作、完成各项任务的重要法宝与工作方法，把人民群众的民心、力量都凝聚到党旗、国旗、突击队队旗上，让群众感受到旗帜的光辉和温度，坚定永远跟党走的信念，感受到党的伟大与恩情，带领村民走出了一条适合本村发展的成功之路。

第一章

忠于党旗，和德生当选民寨大队

党支部书记，发展生产惠村民

20世纪70年代，豫北农村与全国各地的农村一样，还处在经济欠发达、农业生产相对落后的人民公社时期。社员们过着日出而作、日落而息的平静生活，但他们都期盼着能够早些过上幸福美好而富足的日子。

又是一个春天到来，春风吹绿了大地，吹绿了金堤河畔，也吹绿了白马坡。枯木逢春，万物复苏。

社员们也结束了猫冬的日子，走出家门，开始了忙忙碌碌的春耕、春播生产。

上工铃声响起，社员们积极参加生产队的劳动

早晨，金鸡最后一遍打鸣的喧嚣声慢慢停了下来，太阳刚刚露出脸来。坐落在金堤河北岸的滑县白道口人民公社民寨大队已经沸腾起来了。村庄里各个生产队陆陆续续响起了"叮叮当——叮叮当——"的上工铃声。出村的几条大路上，社员们有的拉着板车，有的肩上扛着劳动工具，他们跟着队长，一边叽叽喳喳地说着闲话趣语，一边向田间走去。新一天的劳动开始了。

民寨村是一个大村，全村3200多口人，2500多亩耕地，820多户，设了一个生产大队、18个生产小队，而人均耕地却不足8分，人多地少且土地贫瘠。社员们一年下来，一个人只能分到几十斤小麦，盼到过年才能吃上几顿白馍。每天都能吃上一顿白面面条，成为人们的一种奢望。

细粮不够，那就粗粮来凑。红薯，是民寨村社员们一年当中吃得最多的果腹之物。当地有句俗语说："红薯面、红薯馍，变着法子吃饸饹，离了红薯不能活。"

这天早上，天气晴好，碧空万里。一轮红日眨巴着惺忪的眼睛，朝着大地羞涩地微笑。村南边，第九生产队的打麦场上，一群青年男女在队长和现术的指挥下，正聚在一起拾掇着麦秸垛。几个社员把一堆碎麦秸装上板车，拉到生产队的积肥场。

生产队为了备足夏季生产使用的土肥，把麦秸和一些玉米秸秆、树叶、柴草、杂土混合在一起，再埋进队里的积肥坑，浇上水、盖上土，让它们经过一两个

月的沤制，就成了上好的肥料。农闲与初春时节，每个生产队都会去干这项农活，这叫"积肥"。

麦收过后，每个生产队都有数量不等的麦秸垛。大一点儿的生产队通常会有三四个，小一点儿的生产队只有一两个。

一般情况下，还真的不能小看这个麦秸垛。因为在麦秸垛底下，常常会夹带着一些残缺不全的麦粒，这可是比较珍贵的细粮，怎么都舍不得把它直

生产队的积肥劳动现场

接送进积肥坑。队长就常常派人一遍又一遍地过筛子，把上季打麦时留在麦秸垛里的麦粒收拾出来。在细粮不多的年月，每个生产队都是这样，不能轻易浪费一粒粮食，何况是社员们分到手里不多的小麦。

出语不凡，年轻后生引起了生产队队长的注意

一个浓眉大眼、满身英气的男青年忙得满头大汗，把刚刚一遍遍过完筛子、好不容易才扬干净的残麦子一簸箕一簸箕地装到了一个布袋里，然后过了一下秤，一看秤星儿，整整 58 斤。

他转身朝不远处菜园子的方向大声喊道："队长，队长，弄好了！你来看看这些残麦子怎么处理吧！"队长听见这名青年叫他，转身走了过来。

这个浓眉大眼的青年，名叫和德生，23 岁，1.78 米的个头儿。一身绿色的旧军装穿在身上，使他整个人显得非常干练、结实。

和德生是第九生产队的民兵排长，今天是队长和现术让他带领几名社员来积肥，清理麦秸垛。其他社员刚刚拉走最后一车发黄的麦秸，往队里的积肥场

送去,还没有返回到打麦场上。

和现术掂了掂装着残麦子的布袋,问和德生:"有60来斤吧?"

和德生笑出声来:"哈哈,还是队长您断得准啊,刚才我称过了,58斤! 您看怎么处理?"

和现术挠了挠头,有些为难地说:"咱队里170多口人,这些麦子分到各户还不够喝碗面条呢。清理、拾掇麦秸垛底子的活儿是你们几个干的,干脆你们找个蒸馍铺子换些蒸馍吃了算了,反正你们干活也累了。"

"队长,俺几个干活也确实有点儿饿了。不过我觉得这样处理不够公平。虽然是几十斤残麦子,可多少也是咱队里的集体收入呀,要是有人知道了咱可就招人嫌了。"

"嗯,是这么个理儿,德生,那你说咋办好?"和现术反问和德生。

"其实您说得也是,分到各户平均一人还不到四两,确实不太好分,分到手里也不怎么顶用。要不您再与队里其他干部都通个气儿,平分给咱队两个五保户怎么样? 让两位老人多吃几碗面条吧,就是全队社员知道了也能理解,估计闲话也不会多。"和德生给和现术建议。

和现术一听很是高兴,不由得夸起了和德生:"行啊,德生,你脑子就是好使! 想不到你小子心还这么细、心眼儿这么好,比我考虑得周到多了,你这几年兵可真没白当啊!"

和德生受不得夸奖,脸一下子就红了。"队长,您快别夸我了。我是民兵排长,又是共产党员,党的宗旨可不能丢,全心全意为人民服务才是咱当干部的本分,我想着帮助一下困难户不会错。"

和现术点了点头,不由得对面前这个年轻的退伍军人刮目相看,赞赏有加。

正说着,头顶上方传来大雁"嘎嘎——嘎嘎——"的叫声。二人抬头一望,头顶约有20多只的大雁正从南向北飞,后面不远处还有两三队大雁追赶着前面那支雁队。飞到打麦场的上空时,雁队还把队形从"一"字形变成了"人"字形。

两个人望着飞去的雁队,若有所思,不自觉地交换了一下眼神。

和现术一脸的认真,对和德生说:"德生啊,你看我年纪也不小了,咱生产队的很多事也操不上心了。我找大队说说你来接我的班吧？不过，又觉得让你小子带个生产队实在有点儿屈才了！"

和德生听了和现术的话，很感激他的举荐，连忙说："谢谢您对我的信任，我当不当队长都不重要，但还是请您以后严格要求，多锻炼锻炼我！如果有一天大家信任我，让我干啥都行。您放心，我要干的话，就像刚才飞过的雁队一样，一定当好领头雁！"

和现术听完和德生的表态，满意地点了点头。

和德生全票当选为民寨大队党支部书记

1977年5月，在武汉军区机关大院服役了几年的和德生，退伍回到家乡——滑县白道口人民公社民寨大队，当上了第九生产队的民兵排长兼大队团支部书记。

"德生这孩子怎么回来了？听说他都快提干了啊！""德生是个难得的人才，又见过大世面，回来也好，这下咱民寨就有奔头了。""德生当兵走之前就是咱村的民兵营长，还是党员，是块当领导的好料子。"对于和德生的退伍回乡，村里社员们议论纷纷，既为他没有在部队提干而惋惜，又为他回到村里感到欣喜。

村里上年纪的社员都是看着和德生长大的，都知道和德生是个有头脑、有胆识、会干事、能干事的好后生。

时任民寨大队党支部书记的孙殿堂也觉得自己年纪大了，担任一个3200多人口的大村要职已经有些力不从心，也主动向白道口人民公社革委会领导建议，由和德生来挑起民寨大队一把手的担子，自己甘愿给他做副手。

当时，选拔推荐年轻退伍军人、高中生进入大队领导班子的做法在县里已经很是普遍，或者说正逢其时，公社革委会领导也对和德生这个有出息的年轻人寄予了厚望。

1978年2月，按照上级组织的安排，民寨大队党支部进行了改选，和德生全票当选为党支部书记。全村近百名党员把选票投给了和德生，大家都认为这是众望所归。一些社员还敲起锣鼓，有的甚至燃放鞭炮，以示庆祝。

和德生看到上级党组织和村里党员群众对自己如此信任，暗暗发誓，只要在任上一天，就要一心向党、一心为民、不负众望，当好旗手和领头雁，带领全村干部群众团结奋战，争取早日让民寨大队发生翻天覆地的变化！

在部队服役时的和德生

然而，摆在和德生面前的现实与村情民意，又让他陷入了沉思，接连几天他都吃不香、睡不好。

滑县地处黄河故道，民寨村又处在黄河故道的一个河道口上。这里是三国时期的白马坡。关羽曾在这里刀斩颜良，解了白马之围。五代时期，后梁大将王彦章在此以一杆铁枪抵御后唐数万大军，宁死不屈，被历代人民所敬仰。抗日战争时期，这里的人民群众在中国共产党的领导下，与日寇进行了艰苦卓绝的抗争。

但这里不仅遍地沙岗、沙窝，民寨村更是这一带有名的穷村子。全村3200多口人，人均耕地不足8分，而且由于盐碱、风沙的长期侵害，土质沙化较为严重，不利于种粮，群众口粮年年不足。社员们辛辛苦苦劳动一天，挣到的工分平均还不到两毛钱。社员们的生活困难而窘迫。

1949年前，当地有些很流行的俗语："不打你，不骂你，送到民寨饿死你。""北有沙，南有碱，常年端着要饭碗。"1942年的河南大饥荒，民寨村竟有400多口人饿死……

这些现实情况与曾经经历过的伤痛，让民寨大队社员们盼着过上美好幸福的生活，所以对新上任的大队党支部书记和德生都充满了期待。

寻计问策，和德生走过这家串那家

上任伊始，和德生走东家、串西家，察民情、听民意。一次次席地而坐，一回回促膝而谈，和德生耐心倾听着干部群众的心里话。

副支书孙殿堂原来是大队党支部书记，对和德生非常信任。他拉着和德生的手说："德生啊，我是看着你长大的，也深知你的公道、正派和才干。咱民寨实在是太穷了，几千口人都想着发家致富过上好日子，但仅凭每人不足8分的贫瘠土地，靠着农业是不好富起来的啊。咱大队劳动力有的是，人人都攒着一股劲儿呢，就是苦于没有合适的营生，你可得好好动动脑筋、想想办法带好咱民寨呀！"

"老支书，您就放心吧。我一定会好好干的，以后的工作还得您和大家大力支持我！"和德生深知孙殿堂的期望，两人再次把手紧紧握在了一起。

村东头儿第三生产队的社员赵发顺，有5个儿子，属于村里典型的老大难户。光是给几个儿子成家这件事，就让他老两口儿作了大难。

按照农村的老规矩，家里应该先给老大成家。可老大的喜运偏偏来得有些迟，婚事就搁置了下来。赵发顺老两口儿整天为了几个儿子的婚事发愁，经过反复商量，只好成一个算一个。不久，老二便先于大哥娶了媳妇成了家。

难忘的老村记忆 （杨秋焕 摄）

过了一段时间，经过媒人多次撮合，老三的婚事总算也有了眉目。于是赵家就准备给老三筹办婚事，女方家长也答应前来商量。这可把赵发顺老两口儿高兴坏了，心里想着娶来一个解决一个难题，也是巴不得的大好事。

这天，赵发顺兴冲冲地去请和德生与村里执事的老人和安术来家里陪客，一起商量给老三娶媳妇的事，定一定喜日。和德生知道赵家过得比较紧巴，就掏出30元钱递给赵发顺，让他快去准备些烟酒与待客的饭菜，好招待女方来的客人。

快晌午了，女方家长才赶了过来。到了赵家仔细一看，女方才知道赵家不仅弟兄多、家里穷，而且房子也是旧的，板凳还没坐热，就临时变卦，起身走了。赵家老三的婚事就这样黄了。

正在生闷气的赵发顺一见匆忙赶来的和德生，就诉起苦来："德生啊，你说你这几个兄弟长得也不算丑，也能出力干活儿，咋就娶不上个媳妇呢？"

赵发顺的老伴也在一旁插话说："真是头发都愁白了，眼看他哥几个都不小了，说媒的咋就不敢踏俺家的门儿呢？"

"大伯、大娘，这不都是因为咱民寨穷嘛！是咱村太穷连累了你家。放心吧，我和党支部一定带领大伙儿发家致富，彻底拔掉穷根，让咱村里的后生们都能娶上媳妇！"和德生安慰着老两口儿，赵发顺老两口儿一听，脸上顿时阴转晴，高兴地笑了。

临走，赵发顺眼巴巴地对和德生说："德生，可是你说的啊，他们弟兄几个将来都能娶上媳妇，到时候你还得来俺家陪客喝喜酒啊！"

"一定一定，下回陪客肯定能成！"和德生认真地答应了老人。

暗下决心，一定要当一名顶呱呱的村支书

民寨村很大，三条东西大街、两道南北小街。主街道有3里多长，全村住着820多户人家。和德生参军走时，家家户户几乎都是土坯房、茅草屋，村里像样的房子没有几座。

当兵几年后回到家乡，村容村貌变化不大。尽管不少人家翻盖了新房子，但也只是一座老式的砖瓦房，并没有发生根本性的转变。有的军烈属、五保户的住房更是破旧，甚至有些还是危房。

和德生叫上几个党支部成员，一起来到村办小学。多年前建的20多间教

室,都是低矮的平房。学生的课桌也是旧的,都快散架了。校长和十几名老师,挤在两间破屋子里办公。孩子们出操、上体育课、做课间操,连一个像样的操场都没有。

校长刘守华拉住和德生的手说:"和支书,农村能不能多出人才,能不能出好人才,学校就是摇篮,教育就是根本,希望村里能够重视一下孩子们的教育问题啊!"和德生表情凝重地点了点头。

参加过孟良崮战役的老党员、退伍军人郑保胜,非常关心村里的发展,经常给党支部提出自己的意见和建议。他说:"和支书,你当支书也是大家一致推选的,全村人都想快些发家致富,希望你能带领大家早点儿过上'吃饭一块面(指的是吃的全是白面)、钱包装得满,住上小洋楼、种上丰收田,村里没光棍、老人笑开颜'的好日子啊!"

听了干部群众的这些心声,和德生深切地感受到了全村干部群众的强烈期盼与希冀。可见党支部在群众心目中的位置是多么的重要,人民的期待是多么的现实与迫切。他不禁眼含热泪,暗自攥紧了拳头。

他明白,只要自己做到心中有党,就不会迷失方向、丧失目标;只要心中装着人民,就不会脱离群众,就有自强奋斗的动力。群众的所想所盼,就是自己和党支部一班人要干的大事。他暗下决心,一定要坚决改变民寨大队的落后面貌,让民寨变"大寨"(当时全国农业战线的一面旗帜——山西省昔阳县大寨村),让乡亲们彻底挖掉穷根,早日过上富裕幸福的小康生活!

初见成效,民寨村首获殊荣

1978 年 12 月,党的十一届三中全会精神像春风一样吹遍农村大地,改革开放的大幕已经徐徐拉开。民寨村也迎来了疾步快跑、加速前进的历史机遇。

民寨村发展的突破口在哪里?怎样尽快让民寨这只头儿不小的"丑鸭子"变成"白天鹅"呢?和德生与党支部一班人陷入了沉思。

全村现有耕地 2500 余亩,分布在村子的四周。多年来,虽然村干部带领社员们积极努力,但由于机制不够灵活、生产积极性不够高、基础设施不够完善等原因,社员们辛勤劳动一天挣到的工分,最高的才一工两毛钱,低的还不到一毛钱,分到手的粮食也不够吃。社员们的吃饭穿衣等民生问题都解决不了。怎样才能尽快提高粮食和棉花的产量,增加土地的产出产能,让社员们吃饱穿暖,这是摆在大家面前的一个非常现实的问题。

经过反复思考并征求干部群众的意见后,和德生提议召开大队党支部和生产队长联席会议,共同商讨解决当前难题、加快发展的有效办法。

和德生对大家说:"前些年的农业生产,大家都出了不少力,但为什么还是受穷呢?这与政策、体制有一定关系,也有我们自身努力不够的问题,其他地方也是一样。但我们怎样才能尽快发展起来不再受穷呢?这就需要我们去好好干,用劳动创造幸福,以睿智的眼光与可行的办法抓住发展机遇。现在咱们已经有了好政策,党的十一届三中全会后,邓小平同志提出了'多种经营'的口号,这是农村迎来发展机遇的一个明确信号,也是个突破口。我想咱民寨大队以后的路子会好走多了。"会场上,大家开始议论,有的交头接耳,有的一脸茫然。

"德生,你就说这'多种经营'到底怎么落实到咱大队的农业生产中,怎样提高农业的产出吧!""你是支书,懂的政策又多,就说咱们怎么干吧!"有人直接喊道。有的社员还不太了解政策,思想认识还不到位,考虑也不够成熟,不敢乱说,就眼巴巴地望着和德生。

和德生接着说:"我认为要抓好村里的农业生产,首先要狠抓生产管理,推广科学种田。夏季要稳定主粮,以种植小麦为主,争取丰产丰收;秋季主粮以玉米为主,兼顾其他杂粮,如黄豆、绿豆、谷子、红薯等,丰富社员的饭碗与餐桌。同时,还要扩大棉花种植,除了卖棉花支援国家建设、增加经济收入,剩余的还可以用于补充社员穿衣、盖被这些针头线脑的不足。"大家觉得和德生说得有条有理,既符合政策要求,又适应农村的生产、生活实际,纷纷点头,并报以热烈的掌声。

"那好,就请大队各位干部、各生产队队长精心安排好农业生产,严格管理到位,抓紧落实吧!"和德生把村里的农业生产安排得妥妥当当。

这一季,通过全村干部群众的辛勤劳作,民寨村的农业生产上了一个新的台阶。粮食生产、社员出工收入都有了大幅度提高。干部社员都非常高兴,大干快上再夺丰收的劲头儿更足了。

第二年,经过全村干部社员的不懈努力,民寨大队种植的 1000 多亩棉花,平均亩产皮棉 310 多斤,取得了历史性突破,获得全县棉花高产奖。县里特意奖励民寨大队一辆"永久牌"的自行车。

和德生建议将这辆

打麦场上庆丰收 (杨秋焕 摄)

自行车再以大队的名义奖给抓生产的刘山东副主任。刘山东觉得不合适,对和德生说:"德生,你是支书,这辆自行车该奖给你,骑上它也方便你为村里办事啊!"

"你在大队抓生产管理功劳最大,还是你骑着它更好地抓生产吧!"和德生笑着说。刘山东只好接受,抓好全村生产管理的决心更大、十劲儿更足了。

这一年,民寨大队的小麦平均亩产 850 多斤,不仅创造了民寨村历史上小麦产量的最高纪录,在全县创高产的红榜上也是比较靠前的。除了完成上交国家公粮的任务外,社员们能够分到手里的粮食比以前多了很多。细粮、杂粮和蔬菜基本得到满足,生活水平有了很大改善与提高。

群众的温饱有了保障,吃穿用度得到很大改善。村民得到了实惠,精神面貌焕然一新,以往的愁眉苦脸风吹云散,整个民寨焕发出勃勃生机。

踊跃交售爱国粮

和德生带人三下许昌拜师求技

1982年,根据党中央、国务院的相关精神,广大农村全面实行了农业生产责任制,打破以前的"大锅饭",推行"家庭联产承包责任制",充分调动了农民生产的积极性,农村得到前所未有的快速发展。

家家户户有了自家承包的土地,社员的生产热情空前高涨起来,农业生产与农村经济发展取得了新的突破。和德生结合村情民意与国家政策,经过反复思考,决定找到一个通过多种经营让群众致富的突破口,从发展庭院经济起步,先让群众富起来、有钱花,彻底解决社员群众的温饱问题。

但和德生也明白,当年"割资本主义尾巴"时,把群众的经商意识与热情也基本割掉了。现在虽然政策放开了,鼓励农民发家致富,但眼前没有成熟的致富经验可以借鉴。民寨迫切需要外出考察学习,换换思路,见见世面,找出一个有原料、费用低、产出高、适合家庭生产,家家户户、男女老少都能干的门路,这样才能尽快实现大家致富的愿望。

村里没有集体收入,连外出考察的学习经费都得自己掏腰包。和德生让妻子张兰云拿出家里省吃俭用攒下来的4500元积蓄,给大队应急使用。

和德生听说许昌地区发展庭院经济起步较早,而且很有活力,已经走在全省农村发展的前列。党支部经过认真研究,决定让和德生与村会计申丙全二人前往许昌考察学习、拜师求艺。经过两趟往返,他们终于在许昌县(现许昌市建安区,下同)河街乡的一个腐竹生产专业村找到了让民寨村发家致富的门路。

许昌县这个专业村家家户户都在干生产腐竹的生意。他们以大豆为原料,不用精密复杂的设备,一口大锅就可以生产。而且投资不大,简单易学,特别适合在家庭进行生产。当地群众生产积极性很高,腐竹生产也已经产生了良好的经济效益。

经过反复考察论证,和德生决定把这个项目引进民寨村。

回到村里,和德生与申丙全将腐竹生产这个可以带动千家万户发家致富的门路给党支部作了详细汇报,大家都非常支持。

随后,和德生马不停蹄,带人第三次直奔许昌县。经过多次洽谈、反复协商,和德生拿出自己的钱付给转让人王书成2000元的技术转让费,王书成才答应派技术过硬的技术员到民寨村进行现场指导,保证教会腐竹生产技术。

许昌县的技术员来到民寨村后,从第一个步骤开始,把腐竹生产的全过程演示给村民,耐心讲解技术要领与注意事项,将全套生产技术带给了民寨村。

一些群众观摩学习时,从来没有见过这种热热闹闹的生产场面,有的不太相信腐竹这个产品能在民寨做成,有的担心生产出来了卖不出去,因此很多农户都抱着怀疑、观望的态度,迟迟不敢下手。

群众不相信,不敢放开手脚去干,怎么办?和德生想,那就先动员,再示范,连讲带做总会有人来干的。

这天,他卖了家里养的两只兔子,晚上拿卖兔子的钱在村里演了一场电影。电影开始前,他拿着话筒反复就发展庭院经济的好处给村民们进行讲解,还将他三下许昌县腐竹加工专业村,现场学习问计的见闻与感受绘声绘色地讲给大家听。和德生不厌其烦、苦口婆心地动员着全体社员们。

这时,村民和喜民站了出来,他决定学做腐竹,做村里第一个"吃螃蟹的人"。和喜民率先跟着技术员学习腐竹生产技术,很快就获得了成功,做出来了民寨村的第一批腐竹产品并顺利卖了出去。接着,和丁栓跟了上来,他也很快尝到了做腐竹赚钱的甜头。

为了扩大示范队伍、起到引领作用,和德生和党支部其他成员也购买了做腐竹用的大锅等工具,红红火火地干了起来。

村民们见支书与党支部委员都行动了,一些胆大的村民也行动起来,呼啦啦带动了一大片。有人说老远就能闻到民寨村的豆香味儿,就像老远就能闻到道口镇飘出的烧鸡香味儿一样。十里八乡的乡亲们都很羡慕如今的民寨村。

人们在大街上闲逛聊天的少了,忙于买设备、进原料、做腐竹、卖产品的身影渐渐多了起来。全村一片繁忙,庭院经济迅速在民寨村发展起来。

任贤求能，帮助群众把腐竹卖出去

在推广腐竹生产的过程中，细心的和德生发现有的家庭缺乏壮劳力，就是能够生产出腐竹来也没人外出销售。和德生在帮助这类农户排忧解难的同时，上门动员这些农户只管加工生产合格的腐竹，销售问题由党支部想办法解决。然后，和德生找到村里销售能力强的党员和致富能手带货助销，解除了他们的后顾之忧，很快又有一部分农户加入腐竹生产大军。

年轻的村民和国彬，家里干起腐竹加工后，自己外出跑市场，疏通、拓展销售渠道。由于产品质量、成色都属上乘，率先打开了河北省磁县、邯郸、邢台、石家庄的市场。和德生找到和国彬，动员他帮助乡亲们销售一些产品，和国彬二话不说答应了下来，帮助那些销售有困难的腐竹加工户卖出去了大批腐竹，而且不图任何报酬，深受村民好评。

在和国彬的影响带动下，和希战、和振保等销售能手也给其他村民带货助销，与他并肩作战，扩大销售市场，逐步把民寨腐竹

民寨村村民在包装腐竹

带进北京、张家口等地的干菜市场。这不仅丰富了当地市民的餐桌和菜篮子，也让民寨村的腐竹打出了一片新天地，取得了很好的声誉，为民寨庭院经济发展做出了突出贡献。

村党支部因势利导，及时召开群众大会，对这些热心助人的致富能手大张旗鼓地进行表彰，极大地激发了群众扩大经营、发家致富的热情。

和德生说，致富路上"一户也不能少"

对于庭院较小、确实不适合加工腐竹，但可以干些别的营生的家庭，也要让他们有门路、有活儿干。于是，根据当时缺乏电力，蜡烛是解决农村照明问题的必需品的市场需求，民寨村又引进了操作简单、干净卫生、便于家庭作业的蜡烛生产小型设备，作为村里发展庭院经济的有益补充。开始时，只有第二生产队几家农户生产蜡烛，后来有的家庭看到生产蜡烛也能赚钱，纷纷效仿起来，甚至有的农户腐竹、蜡烛一起干，整个民寨村形成了发展庭院经济的浓厚氛围，村里几乎没有一个闲人。

一年多的光景，全村80%的农户都在从事腐竹、蜡烛加工生产，产品销售到国内十几个省市。随着产品名气越来越大，基本上不用再到外地送货跑销售，而是有很多经销商找到民寨村来要货，这彻底解决了销售问题。其他农户还干起了养殖、彩印、线缆、衣帽加工等，基本上家家户户都有活儿干。

红红火火的庭院经济在民寨村逐渐形成了气候，村民的腰包也慢慢鼓了起来。民寨村成为远近闻名的腐竹、蜡烛加工生产专业村。民寨村实现了"家家户户有存款，男女老少有笑脸，盖起两层小洋楼，民寨不再被人嫌"的脱贫致富的梦想！

当时的滑县县委书记张锡珍在全县三级干部大会上总结表扬时说："民寨村利用腐竹、蜡烛生产带动群众发家致富，既不费油又不费电，舒舒服服就能把钱赚，值得在全县农村推广！"

民寨村成了远近闻名的富裕村，外村人改变

蜡烛生产庭院作坊 （杨秋焕 摄）

了以往对民寨村的看法,女孩子也愿意嫁到这里来了。和德生许诺赵发顺老两口儿的话也兑现了。赵大伯未婚的儿子,都如愿成了家。村里其他的大龄男青年基本上都娶到了媳妇,建立了美满、幸福的家庭。

村民们一个个竖起大拇指,夸赞和德生是他们村的贴心好书记、举旗引路的致富带头人。

找到了拼搏进取的精气神儿

民寨村初步解决了温饱问题,这是和德生出任村党支部书记后带领群众走出来的第一步。村民们纷纷向和德生与党支部投来赞许的目光,同时,干劲儿也更大了,人人都忙着发家致富奔小康,加快了民寨村甩掉穷帽子的步伐。这也让群众看到了党支部的战斗力和凝聚力,为民寨村的下一步发展积蓄了不竭的能量。

　　和德生与党支部一致认为,民寨村虽然取得了解决群众温饱的初步胜利,但也是刚刚起步,离大家的所想所盼、离党的要求和期望还相距甚远。民寨村决不能躺在小有成绩的功劳簿上沾沾自喜睡大觉,决不能停滞不前,只有高举旗帜,勇当旗手,在拼搏中不断进取,才是共产党人应有的精气神儿,才会有更大的进步!

　　不久,和德生又盯上村北那片曾经祸害民寨千年的沙荒上。

第二章

宣誓队旗，突击队苦战5年为村民
开荒治沙，千年沙荒变绿洲

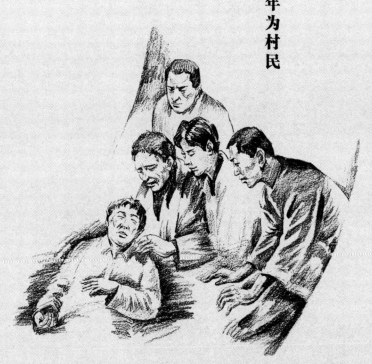

家里有粮,心中不慌。土地,是农民的命根子,也是乡村发展的基础。

民寨村北有沙荒 1300 多亩,又高又大,像连绵的山丘一样。传说南宋初年,黄河大决口,黄河水流到这里就不流了。泥沙淤积成了这些大沙丘。这里还有个民间传说,北宋女将穆桂英当年与辽国打仗,眼看追兵就要追上了,穆桂英请黎山老母帮忙,黎山老母用仙扇一扇,扇来了这些沙堆,就改变了这里的地形地貌,迷惑住了追兵。后来,穆桂英在民寨安营扎寨,屯驻下来,所以,民寨从前还叫过"迷魂寨"。这些故事与传说,也给历经苦难的民寨村平添了几分传奇与神秘色彩。

老辈人不敢想不敢动的千年沙荒,被和德生盯上了

民寨村北四五里,是一片沙的世界、沙的海洋。高的像山丘,凹的似山沟,那里几乎什么植物都长不好,人称"沙窝儿"。因地处民寨村北,民寨人都习惯性地叫它"北沙"。不管沙荒是怎么形成的,这片沙荒 1000 多年来时有灾害发生,一直危害着民寨人民的生产与生活。

消灭千年祸害,敢于向沙荒要良田;劳动必有收获,誓将黄沙点成金!

在一次党支部会上,和德生大胆提出了开垦千年沙荒,造福子孙万代,向沙荒要良田的想法。

党支部委员们一听,顿时惊呆了。

党支部委员焦占臣说:"这几年咱们引进腐竹生产技术、推广蜡烛生产,乡亲们富起来了,大家伙儿也都开始信任我们了。可是这 1300 多亩沙荒过去草都不长,后来虽然栽过柳树、杨树,但是多年长不成材卖不了钱。杨树都憋成了老疙瘩杨,谁敢动沙荒这个千年祸害呀?"

副支书孙殿堂是解放初期的老干部,办事沉稳,考虑周全,他说:"听说过去大灾荒时,一刮大北风天昏地暗的,把村外的麦子都压死了。沙子都刮到锅里了,饭里是半碗沙子半碗饭没法下咽,遭罪死了!可谁敢提开垦沙荒啊!说不定一开就成罪人了。咱们不能忘了 1942 年全村饿死 400 多口人这件事啊!也不知道开荒是福是祸,咱们可不能再给全村造罪了呀!"

"德生，你这个大支书可真敢想啊，历朝历代都没人敢治这沙荒，现在沙尘暴又这么厉害，国家还为难呢，咱要是治沙不是胆大包天吗？""咱们都是土包子农民，治沙荒中不中呀？千万别盲目干，说不定到时候治不住沙反而使沙尘暴更厉害了！"大家摇着头，议论纷纷，说什么的都有。

你一言我一语，大家讨论了很久。大多数党支部委员对于开荒治沙心有疑虑。干吧，确实风险很大；不干吧，民寨村下一步又该如何发展？这1000多年的沙害什么时候才能除掉？民寨村何时才能不向国家伸手，脱贫致富奔小康？

和德生很是淡定，他没有急于表态，但心里早就有谱了。他在大家充分发表意见后，循循善诱，因势利导，说出了自己的想法。"兰考的焦裕禄书记不是已经治沙成功了吗？我们去那里学习学习，心里不就有底了吗？"几位党支部委员一听，表示支持和德生的意见，但仍有不少人疑虑重重。

讨论仍然争执不下，意见统一不起来。

和德生提议：干脆搬到"北沙"去讨论，现场勘察一番。

会议在"北沙"原来民寨大队护林护沙的几间破屋里继续进行，整整开了三天两夜。党支部一班人的思想认识慢慢地有了一定的转变。

作为村党支部书记，和德生最后总结说："大家对能不能治好沙荒有顾虑我能理解，但是我们党支部是干啥的？是民寨村前进的舵手，是发动机、方向盘啊！我们要敢于向困难挑战，敢于举旗帜当旗手！我相信只要咱们党支部带头干，群众就一定能跟得上！我们一定要把红旗插上'北沙'，一定要将这1300多亩沙荒地变成村民致富奔小康的聚宝盆，让沙窝窝变成金窝窝！"

和德生敢于向困难挑战的句句铿锵誓言，感染力、号召力极强，说得党支部委员们都频频点头。

最后，党支部决定：和德生与村会计申丙全一起去新郑、民权、兰考，考察这些地方的老沙荒地是怎么改造的；村党支部、村委会其他委员再到附近有治沙经验的内黄县沙区考察学习，两路人马学习回来后再做具体的部署。

自费外出考察学习，一分钱掰成两半儿花

村里几乎没有集体收入，外出考察学习还是和德生自己掏的腰包。

1986年7月2日，和德生与申丙全赶早踏上了"取经之路"。他们先到治理沙荒已见成效的兰考、新郑和民权。从滑县去兰考要过黄河。要经过的唯一一座老黄河大桥还是火车、汽车共用，桥面窄，公共汽车只能单向通行。他俩被困在公共汽车上等着放行，在黄河北岸等了整整一夜。虽然已是夏初，夜风还是很凉，冻得申丙全直拉肚子。

和德生年轻，体质好些，就把自己的上衣脱下来给申丙全穿上，自己为保持体温光着膀子在路上来回跑。申丙全很过意不去，无不担心地对和德生说："德生，你要是冻感冒了咋办呢？"

"没事儿，我比你年轻，身体棒，你放心穿着吧！"

第二天中午，和德生与申丙全先到了新郑。

一出车站，和德生问路边一中年男子："大叔，离新郑枣园有多远的路？"

"七八公里吧！""有公共汽车吗？""坐三轮车吧，你俩两块钱。"

和德生问清去枣园的路与花费，皱了皱眉头，他舍不得花这两块钱，就对申丙全说："丙全哥，路不远，咱俩走路去吧？"

申丙全掏出身上的盘缠算了算，说："就是，再坐车的话，到考察完咱们的盘缠就不宽裕了。"于是两人一拍即合，步行往枣园走去。

和德生当时30来岁，又是当兵出身，走路就像急行军。申丙全已经是50岁出头儿的人了，怎么也跟不上和德生的脚步，他没走几步就累得气喘吁吁，说道："德生，我是走不动了，别忘了咱们还没吃早饭呢！"

"看情形，午饭咱们也难吃上了，都下午1点多了。""那咱咋办呀？""走到新郑吃人家的好枣吧！""这时候枣也不熟啊！""嫩的鲜，营养好。"两个人一边赶路，一边说笑。

走着走着，看见前面一大片的枣园，在阳光照耀下，微风一吹，枣树枝叶如碧波荡漾。一排排的枣树一眼望不到头，还未成熟的小枣，一串一串的，压弯了

枝头,好似漫无边际的绿纱上镶嵌着的玛瑙玉石,在金黄的土地上一展风姿,煞是好看!

看见眼前枣树上一串个头儿较大的青枣,两人不由得伸出了手,枣园里护树的老汉高声喊道:"谁? 谁偷枣咧?"和德生把手缩了回来,赶忙也跟着喊道:"抓小偷,快抓小偷!"他在故意和护林员逗乐儿呢。

护林员跟申丙全年龄差不多,50来岁,姓秦。他走到两人跟前仔细打量,看他俩也不像是偷枣的人。"骗老头儿啊,你们两个来这儿是干啥的呀?"

和德生说明来意,秦老汉顿时多了几分感动,和气地说:"咱们脚下原来也都是沙丘,平了沙荒后栽枣树也不怎么长。后来每年在树下上了土粪改善土质,慢慢就长得好了! 看来不给枣树增加营养是不行的。你俩再看那园边上的枣树,土粪上得少就不怎么长,结的枣也少得可怜。"二人由秦老汉陪着来到枣园西北角,一看这片枣树果然是又矮又瘦、缺乏活力,有的叶子都落了,也没结几个枣。

看得差不多了,申丙全说:"又热又饿的,咱还是先去垫巴一下肚子吧!"这一说,和德生也觉得饿得浑身没劲儿了。他一边擦着汗,一边往衣兜摸索着找东西吃。无奈什么也没找到,和德生他们这才与秦老汉挥手告别。

二人气喘吁吁地走到一个大村子,一打听原来是个集镇。和德生说:"别去新郑县城了,这里住的、吃的肯定便宜,咱就住车马店吧?"申丙全点头同意。

半夜里,蚊子"嗡嗡嗡,嗡嗡嗡"叫个不停,咬得二人翻来覆去睡不着。"啪啪啪!"两人用力拍打着蚊子。"看来是睡不成了!"和德生小声对申丙全说。

"新郑的蚊子个儿真大,咬得真疼。"申丙全正好抓着一只喝了满肚子血的蚊子,狠狠地捏死在手掌心里。

没见过吃碗面条还讨价还价的

二人在车马店一夜没睡着,天还没大亮,就赶早坐上新郑去民权县的头班客车。"呼噜噜! 呼噜噜! ……"车没走出多远,和德生他俩便在客车上睡着了! 乘客们指指点点,小声议论起来。

一个 60 多岁的老汉向车上乘客摆摆手，轻声说："别吵醒这两个同志，肯定是干什么活儿累坏了。"

和德生还是被惊醒了，非常抱歉地说："对不起，昨天晚上一夜没睡好，打扰到大家了！"

"没事儿，没事儿。"乘客们都体谅地回应他们。

和德生睁开惺忪的睡眼向车外一看，不远处闪过一片一片的葡萄架，他赶忙摇醒申丙全："丙全哥，丙全哥！到民权了，你看路边有葡萄园了！"

真是太漂亮了！车窗外一排排一人来高的葡萄架，一眼望去，好像英姿飒爽的军人队列一样，在微风的吹拂下做着齐刷刷的"摆臂动作"。原来他们只见过农家院里单个的葡萄架，这连成一片的绿色海洋，让他们眼前一亮，视野顿时开阔多了。

半路上，二人下了车，飞快地跑进路边的葡萄园。葡萄园里蜜蜂和蝴蝶绕着树藤纷飞，芬芳的花香扑鼻而来。"真是一处迷人的世界，要是我们的北沙将来也是这般模样该多好啊！"他们心里充满着美好的憧憬。

这时候，正好遇到内黄县一群干部模样的人也来参观。民权县的讲解员招呼道："凡是参观的都过来一起听吧！"和德生与申丙全赶忙凑了过去。

"这里原来都是沙丘，只种一些荆条护沙，农业大学的教授过来考察时说，只要把沙丘平整好，施上人粪尿，猪、羊、牛粪等有机肥，完全能够改造成良田好地，还可以种植果树。大家看，去年栽的葡萄树已经长成这样了。"

"请问农业大学在哪儿？""郑州啊。"讲解员回答。和德生脑子里马上就有了去郑州拜访农业大学教授的想法。

"丙全哥，咱在这里对民权县的沙荒治理也有了大概的了解，看来要是能找到农业大学的教授，咱治沙荒的事估计就好办多了。"

"那当然，农业大学的教授专门研究农业，技术上人家是内行。咱考察过兰考就去农业大学,征求一下教授们的意见就不会走弯路了。""好,咱们马上去兰考。"

参观现场不便搭车,两人只好步行十几里路来到民权县汽车站。

天色渐渐暗了下来,客车乘务员不停地吆喝着:"快走了,快走了,只剩最后一班车了,马上开车!"二人紧走慢赶,上了去兰考县的最后一班客车。

到了兰考,天色已晚。兰考县城已是万家灯火。

和德生说:"丙全哥,晚饭就来碗面条吧,吃馍还得点菜。"

"怪不得都叫你'面条儿支书',没事,只要你能吃,我就能吃。""咱不是快没钱了嘛!""面条好吃,馍和菜也都省了,方便又节省。"两人说着,都笑了起来。

来到一家小饭馆,二人饿得进门就喊:"面条多少钱一碗?快来两碗!"

"5毛一碗,总共1块钱。""8毛吧?俺是从沙乡来的,钱不宽余啊!"女店主说:"开了两年饭馆,没见过要碗面条也讨价还价的。"

"一天都没吃饭了,多给两碗面汤吧!""面汤你俩随便喝。"二人饿狼一样,各自吃了一碗面条,又喝了两碗面汤。女店主看了两人的吃相有些奇怪:"你俩不是本地人吧?干啥来了?"

"听说你们这里以前风沙、盐碱是祸害,焦裕禄书记领导你们全县人民进行治理,而且治理效果很好,这里都种上了泡桐树和庄稼,这是真的吗?"和德生认真地问。

女店主得意地说:"当然是真的了,风沙、内涝、盐碱祸害兰考恁多年,共产党给俺们派来了个好书记,领导我们全县人民战风沙治盐碱。他命都不要了!可惜他走得太早了,要不然我们兰考会更好的。"女店主说着说着就掉下了眼泪。

"原来沙荒地什么都难长,现在这泡桐树、庄稼都成活了,好日子也来了,俺们都

怀念焦书记啊!"女店主继续给二人介绍。

"听说焦书记的墓地离县城不远?"和德生问。"很近,离县城五六里地。往北走一会儿就到了。"女店主一边擦着眼泪,一边给二人指着焦裕禄烈士陵园的方位。

焦裕禄的事迹感动了和德生

太阳刚刚露出头来,和德生与申丙全就匆忙起了床。走出旅社,二人来到附近的一片泡桐林里。

呼吸着新鲜的空气,观察着泡桐树的长势。仔细一看,沙地里长出的泡桐树树身笔直光鲜,枝叶茂盛,往上望不到树顶,高大而喜人。二人一边用手测量树身的粗细,一边啧啧称赞。看着一棵棵挺拔的泡桐树,二人不觉心情开朗,兴奋异常。

不远处,一群人也正朝着焦裕禄烈士陵园走去。二人赶快紧跑几步,跟上这支参观的队伍。进入焦裕禄烈士陵园,焦书记的墓地掩映在一片青松翠柏之中,不禁令人肃然起敬。

讲解员非常动情地给参观的人们讲解道:"焦书记忍着剧烈的肝痛,晚上用东西抵着疼痛的地方坚持办公。白天他带领兰考人民战风沙、治盐碱,很多人夺过他的劳动工具,劝他休息,可他死活都不离开工地……"讲解员哽咽着讲不下去了。

和德生听着听着,眼泪禁不住也流了出来。他凝视着焦裕禄书记的墓碑,觉得焦书记就站在自己跟前,仿佛焦书记在嘱咐自己应该怎么工作,才能把民寨的沙荒治理好。和德生心中的敬佩之情油然而生,一股巨大的力量顷刻间传遍了他的全身。他握紧了拳头,暗暗发誓:一定要像焦裕禄书记那样,把民寨的沙荒治理好,让民寨3200多口人早日脱贫致富奔小康!

听完讲解,和德生、申丙全神情凝重。焦裕禄书记带领兰考人民治理沙荒的一桩桩、一件件事像过电影一样在他们脑海里不停闪现。

二人不由得交换了一下眼神,在焦裕禄的墓前并排站立,庄重地向焦裕禄书记行了个礼。

两人认为，兰考、民权和新郑三个县的开荒治沙经验都是可学可取的，不过人家靠的是一个县的力量，而民寨村单靠自己的力量太单薄，他们不知道能不能干好。

当时，党中央号召农业、企业的发展要与大专院校、科研单位挂钩的精神刚刚传达下来，他俩就决定顺路去河南农业大学，拜访专家教授，也为民寨村找一条致富路。

拜访农大教授，和德生吃了个定心丸

第二天中午 12 点多，两人终于来到了河南农业大学校门口。

不是上班时间，也不认识人，求教心切的和德生只好先给门岗师傅反复唠叨："俺村有 1300 多亩沙荒，高的地方像山丘，低的地方如山沟，我们打算推平了种果树和庄稼，今天专门来问问农大的教授看中不中。"门岗师傅听明白后，热情地指点他们去找植保系懂种植的老师，并给二人指了去植保系的路。

两人进了校园，找到了植保系办公的地方。和德生试着敲了两下门，听见"请进"的答复，赶快推门进去。一位年轻教师听了二人的来意后，把植保系主任耿玉涛，教授马绍伟、李鹏坤介绍给他们，和德生、申丙全礼貌地一一与耿主任、马教授和李教授打招呼。

李鹏坤教授亲切地问："二位风尘仆仆到农大来，需要我们做什么？你们就直说吧！"

和德生开门见山，说道："我们是滑县民寨村的，村里很穷，人多地少，经济落后。村北有 1300 多亩沙荒，我们想把它开垦成良田，进行综合开发。我们已经到新郑、兰考、民权等县进行了实地考察学习，现在还需要各位老师的具体指导。"

李鹏坤教授听完精神一振，进一步问和德生："你们村响应国家号召开荒治沙、防治沙尘暴，为后代造福，这是件大好事。是你们村自己来治沙吗？"

"对，就我们自己村的人！"和德生多少有些不理解李鹏坤教授的意思，但还是毫不犹豫地回答道。

耿玉涛主任听了二人的对话,对和德生说:"你俩也去过新郑、民权、兰考了,人家开荒治沙靠的可是一个县的力量。兰考出了个焦裕禄书记,他带着全县人民一起干。你们一个村要开 1300 多亩沙荒地,任务可不小啊!"

和德生一听教授们对民寨村开荒治沙的能力有怀疑,赶紧坚定地说:"俺决心大,一个村也能开好!"

耿玉涛主任摇摇头,接着说:"决心大是好事,但还得有科学理论和合理的治理方案来做支撑才行。其实啊,你们开荒也可以,但有一个主要问题必须要解决好。这沙荒地处于上千年的黄河故道,河水早已把沙子洗得干干净净、不含一点儿营养了,必须重新培养有机质,像人粪尿、秸秆沤制的土肥都能用,不过你们去哪里搞那么多的土肥呀?"

和德生听了耿玉涛主任的话,感觉民寨开荒治沙有门儿了,脸上顿时泛起了一片红光。他沉思了一下,说道:"请您放心,这个俺村里会想出办法的!"

申丙全却皱紧了眉头,村里沙荒地太多,用肥量太大,这事儿难度不小。

和德生一心想着要开荒,但他明白既不能蛮干,更不能瞎指挥,必须有科学的依据,必须得到教授的科学指导与大力支持,才能把民寨村开荒治沙的事情办好。

于是,和德生又一次自信而坚定地说:"共产党员不是有条件要上,没有条件创造条件也要上吗?今天你们的指导让我们明白了不少,真是受益匪浅。这样吧,我们回去后让村党支部再开会认真研究一下,随后再向你们几位教授请教,以后恐怕少不了要多麻烦你们的。"

两位教授爽快地答应了。在场的几位老师也都被和德生干事创业的豪情、艰苦奋斗的勇气和尊重科学的精神所感动。

和德生一说要开荒,会场上立刻炸锅了

当天,和德生与申丙全匆匆回到村,已是晚上 8 点多了。两人赶紧在村里跑了一圈,分头通知每一位党支部成员,连夜召开党支部会议。

人到齐了，会议开始。

"这么晚了，商量啥事呢？""德生与丙全刚到家就急着开会，一定有大事商量。"大家七嘴八舌地议论着。

和德生、申丙全先后汇报了他们去兰考、民权、新郑考察沙荒治理的情况，以及河南农业大学几位教授对民寨村开荒治沙的看法、意见和建议。

党支部委员们听完，感觉和德生开荒治沙的决心更加坚定，思路也更加清晰，有理有据，切实可行，但还是不敢直接表态，有人就试探似的说："德生，你是支书，决定还得由你来下，这沙荒到底开还是不开，你就直说吧！"

和德生"腾"地站起身来，坚定而有力地说："我想马上就带着大家去开沙荒！"

委员们一听，会场顿时像炸了锅一样，吵吵嚷嚷，说啥的都有。

党支部委员焦占臣说："德生，你确定要下手开沙荒了？没有发烧吧你？就是能开，咱去哪儿弄那么多的人粪尿、有机肥啊？"

"这可是民寨千百年来一等一的大事呀，只要你和德生有胆量，咱就跟着干了！"副支书孙绍林接着说。

副支书孙殿堂说："人家开荒治沙都成功了，咱也一定能成功，就是不会那么容易。再就是谁去开沙荒？村里人大多都在搞腐竹、蜡烛挣钱，有人去吗？去也可以，吃饭是集体拿粮还是个人带粮？集体出粮哪儿有钱买？个人带粮谁家有多余的？就是有人去，机械、工具哪儿有钱买？就算沙荒万一开好了，土粪又上哪里找？上千亩地可不是用几辆车呀！这些问题怎么解决，都是咱们必须要慎重考虑的问题。"

孙殿堂是村里的老支书，很有影响力，在党支部班子中以考虑事情周全而出名,一般情况下大家都信服他的意见。

大家听了老支书的一番话,你看看我,我看看你。刚才热闹的会场,很快安静下来。

副支书齐荣山也是退伍军人,性格刚强耿直,张口就说:"难道开荒治沙比抗美援朝打恶仗、大仗还难啊?再难总没有飞机大炮打咱吧?总没有生命危险吧?即便万一牺牲了,为了大家也值得!谁叫咱是共产党员呢!"

党支部委员、村委会副主任刘山东已经60多岁了,种地是把好手,都说他是民寨的"陈永贵"。他性格比较直爽,随口说道:"困难大是明摆着的,但总没人心大吧?山西大寨的梯田也是因为修建过程中频发洪涝灾害,先后三年建了三次才最后成功的。咱河南兰考焦裕禄书记能带领全县人民治沙,咱们就带领不了一个村?咱党支部是战斗堡垒,还是土坷垃堡垒啊?"

党支部委员、村委会会计申丙全办事认真,群众都叫他"一分清"。这次又是他随和德生一起外出考察学习,亲眼看到、亲耳听到的都是战胜沙荒的真实例子。他说:"历史留下来的大沙荒,过去谁也不敢开,谁也没开过。困难确实很大,既然德生不怕困难下了决心,那开荒的人员、设备、工具、用度等,咱一样一样都算算,看看怎么解决才妥当。"

"就是要认真考虑考虑,困难一个一个地想办法解决!""对对对,咱们想得再周全一些,尽量少走些弯路。"大家又你一言我一语地出谋划策,唯恐还有什么闪失。

和德生看了看手表,皱了皱眉头说:"今天大家都发表了自己的意见和建议,现在已经是凌晨两点多了,大家也都累了,先回去休息吧。咱们都再仔细想想,明天上午继续商量解决困难的办法。我们民寨村党支部一直以来都是县里表彰的先进党支部,我相信在困难面前共产党员是不会轻易退缩的,还是能够发挥好党支部战斗堡垒与党员的先锋模范作用的,我们一定能把咱们民寨村的事情做好的。"

大家都点头称是。

意见不一，讨论还是争执不下

第二天上午9点，民寨村村委会办公室已坐满了人。党支部委员们继续讨论昨晚的话题。

"昨晚大家讨论得很好，把问题和困难都摆了出来，怎么解决我们总要拿出个办法来。但我还是想提醒大家，或者说是动员大家，咱村现有可耕地2500来亩，3200来口人，人均不足8分地。大家可以算一算，如果把这1300多亩沙荒变成良田，那么全村就可以人均增加将近4分地，每人达到1亩多。这样的好事，我想群众是会拥护的，更是盼着的。治理好咱村的'沙窝窝'，让沙荒变成绿树成荫、瓜果飘香的'聚宝盆''金窝窝'，过去那句'不打你，不骂你，送到民寨饿死你'的顺口溜就会不攻自破。当然，这不是红军长征爬雪山、过草地，也不是抗美援朝，困难再大还能挡住人？但开荒治沙也不是一件容易的事，是需要胆量与勇气的，也是需要干部群众团结一致一起干的！我们入党宣誓时给党说的都是什么？我们党支部是群众的主心骨，必须要有干事创业的豪情壮志！既然是群众的主心骨，那就应该拿出点儿为人民的利益一不怕苦、二不怕死的精神来！到底怎么办，大家再好好讨论讨论，尽量早些拿出一个决议来！"和德生的开场白说得既富有激情，又实实在在，党支部委员们都心服口服。

申丙全说："我看人员很重要，咱村副业办得好，现在反倒成了坏事了。做蜡烛、腐竹都能赚到钱，大家干得正起劲儿，有人愿意丢下赚钱生意去开沙荒吗？还是开个群众大会动员动员，树立村民舍小家为大家的思想。当然动员也不一定有效果，就看大家的觉悟高不高了。"

党支部委员和俊起说："'火车跑得快，全靠车头带'，如果党支部带头真干了，咱们说话就有说服力了，就有人听了。"

和德生一听来了劲儿，接着和俊起的话茬儿说："俊起哥，我先带头，你就紧跟着上吧？等把推土机买来了你来开，我跟着你在后边平整沙地。"

"中，中，中！咱当然得带头，现在就说好了，不能再变了啊！"和俊起站起来坚定地表明了自己的态度。

"别慌别慌,还有我咧!"申丙全生怕把自己落下,赶紧报上了名。

榜样的力量是无穷的!节骨眼儿上,和德生的自告奋勇、率先垂范,和俊起、申丙全的紧步跟上与坚定支持,引起了大家的一片掌声。

齐荣山接着说:"咱们都不能忘记入党时的誓言,为共产主义事业而奋斗,不怕吃苦,不怕牺牲。这开沙荒是造福后人的大好事,无非就是多吃些苦多受些累。咱党支部有德生、俊起、丙全带头儿,再开个群众大会一动员,肯定会有人跟着干。要不是我老娘80多岁了,也一定要算上我一个。"

和德生看到党支部班子都表了态,大家也都愿意跟自己去开荒,这让他很是欣慰,开荒治沙的信心更足了。"人员的问题就这样解决,我和党支部两位委员带头挂帅,咱们接着商量别的事。"

孙殿堂补充说:"人家一个县开荒治沙还有困难,我们一个村虽然不怕困难,还是要给镇党委汇报汇报,争取上级的支持。再去一趟信用社贷款买台推土机,人工挖荆棘还可以,平整大沙岗的工程量实在太大了,没有大型机械可不行。"与会人员纷纷点头称是。

群羊有了领头的,就能找到大片的青草;一个村的事业发展有了旗帜的引领,党支部的号召与党员的带头,群众就会紧跟而上,就能干出一番大事业来!

和德生见大家统一了思想,达成了基本共识,就趁热打铁说:"大家都说得很对,我们主张自力更生,不依靠外援,但不排除外援。人员问题就这样定了,就叫'民寨开荒突击队'吧!参加突击队的党支部成员组成突击队的领导班子,党员干部与群众紧跟着再上。至于开荒治沙的开支,买推土机只好贷款,加上党支部和党员集资一部分,估计也差不多了。兵马未动,粮草先行。开荒突击队的吃、喝、用,只能由党支部带头集资先买些粮食,等突击队在那里安住家,队员能自己带些粮食的就自带。"

齐荣山接着说:"头三脚难踢,党员就是要站到前面,咱再听听上级领导和银信部门的意见吧!"

"好,咱们会议结束我就去给镇党委汇报,顺便与银信部门商量一下贷款的事。"和德生说。

看了民寨村的开荒治沙报告，石书记目不转睛地盯着和德生

人不歇脚，马不停蹄。和德生很快便坐在镇党委书记石忠民的办公桌前。他们是老战友，一起当兵，又先后复员，相互很是了解，关系也很是亲密。

石忠民看过和德生带来的开荒治沙报告，目不转睛地盯着眼前这位老战友，高兴得直拍手，不由得站起身来说："和德生啊和德生，有胆识、有勇气！在部队你就是学习毛主席著作的积极分子，苦活儿难事儿都是带头干，是个好样的！开荒突击队就由你们村党支部去组织，贷款的事我来帮忙协调，相信银信部门也会大力支持的！"石忠民说完，两位老战友的手紧紧地握在了一起。

和德生顿时感到一股巨大的力量凝聚在一起，感动地说："放心吧，石书记，有您与镇党委的大力支持，为了党的事业、为了民寨的发展，您的老战友一定会为党争光、为民争气的！"

石忠民很快找到县农业银行白道口镇营业所主任刘泽民，给他谈起民寨村要开荒治沙的事。刘泽民当即表示："和德生真是个好干部，他们那个大沙荒我去过，光秃秃的，草都长不出来，就是长出几根草也是给旱死。新中国成立后虽然种过几次树，但几年还长不成材，杨树光长疙瘩不长树身，所以大家都叫它们'疙瘩杨'。如果德生他们把沙荒平整好了，那民寨老百姓真有福了，这造福百姓的大好事营业所当然要大力支持！"

石忠民听了很是高兴，握住刘泽民的手说："那我就代表和德生与民寨3200多口人，先谢谢刘主任了！"

和德生得知这个情况后，风风火火地赶到刘泽民的办公室。石忠民还没走，他想趁这次机会就给民寨村协调解决好买推土机的款项。

"和书记准备用多少钱啊？快给刘主任说吧。"石忠民见面就问和德生。

刘泽民也单刀直入："说曹操，曹操到。用多少贷款？快说说看。"

"俺们商量过了，想先买一台洛阳拖拉机厂生产的'东方红'推土机，需要5万多元，带上犁子得6万多元，先贷6万元吧，不够的我们再想想办法。"那时候贷款比较紧张，营业所能热心支持，和德生已经很满意了，不敢多提要求。

"可以,今天下午所里就抓紧商量一下,明天就给你们个准信儿。"刘泽民明确地说。

"你看人家刘主任,一听说你给民寨群众办这么大的好事,毫不犹豫地就支持你们!"石忠民这样说,既是给和德生吃了个定心丸,也是敦促刘泽民抓紧时间落实。

三个人都会意地笑了,相互握手告别。

研究开荒治沙规划时,会场又一次炸开了锅

晚上,民寨村村委会办公室里坐满了村党支部、村委会两委班子成员。

和德生对大家说:"镇党委与县农业银行白道口镇营业所对我们开荒治沙都很支持,同时也担心我们困难太大。营业所今天下午开会研究,明天告诉我们贷款的具体数额。现在,只剩咱们自己组建开荒的队伍了。大家看看是直接开群众大会动员,还是先开个党员、村民组长联席会,再征求一下大家的意见。"

孙殿堂说:"这么大的事,还是多听听大家有什么想法吧!"孙绍林说:"党员会和村民组长会合在一起开吧,讨论时既热闹,意见也全面广泛,决议下来,一起传达党支部的精神效率也高。"大家都表示赞同。

第二天上午9点,村委会会议室里,党支部委员、村委会委员、党员和村民组长坐了上百人。

"开这么大的会,一定是有什么重要事情吧?""可不是嘛,要不怎么通知这么多人来开会呢!"大家你一言我一语,纷纷议论着,猜测着。

副支书孙绍林主持会议。"大家静一下,今天咱民寨村有一件大事要与大家商量。这几年村党支部带领咱村群众,引进推广了腐竹、蜡烛生产技术,村民们盖了小洋楼、买了摩托车,都富起来了。咱们党员干部功不可没。今天,我们要为民寨群众办一件更大的好事,那就是要把我们村北的千年大沙荒给平整开发了,让这个大祸害变成良田,不但能种树,还能种庄稼!"

"那里草都不长,能长庄稼吗?""咱这里的沙荒和外边的沙荒不一样,高的地方高过电线杆,凹的地方有好几丈深,工程可大着咧!咱一个村能平整开发

好吗?""那里没肥没水的,能长树种庄稼吗?"不少人争着发言,提出了种种疑问。

孙绍林一听顿了顿,提高嗓门说:"等一下,别光慌着乱发议论,让和支书给咱大家讲讲到兰考等几个有沙荒的县考察学习的收获,还有河南农业大学教授们的意见和咱党支部的开荒治沙计划,大家好好听。"

和德生站了起来,一手扶着桌子,一手攥着拳头,一板一眼地说:"今天请大家来,是要商量一件大事,就是要把村北1300多亩沙荒平整好,既能绿化家园,又能变成良田。有人可能会说不可能,这上千年的沙荒,谁动得了? 我与丙全同志看了兰考、新郑和民权的沙荒治理情况,又向河南农业大学几位教授请教了一下。其他党支部委员、村委委员也去了内黄,学习了人家的经验和做法,收获很大。咱们一个村来开荒治沙,困难是不小,这就要看我们党员、干部的觉悟了,咱党员干部总不能躲着困难走吧? 这件事,党支部、村委会已经多次研究讨论了,给镇党委也做了汇报。石书记说这是脱贫致富奔小康、造福子孙后代的一件大好事,镇里大力支持。只要我们发扬愚公移山的精神,发扬一不怕苦、二不怕死的革命精神,脚踏实地、吃苦耐劳地去平沙,沙荒一定能治理好,一定能实现我们绿化家园、造福子孙的目标!"

和德生话音一落,会场上顿时沸腾起来。孙绍林打了个手势说:"大家先静一下,有意见都可以发表。一个一个举手说吧,都乱说啥也听不清楚。"

第二村民小组组长孙殿各有头脑,又有干劲儿,但对开荒治沙也有不小的顾虑。"我看人不好招吧,年纪大的受不了,年纪轻的家家都有副业要做。以前村里在北沙栽树时我在那儿住过。那里是个大风口,冬季晚上沙荒地比家里冷得多。在家里盖两层被子能睡着,在北沙盖四五层被子也睡不着。再说了,北沙那里一刮大风,遮天蔽日的还容易迷路,估计小青年也不敢去呀!"

第五村民小组组长郑章喜年长一些,对村里的大事小事也很关心,给和德生提了不少好的建议。党支部决定的大事,和德生一般都爱听听他的意见。这时,他也沉不住气了:"不管咋说,我还是不放心。历史上的惨痛教训,咱们可不能忘呀! 1942年,大风把沙子都刮到饭锅里了,村边的庄稼都埋住了。咱村为啥饿死400多人? 大家为啥逃荒要饭? 就是因为咱这沙荒闹腾得太厉害了!

这沙荒咱也不是没治过,曾经栽过柳树、扎过荆条,也从外地买过酸刺柳,但都没种成功。咱村第一个共产党员和章安在沙荒地住了好几年,也没把沙治住啊!栽的枣树吧,只有沙沟里活了几棵,岗上的一棵都没活。这开荒治沙不是儿戏啊!"

第十二村民小组组长焦章会说:"这治沙荒虽然困难很多,但党支部和支书有决心,那我们就坚决服从!建议再开个群众大会,让和支书好好动员动员,看看报名情况咋样。"

大家一个个都以负责的态度,说出了自己的看法,提出了一些意见和建议。会议开了很长时间了,与会人员有支持的,有担心的,也有拿不定主意的。

孙绍林觉得一时难以形成统一的意见,他看了一下和德生与党支部成员,说:"今天会议先开到这儿吧!"但与会人员觉得这是决定民寨村前途命运的重要会议,言犹未尽,不肯散会离开。

赵天才年轻,头脑灵活,工作积极,为人正派,他一本正经地说:"看来老同志都有些担心,害怕这沙荒开不了。咱们现在有共产党领导,有党领导就能够集中力量办大事。开荒治沙是为群众办好事,只要群众发动起来跟着党支部一起干,党支部的开荒治沙计划就能得到落实。反正我是有决心,有信心!"

第四村民小组组长郑守岑性格耿直,快人快语:"我也同意党支部的决定,但是如果平了沙岗没啥挡头儿了,一刮大风扬沙更厉害了咋办?"他虽然明白开荒治沙是件好事,但还是有不小的顾虑。

"大家发言就先到这儿吧,还是执行民主集中制原则,让和支书最后总结一下吧!"孙绍林看大家基本都发了言,就提醒大家,可会场上仍然有一些人小声议论着。

和德生等会场上静下来,开始总结发言:"大家能畅所欲言,这很好。实事求是地说,困难确实是摆在咱们面前。但是,决定干,就要迎难而上,想法克服困难!不干,沙荒会永远祸害民寨,让民寨继续受穷。摘不掉这顶穷帽子,就很难过上小康生活。困难到底有多大?它能比愚公移山还难?能比红军爬雪山过草地还难?能比打仗还难?咱们开荒治沙,无非是瘦几斤肉、脱几层皮,干好了我们就能打个脱贫翻身仗！我提议，明天晚上村里放电影，召开群众大会，宣布党支部的决定，看看父老乡亲们有人跟我们干没！"

会议室里一片欢腾，"好！好！好！"的喊声此起彼伏，一浪高过一浪。

群众大会，从鸦雀无声到议论纷纷，再到欢呼雀跃

在当时的农村，文化生活较为单调。晚饭后能看场电影是一件很有乐趣的事儿，老百姓都非常喜欢。遇到新影片，有人追上十几二十里路去别村看也乐意。放电影既能较好地聚集群众，又能利用这样的机会开群众大会，是件一举两得的事情。

第二天吃罢晚饭，村委会门前就热闹起来了。电影还未开始，已有上千的人来到电影机前。村委会一边等着还未到的群众，一边放了一部《林县人民干得好》的新闻纪录片，场上群众掌声雷动，气氛异常热烈。

副支书孙绍林提高嗓门说道："乡亲们，大家静一静。今天晚上要开个重要会议，党支部决定要把我们村的北沙推平了，种上果树和庄稼，让我们增加收入，摘掉穷帽子，富裕起来，大家说好不好啊？"

孙绍林说完，场上一时竟然鸦雀无声，非常安静。和德生与村干部们一看，心里多少有些紧张。是大家没听清，还是群众不理解、不支持？

没过多大一会儿，场上掌声雷动，一片欢腾。"好！好！好！"的高喊声接连不断，不绝于耳！

"那好，下面就请和支书给大家讲话！"孙绍林高兴地说。

也许是站在后面的人还没听明白，一边往前张望着，一边小声询问："怎么回事？怎么回事？"

"各位父老乡亲，党支部、村委会多次研究，党员、组长会反复讨论，决定召开今晚的群众大会。与大家商量的，就是要开垦我们村北的大沙荒。通过到兰考、新郑、民权等地学习考察，并听取了农业大学教授的意见，咱村的沙荒是完全可以开发治理的！焦裕禄书记已经给我们做出了榜样，兰考县不是已经在沙荒地栽上泡桐树，种上庄稼了吗？只要我们能像焦书记那样，不怕苦，不怕累，

学习老愚公，一定能把沙荒治理好，种上果树和庄稼。党支部已研究决定，成立民寨村开荒突击队，我亲自担任队长，村会计申丙全、党支部委员和俊起、村委会委员和留省为副队长。现在就是动员青壮劳力报名参加突击队，共同开荒治沙，给咱这一辈人除害，为咱村后代人造福！"和德生一口气说完，下面又是一片安静，安静得掉下一根针都能听见。

不一会儿，有人小声说起话来。有的年轻人说："谁敢去呀？夜里害怕迷失方向不说，北沙不通电，也没个电扇，夏天像蒸笼一样能热死人！冬天冷得也扛不住！"

一群老年人议论道："老祖宗都没敢动这个大祸害，沙丘那么高，大风一刮看不见日月！那年沙尘暴一直刮到村里，小麦都被风沙打死了。过去一遇到灾荒年，饿死人、饿死牲口的事儿谁也挡不住啊！"

"好事是好事，要是万一平不好，风沙又刮起来了可就更遭罪了！""要是能平好沙荒，可是咱做梦也不敢想的大好事啊，子孙万代都得感恩大家！"还有人说："德生放弃在部队提干的机会，决心回来改变家乡的面貌，我看他一定能干好！""听说他在部队干得很好，非要回村吃苦，傻不傻啊？"几个青年议论说："自从德生叔当上村支书，不是一直在为咱村办好事吗？引进腐竹生产技术、推广蜡烛制作，搞家庭副业富了全村人。跟着德生叔干一定不会错，咱几个报名参加开荒突击队吧！"议论越来越多，说啥的都有。

一个青年说："和支书是咱民寨村的扛旗人，他不怕，咱跟着也不怕，明天就报名去突击队开荒！"

场上的议论此起彼伏，持续了将近半个小时。

等场上群众说话的不多了，孙绍林高声宣布："会议讨论结束，民寨村民有愿意参加开荒突击队的，明天上午到村委会找会计申丙全报名。现在，大家都别挤，让老人、孩子坐前面，开始放电影了！"

很快，影片《辉县人民干得好》就出现在银幕上了，又是一部励志的好片子。全村群众全神贯注地观看起来，不禁为辉县人民的艰苦奋斗精神所感动。

和德生亲任队长的开荒突击队宣告成立

第二天上午,来村委会报名参加开荒突击队的人还真不少。申丙全还没来得及打开村委会办公室的大门,就有人喊道:"我要报名,我要参加突击队!"

"快开门,我是第一个报名的!"一个小伙子一边挤一边喊,把申丙全连推带搡挤进了屋里。

申丙全坐下来,拿出笔和本子,招呼大家:"一个一个来,报上了让党支部研究审批。报名的都做好两手准备,批准了高高兴兴参加开沙荒工作,报不上的安心等下一次招人。"

"第一个谁报?""孙广红!"一个小青年高声应道。"哈哈哈!你才多大?这个苦能吃下来吗?"

"俺爹说,德生叔是支书还第一个报名咧!俺想跟着他吃点儿苦,长长本事,也给俺家争争脸!""18 岁才中,你年龄不够啊!""我 17 岁了,虚岁就够 18 岁了。俺爹说了,年龄不够也得去,反正俺一定要报名!""好,好!等通知吧!"申丙全拗不过孙广红,只好答应了他。

"第二个谁报?""郑军胜!"一个小青年往前蹿着身子,高举着手,生怕申丙全看不见他。

"又一个娃娃呀?多大了?""17 岁。""又一个 17 岁,怕不怕吃苦啊?能行吗?"申丙全又问。

"俺爹说他是组长,村里、组里事儿多出不去,让俺给村里出点儿力。俺不怕吃苦,一定能干好!""好!好!"申丙全给郑军胜登记上了。

接着,20 岁出头的孙学青挤过人群,冲到了前面来。申丙全上下一打量:"这个还差不多。"马上给孙学青记到本子上……

申丙全忙活了大半晌,报名总算结束了。总共登记在册 68 个人,年轻人居多。

"看来报名的人还不少哩!"和德生走过来说。

申丙全说:"大家都认识到开荒的重要性了,再有你和村干部带头,群众都想跟着你干这件大好事咧。"

"嗯,只要咱们带头干,什么困难也不用怕。毛主席说过,与天斗,与地斗其乐无穷嘛,晚上开个党支部会,定一下突击队成员吧!""好,我这就通知大家。"申丙全答应道。

煤油灯一晃一闪的,和德生说:"看来咱民寨群众素质还是很高的,党支部这一带头儿,大部分年轻人都报名了。今天晚上咱们就定一下突击队成员,然后就可以向沙荒开战了!丙全哥,你念名单吧!大家从身体条件、家庭状况、思想道德品质、工作态度几个方面认真审查一下,好好捋一捋。"申丙全念一个,大家讨论一个。

念完名单,与会人员纷纷议论起来。有人说:"报名的人倒是不少,就是有点儿年轻。不过年轻也好啊,年轻人有朝气,推土机就有人开了!"也有人说:"以后还会用得着很多科技知识,年轻人接受掌握得快,但总得有几个懂农活儿的呀,沙岗推平了如何整地?种庄稼了如何施肥管理?怎样种树?"

和德生说道:"我看这样吧,按照老中青'三结合'原则,青年人多点儿,中、老年人搭配一定比例。晚上值班巡逻、护沙看树,中、老年人胆大有经验,可以带带青年人。机械问题、技术问题可让青年人先学,然后视情况普及到整个突击队。"大家都点头同意和德生的意见。

经过筛选,多方权衡,第一批突击队队员共选出 18 名。一个村民小组一名,老、中、青三结合,适当搭配。

和德生说:"突击队算是正式组成了,俊起哥既然会开拖拉机犁地,会开车就会拉耙,开推土机应该没问题吧?明天拿到贷款,咱俩就去洛阳拖拉机厂提车!党支部其他同志在家早点儿买好柴油、机油,再筹备一下突击队的临时伙食。"

和俊起说:"德生你放心,拖拉机、推土机工作原理都一样,我一定能把推土机开得顺溜溜的!"和俊起也是信心十足,迫不及待。

"这准备得也差不多了,开荒出征定到哪天呢?"有人问道。孙殿堂说:"我看如果准备得顺利,等把推土机接回来至少也得十多天,就定到农历九月二十六怎么样?"大家异口同声说:"好,好,好!"

孙绍林说:"这么大的喜事,建议开个组长会,让全村群众隆重地欢送突击队出征吧!"

"说得对,一定要隆重、要喜庆。别忘了派人去制作一面大大方方、体体面面的'民寨开荒突击队'队旗,我们党支部要始终不忘高举党的光辉旗帜,当好旗手! 在旗帜的指引下,任何想办的事情都能办成,任何困难都压不倒我们!"和德生说完,会场响起一片热烈的掌声与欢呼声。

民寨村群众隆重欢送突击队出征

1990年11月12日(农历九月二十六),豫北滑县民寨村。

一轮红日从东方冉冉升起,照耀着大地,也照耀着民寨村的角角落落。

民寨村锣鼓喧天,红旗招展,热闹非凡。

村委会门口的墙上,贴着毛主席像,布置好党旗和开荒突击队队旗,两边还贴上了一副对联:开垦千年沙荒,造福万代子孙。12个大字非常显眼。新买来的东方红推土机和一些劳动工具,也戴上了大红花,披上了红绸缎子。

开荒治沙誓师大会上,年轻队员和丁立带领全体开荒突击队队员宣誓。

突击队队员们举起右手,握成拳头,跟着和丁立庄严宣誓:"我是民寨村村民,自愿参加开荒突击队,不怕苦、不怕累,不要家(不回家)、不要命(拼命大干)、不要钱(没工资),不完成任务决不回家!"

宣誓完毕,一片喧闹,一片欢腾。

民寨村村委会门口人山人海,男女老少像过节似的围在会场周围,有的村民踮着脚尖,抬头往会场中间望去,像是寻找突击队里的亲人。

孙绍林大声宣布:"欢送开荒突击队出征!"

民寨村的狮子队站在最前面,只见双狮腾空而起,锣鼓喧天,震耳欲聋。18名突击队队员胸戴大红花,紧跟在狮子队的后边。穿着整洁的18位村民小组组长,紧跟其后。

和俊起一脸的欣喜,招呼村党支部书记、突击队队长和德生坐到推土机的副驾驶座位上。推土机轰鸣着启动了,它像一尊伏魔降妖的神灵那样威严,又像一员铠甲加身的大将一样凛然出征。

推土机机头上戴着一朵超大的红花,两边挂着"开垦千年沙荒,造福万代子孙"的大红条幅,越发显得大义凛然,神气威风!

看见推土机这个庞然大物和突击队一同出征,乡亲们掌声四起,与坐在推土机驾驶室里的和德生、和俊起打着招呼,祝愿他们开荒治沙,马到成功!

工地上和德生宣布:实行半军事化管理

开荒突击队驻地设在北沙窝的腹地。这里是原来大队护林护沙用的一排茅草屋,总共有十来间,已经年久失修,有的房间还透风漏雨。

队员们来到住宿的地方,各自安放好简单的行李和劳动工具。全体队员包括和德生,都睡在铺着一层麦秸的大通铺上。

和德生让突击队副队长申丙全通知大家,马上到院子里集合,安排布置开荒工作。

队员们一边拍打着身上的灰尘,一边往屋外跑去,很快就列队完毕。

和德生站到队伍前面,大声说:"从今天起,开荒平沙就正式开始了,突击队干活、吃饭、学习、开会、睡觉都要统一时间,统一行动指挥,实行半军事化管理。大家都要严格遵守纪律,一会儿让丙全同志宣布各项制度。开垦沙荒村里没人干过,我们要像誓师时说的那样,不完成任务,决不回家! 大家有没有信心?"

"有!"突击队队员一个个像生龙活虎的解放军战士一样,加大嗓门答道。

看着这支新组建的队伍,有过几年军旅生活的和德生,此时就像一个指挥作战的将军。他指着前面一个沙堆布置任务:"今天上午先开路,沙荒地里没有路没法干活,也不方便出入。推土机先把这个拦路的大沙堆推下去,确保首战必胜,开个好头!"

大家摩拳擦掌,操起各自的劳动工具,跟上和德生,马上行动起来。

敢于给千年沙荒"动手术",推出千年第一铲

这是第一次使用推土机推沙。突击队副队长和留省年轻胆大,也懂得机械操作,他想带头做个表率。征得和德生、和俊起同意后,和留省驾驶着推土机"轰隆隆"地向这个东西走向的沙堆上冲去。

哪知才往上开了六七米,推土机一下子熄火了,只见推土机身子晃了几晃,好像要栽下来似的。

大家一看,急忙喊道:"留省,先别动啊,太危险了!"和德生对和留省说:"快叫俊起哥来吧,看来你这新手还得好好学习啊!"

和俊起一边朝这边跑

民寨开荒治沙工地一角 (杨秋焕 摄)

来,一边喊:"留省,拉住手刹,别再操作,人马上跳下来,防止推土机翻跟头,砸住人可就麻烦了!"

和留省脸上一阵泛红,不好意思地从推土机上跳下来,并说道:"要好好驾驭它,确实还得好好学学!"

人们爬上沙堌堆拱护着推土机,怕它继续下滑。和俊起利索地爬上推土机,重新启动。他大声提醒大家离远点儿,自己慢慢往下倒车。

沙堌堆外层干燥,几乎不含水分,相对比较松软。重型设备直接上去容易下滑,一旦操作控制不合理,推土机栽下来就有可能。

大家都没有干过推沙的活计,着实缺乏实战经验。

和德生招呼大家围成一圈,商议了一番后,觉得只有先用人工把上层的松散沙土一点一点刨下来,推土机一步一步压实后,才能慢慢往前推进。

和俊起以前开过大型拖拉机,相对有些操作驾驶的经验。和俊起开着推土

机,匀速地一步一步到了沙堌堆顶上,顺利推起沙来。为了多培养几个年轻人学会操作推土机,和俊起推了一会儿,又换了孙学青上车,自己在副驾驶座位上看着。

孙学青猛地一踩油门,推土机往前一拱身子,差点儿翻了下去。和俊起赶紧拉住手刹,唯恐再出什么差错。大家都吓出一身冷汗。

和俊起对孙学青说:"踩油门千万不能太生硬了,要行云流水一般,手脚都温柔一点儿。操作转换也要协调,一下一下往前推,要是太猛了推土机可能会栽下去,一定要多加小心啊!"孙学青听了点点头,一会儿就适应了。

经过一天的摸索,原来有基础的几个预选推土机操作手,淘汰后只剩和俊起、孙学青和郑军胜三个人了。

和德生说:"只剩你们三个了,俊起哥下午替学青开,军胜晚上开个整夜吧。"三人轮流开到第二天的八九点钟,才把那个大沙堌堆辟开了一条路来,取得了开战首胜。

17 岁的郑军胜被人从推土机上抬了下来

郑军胜在推土机上开了一整夜,第二天早上换班时,一瘸一拐地被人搀扶着才走出驾驶室。大家一看他满头霜雪,像是忽然间长了一头白发。他一身黄沙,像个土人,腿脚麻木得都走不成路了。几个队员只好把他从推土机上抬了下来。

和德生近前看看累得快散架的郑军胜,心疼地问他:"现在能动吗,军胜?"郑军胜说:"动不了。""他才 17 岁啊,一晚上 12 个小时光顾着操作推土机了,换谁能受得了啊!"和俊起含着眼泪说。

和德生也不由得眼含泪水,喊道:"快来几个有力气的,把军胜抬下沙岗去!"大家七手八脚,把郑军胜从沙岗上抬到驻地休息。

沙岗上站满了邻村看热闹的人。和德生问道:"你们怎么来了?"有人回答说:"听说你们平沙荒,我们跑了好几里地向你们学习来了!"和德生热情地说:"我们互相学习,一起向沙荒开战吧。"

"突突突……"一阵手扶拖拉机的响声从身后传来,后吴旺村村民于自领听说这里开荒清除了不少荆棘,买柴火来了。于自领开着新买的手扶拖拉机,兴高采烈地来到刚推出来的沙土路上。突然,"嘭"的一声,拖拉机熄火走不动了。原来是陷进了松软的沙地里。

沙岗上的人越聚越多,除了外村来看民寨开荒治沙的,还有部分突击队队员。于自领一个一个递上香烟:"老乡们帮帮忙,帮俺推推车吧!"

大家齐声说:"好!"十几个人一起用劲儿帮着于自领推车。一直推到老路上,于自领才顺利地把拖拉机开到了突击队驻地院里,把突击队这两天开荒清场时挖出来的荆棘和树根都装了起来。

孙广红用力过猛,磕得头破血流,和德生抱着他舍不得撒手

新开的这条路这么松软,既不方便开荒,也不利于人车出行,和德生说:"看

来新推的沙土路还得垫上好土才行,不然人员车辆都没办法进出。这里是黄河故道,沙土层太深。晚上咱们加个班,到南边老河堤上拉些好土回来,或者在附近挖个深坑找出好土也行!"

有人说:"老河堤太远了,劳动量可不小啊!"和德生说:"近处没好土,大家就吃点儿苦吧!路通百通,路不通不仅别人没法走,连我们吃的、用的村里也不好送过来,会影响我们开荒的!"最后,大家决定到三里外的老河堤上去拉土。

漆黑的夜晚,村里闻讯也来了一些人帮忙,一起拉土垫路。

郑电杰、和殿顺、焦聚星、焦章付几位60多岁的突击队队员,提来了几盏马灯。挖土、垫土的地方一处一盏,在往返路边的树上也隔开距离挂了几盏,给拉土垫路的队伍照明。

大家三个人一辆板车,一个人驾辕,另外两个人分别在两边帮衬推车。最后一辆板车就剩两个人了,一个是突击队队长和德生,一个是年龄最小的队员刘少君。

大家一看这辆板车搭配不均匀,都让和德生配到三个人一辆板车的组里,担心他只配一个小队员受不了。和德生忙说:"不用调整了,我力大他力小,一平均不正好吗?"

正干着,忽听"哎呀"一声惊叫,出事了!原来是孙广红驾辕的那辆板车前面装土太多了,前重后轻。孙广红垫路心急,猛地使劲儿往前一拉,因为用力过猛,拉断了肩头上的襻绳,一头栽了个嘴啃泥,正巧嗑在一块砖头上,瞬间头上、脸上都流出了血。

和德生累得满头冒汗,一边甩汗,一边疾步跑到孙广红跟前。一摸孙广红,除了头上、脸上是血,满手也是血。他心疼得就像自己的儿子受伤一样,强忍着泪花,没有哭出声来。

和德生把身上的白衬衫脱下来给孙广红裹住,小声说:"别怕,孩子,不要紧,不要紧。"和德生一边安慰着孙广红,一边叫和留省快去拿消炎粉与纱布进行包扎处理,自己紧紧抱着孙广红舍不得撒手。

给孙广红包好头,申丙全悄声对和德生说:"都快半夜了,年轻人都没吃过大苦,这样下去受不了呀!"和德生一看,大家一个个累得汗水湿透了衣服,像泥人一样。有的坐到地上就起不来了,有的趴在地上喘着粗气……他何尝不知道面前的境况呢,大家刚到工地还没怎么适应,就干这么重、这么长时间的活儿,也实在是于心不忍,于是点头答应收工。

回到驻地,队员们直接躺到了地铺上。和德生心中一阵酸楚,赶紧让人到厨房烧了半锅白菜汤。

"大家都累坏了,起来喝点儿白菜汤暖暖身子。这白菜还是三组菜园送来的呢。"和德生说话时声音低沉,他心里总感觉有点儿对不住大家。然后,他转身从屋里拿出乡亲们欢送突击队时送的馍,一块一块地分给队员们。

"咱村还穷,大家吃不上好饭好菜,等把沙荒开好种上庄稼,粮食就吃不完了!"队员们默不作声,吃力地从地铺上爬起来,端起白菜汤,就上和德生分的馍,狼吞虎咽地吃了起来。

民寨的红色"周扒皮"

第二天,天还没亮,和德生就从铺上坐起来,叫醒申丙全:"丙全哥,咱快叫人起床上工吧!"

"太早了吧?昨天夜里干到那么晚,人都还没睡醒呢。"申丙全说道。

"咱来这儿开荒是很多人不相信能干好的事,我睡不着呀。这么大一片沙荒,不吃点苦、受点罪,对不起咱党员这个称号啊!""是啊!就是天公不作美呀,你听这北风又刮起来了。"两人说着,听见外面北风怒吼起来,而且越刮越大。

"不行,还是叫大家起床吧!"和德生说着站起身米。他一边系着扣子,一边想着自己是不是太心急了。现在外面刮着大北风,天还没亮就喊队员们起床干活儿,是不是有点儿太不近人情了?于是问申丙全:"丙全哥,你说我现在催着队员起来干活,会不会有人说我像《半夜鸡叫》里的地主老财'周扒皮'啊?"

申丙全一听,"扑哧"一声笑出声来,差点儿笑岔了气。他说道:"德生,你放心,你和那个'周扒皮'可不一样!他是自私自利,骗长工们半夜起来上工,收的是他家的麦子。而你叫大家早起上工,是为了民寨3200多口人!再说了,就是有人偷偷这么想、这样叫,你也是我们村的红色'周扒皮'!放心吧,你是咱村扛红旗的人,大家伙儿都信你、服你!"

申丙全这么一说,和德生也笑了。他坚信自己只要坚持一心向党、一心为公、一心为民,群众就会跟着他一起干。

大家陆续起来了,坐在地铺上穿衣、收拾铺盖。和德生进来就说:"同志们,现在外面风沙很大,可是我们任务更大呀!入场以来我们做了一些准备工作,今天我们开荒就正式开始了。沟里的酸枣棵、荆棘棵、疙瘩杨,都要刨掉,任务很艰巨。30岁以上的负责刨,30岁以下的负责拉、抬、扛。我们一定要把一不怕苦、二不怕死的精神用上去,党支部委员和党员要带好头,大家现在跟我来!"队员们赶紧拿上劳动工具,齐刷刷地跟着和德生上工去了。

天本来还没亮,加上风沙刮得厉害,此时屋外仍像黑夜一般。大家跟着和德生,一边唱着"下定决心,不怕牺牲,排除万难,去争取胜利"的歌,一边冲进几丈深的沙沟、洼地,热火朝天地干了起来。

一会儿,这个的手被荆棘、树刺扎破流血了;一会儿,那个的围巾、帽子被大风刮跑了,开荒治沙确实困难重重。

突击队队员们刚刚挖出一棵老杨树的大树身,可要抬出去,实在是太重了,大家都有些胆怯。和德生指挥着大家:"来,后边我一人就行,前边两个人抬着,走起!"和德生与和留省、和丁立先把树的小头抬到了孙广红、申克会两人肩上,又让人把树身重的一头抬到和德生肩上。

三个人在沙坑里深一脚浅一脚、摇摇晃晃地走着,老树身把三人压得抬不起头来。三个人个个都是满头大汗,可硬是咬着牙把老树身抬到了敞亮的地方。

其他队员也不甘落后,紧跟着和德生,不管是野酸枣还是疙瘩杨,大树小树、荆棘树根,刨的刨、扛的扛、抬的抬。一幅突击队队员在风沙里顽强战斗的动人画面,呈现在这个曾经祸害民寨千年的北沙窝的黎明前的夜幕里。

此时此刻,也许村里的老人、孩子还睡在被窝里,而和德生带着突击队队员们,已经干得热火朝天、满身是汗了。

风仍旧"呼呼"地刮着,而突击队队员们的干劲儿也更大了,一个个就像拼命三郎。

"嘿哟嘿,嘿哟嘿!"推倒一棵棵挖不动的疙瘩杨,挖出一丛丛扎手的荆棘棵,有的队员手被扎得流出了血,有的扛到半路摔倒了,有的被沙子眯住了眼睛,有的嘴里灌进了沙子……

但没有和德生下工的命令,没有一个人离开,没有一个人偷懒。

冒雨推沙，和德生眼里生出 400 亩地

一大早，和德生开会安排当天的任务："昨天我们把沟洼地的疙瘩杨、野酸枣、荆棘棵挖了一部分，今天我们主要是开始大面积推沙平沙，把高沙岗上的沙推到沙沟里。副队长和俊起为老师，负责技术指导，和留希、郑军胜和孙学青为司机，咱们干这大场面也是经验不足，今天还是边学边干，边干边学。其他人继续清理杂树，平整沙地。"

突击队副队长和俊起上了推土机，大家高兴地鼓起掌来！"轰隆隆，轰隆隆！"推土机推出一铲铲沙土，沙土翻滚着到了低洼的地方。每一铲

当年和德生带领村民治理沙荒时的合影

都有好几方，要比人工一铲一锹快得多。大家笑脸盈盈，伸出大拇指夸赞道："厉害，太厉害了！"

和俊起开着推土机直向东南方向刚刚挖完荆棘棵的地方奔去。和留希、和留省、孙学青、和丙如等几个队员，抬着柴油桶、扛着零部件一溜小跑紧跟在后面。

一到工地,和德生带着大伙儿先察看地形,哪个坑、哪条沟大致需要多少方沙土才能填平,推哪个沙岗上的沙土又近又省劲儿,朝哪个方向推最合理,怎么样施工才能加快进度,和德生一边指指点点,一边详细给每个队员交代任务。

任何收获都不是轻易能够得来的。老天好像在考验突击队,一会儿竟下起雨来,且越下越大,对野外干活的队员们来说非常不利。

和俊起问:"雨下这么大,停不停一下?"和德生说:"俊起哥,我的设想是到明年春天至少先推出 400 多亩来,还要种上苹果树。我担心不加班都完不成任务,不能停啊。让大家都回去拿雨衣吧,你看这边沙沟里大家还在挖荆棘棵,一个个淋得像水鸡一样还干劲十足呢!"

和俊起听后说:"好的,和队长,坚决执行命令!"

大家冒雨干了一晌午。"停下来吧,下班休息了。"和德生说完,从郑电杰肩上接过一棵小槐树自己扛着,跟在队员们身后往驻地走去。

回到驻地,和德生看大家身上的衣服都淋湿了,怕队员们吃不消,急忙叮嘱大家:"大家马上换换衣服,别感冒了。我这里还有件军大衣,哪个没有干衣服的就换上。"

焦聚星家里日子过得有点儿紧巴,来时什么东西也没带,和德生看焦聚星没换洗的衣服赶忙把自己的军大衣披到了焦聚星身上。

再苦再累,和德生还是安排大家利用休息时间集体学习

天渐渐黑了下来,和德生喊来突击队的炊事员刘学跃:"学跃,早点儿做晚饭,晚上突击队开始学习,大家都要充充电。"刘学跃赶紧跑到厨房做饭去了。

大家快吃完饭时,副队长和留省说:"准备集合了,没吃完的快一点儿!"队员们急忙放下碗筷,很快,就整整齐齐地坐到一间宿舍的地铺边上,开始学习毛主席的著作"老三篇"。

和德生对大家说:"学习能武装头脑,使人进步,以后咱突击队也要坚持学习。和留省副队长为学习组组长,以后只要不安排搭夜班挖荆棘棵平沙,轮不

到自己巡逻,所有人晚饭后都要坚持学习。留省因事不能组织时,由留希顶替。今晚咱们先学《为人民服务》吧!"有的说:"学《愚公移山》吧。""学外国人白求恩也不错。"队员们七嘴八舌地提建议。

和德生一听,认为学习可不能儿戏。突击队担负着开荒治沙的使命,首先统一大家的思想认识、树立全心全意为人民服务的意识非常重要,就严肃地说:"村里多数人在家做生意赚钱,咱们突击队为村里、为子孙后代,在这出大力、吃大苦、耐大劳,说明大家思想觉悟高,为人民服务的精神了不起。所以咱们还是先学《为人民服务》,再坚定一下大家的信心,好不好?"

"好,好,好! 有人怕吃亏想回家,还是先学《为人民服务》提高一下思想认识好!"学习开始了,和留省领学并做学习辅导。有问不认识的字的,有问某句话什么意思的,大家学得都很用功,很认真。

随后和留省还布置了作业——"怎样当好开沙荒的张思德?"让大家想一想、讨论一下,还让有文化的写出学习的心得体会,没文化的下次学习要进行发言,谈谈学习的收获或感悟。

有个队员的妻子嫌吃亏，把丈夫的被子都抱走了

这天上午,天气晴朗。大家刨的刨、扛的扛,干活出汗了就脱掉外衣,只穿着衬衫干活。

这时,刘少君急急忙忙跑了过来,给和德生汇报说:"俺婶从村里来叫俺叔回家哩,说别人都一直在家里做腐竹、蜡烛,赚了老多钱,他一分不挣不说,还拿自己家的粮食往工地带,说不让俺叔在这儿开沙荒了,让他回家做腐竹、蜡烛去赚钱!"

突击队驻地院里,有个女人在高声吵嚷着:"刘团工,你今天不走可不中,还有,被子是我做的,你不能在这儿盖,我得扛回去!"说着就往突击队队员住的屋里去拿被子,谁拦也拦不住,一会儿这个女人扛着一床被子就出来了。

叫刘团工的队员对自己女人说:"你非要扛,就把被子扛走吧,反正我是不走!"

"我看也是怪了,和德生给你们啥好处了?叫你们来开沙荒不给钱不说,还得自个儿带粮食。和德生他啥能耐啊,咋哄住你们的?他疯,你们都跟着他疯吗?"刘团工的妻子生气地说。

刘团工一听妻子这样说话,急得脸色煞白,赶忙劝妻子说:"你快别胡说八道了!人家和支书比突击队里哪个人带的粮食都多,把自己家的好粮食都带来了,还分给大家吃呢!"

刘团工妻子听了脸一红,说起话来也没有那么强硬了:"反正你们都叫和德生哄住了,开荒哩,祖祖辈辈谁敢开呀?为大家平好地是造福,要是平不好说不定还给大家造罪哩!"

刘团工越听越着急,生气地大声开骂道:"你快滚回去吧,娘们儿家头发长见识短,在这儿胡咧咧个啥呀!"刘团工妻子见丈夫还是不回头,气呼呼地扛上刘团工的被子就要走,几个人上前去拉也没拉住她。

刘团工媳妇已经回村去了。和德生并没当面听到刘团工妻子说的那些话,只听刘少君刚才说有人来工地吵闹了。刘少君一面安慰和德生别生他婶婶的气,一边说:"那边的风波已经平息了,俺婶也回村了。"

"少君,你婶她想让你叔回家多赚钱,这个想法我能理解。你回去一趟劝劝你婶吧,真不中就让你叔回去,还有愿意来开荒的人咱再补上!"和德生平静而淡定地说。

刘少君摇摇头说:"俺叔他不会走的,我也不会受影响。德生叔,你放心吧,俺刘家人不当逃兵!"和德生注视着面前的刘少君,拍着他的肩膀说:"好样的,是咱民寨的好后生!"

腰部严重受伤的和德生喊的不是"给我上"

大家接着干活。和德生说:"这个树大,你们两个抬小头儿,我来抬大头儿!"说着,几个人把刚刨出来的一棵刺槐树,小头儿抬到了和殿顺、焦聚星肩上,根部大的一头儿帮衬着放到了和德生的肩上,然后问和德生:"中不中?这头儿太沉了呀!"和德生回了一声:"中!没事!"

三个人深一脚、浅一脚向前挪动着,后面的队员扛的扛、拉的拉,迎着大风向前移行。和德生在后面抬着大头儿,没法扭头。往前看,视线也不好,一不小心一脚踩到一个小坑里,差点儿歪倒。几个人赶紧上去扶住了树干。和德生咬着牙,双手扶住腰部,一脸痛苦的样子,明显是伤到腰了。

60多岁的郑电杰跑过来说:"德生啊,可不能老这样出蛮力。伤到腰了,老了就成病根儿了!"

孙广红也说:"你常说为了把沙荒开完,宁愿少活好几年。身体是革命的本钱呀,干活可不能光靠你一个人!"

和德生听了二人劝告自己的话,内心非常感动,差点流出眼泪来。"打铁必须本身硬啊,如果我光指挥活儿却让大家干,光喊'给我上',我还是支书吗?"和德生说着,不由得咬着牙,拄住腰,一副疼痛难忍的样子。

"快去医院看看吧,那么沉的树,一个人抬着大头儿怎么受得了啊?你别再动了,快去医院看看吧!"几个人劝着和德生。

"不用不用,晚上拿热毛巾敷敷就好了。不乱跑了,耽误干活。"和德生坚持说。

"夏天看着太阳干,冬天看着钟表干!"

晚上漆黑一片,队员们点上煤油灯,宿舍里透出一丝微弱的灯光。

大家饭后在屋里闲聊着。有人说:"又下雨了,队长不便安排咱们加夜班干活,晚上可以在屋里继续学《毛泽东选集》了。"

和德生听了若有所思,稍稍停顿了一下,招呼大家说:"咱们还是加班干活吧,今年冬天至少要平出400亩地来,明年春天不耽误栽苹果树,干得慢了就耽误一年种树了。这是咱头一回在沙荒地栽果树,是祖祖辈辈从来没有尝试过的。咱先把地开出来,再请农大的教授给我们上上课,一定确保一次成功,让突击队、民寨群众看到开荒治沙的希望,好不好啊?"

虽然队员们干了一天的活儿都很疲惫,但听了和德生的设想与鼓励,大家的劳动热情又被调动起来了。"好,好,好!"的回答喊得满屋响。

上工前,和德生给队员们说:"同志们啊,为了赶进度、不误工,咱们再定一下,夏天的白天时间长,咱就看着太阳干,太阳出来咱上工,太阳落山咱收工。冬天白天短,咱们就看着钟表干,晚上加班到 10 点再下班。只有这样才能出活儿啊,大家说中不中?"和德生为了赶工,说得很在理,队员们都表示赞同。

从此以后,"夏天看着太阳干,冬天看着钟表干",就成了突击队约定俗成的规矩和作息时间表。

孙广红说:"下雨只当是老天给咱洗澡了!"

突击队队员都是村里的骨干,思想进步,有觉悟。大家都知道和德生除了抓生产,还善于抓学习、抓思想,有人担心作息时间排得这么紧影响学习,就问和德生:"队长,干活时间排得这么紧,那咱什么时候学习呀?"

正在干活的和德生挺起身来,扶着腰,认真地答道:"就趁不加班的晚上,利用休息时间学习!"大家看他仍旧扶着腰,知道他的腰又疼了。

和德生提着马灯,拉着板车还是走在最前面,每次上工都是这样。

刚进工地,老天又下起雨来,而且越下越大。和德生怕年纪大的人淋雨生病,就调整安排说:"40 岁以上的下班回去,其他人干到夜里 10 点,老同志把雨衣换给年轻人吧。"

见没人吭气,和德生解释道:"咱不是非要下着雨还加班,我是担心平不好沙荒,明年就栽不上苹果树了。一耽误就是一年,咱们耽误不起啊!"

孙广红可是个"机灵鬼",尽管年龄不大,可是跟着和德生时间长了,受到的影响很大,他随着和德生的话高喊道:"伙计们,下点儿雨算啥啊,只要和支书在这儿,咱们就决不后退!宁愿少活几年,也要把沙荒早点儿开完!干吧,下雨只当是老天给咱洗澡了!哈哈哈哈!"大家受到感染,齐声喊着,"干!干!干!"最终没有一个人回去。

风雨中,黑夜里,几盏马灯忽明忽暗,一群劳作的人影不断在工地上闪动着,不时传来劳动工具的碰撞声和欢快的说话声。

村里人送来电影，突击队队员们饱餐了一顿"精神大餐"

这天，北风越刮越大。劳作了一天的突击队队员们眼看天快黑了，正准备收工，风却突然停了下来。"焦选立、焦选民弟兄俩给咱们突击队送电影来了！电影来了！"

驻地院里，大家互相传着喜讯，欢呼雀跃起来。

和德生还不知道怎么回事，抬头一看，焦选立已走到跟前。

"德生叔，突击队在这儿为大家吃的苦村里人都知道。这儿也没有电，俺弟兄俩就放场电影给大家解解闷儿吧！"焦选立紧紧握住和德生的手说。

"一场多少钱？"和德生问焦选立。"怎么能要钱呢？大家开荒吃这么大的苦，是俺义务送给突击队的！"焦选立认真地说。

"这哪能中啊？这可是你们自己掏钱买的电影机。"和德生说。

"突击队为了大家，不要钱、不要命、不要家，我们送场电影算个啥？甭再说钱的事儿了！"焦选民与焦选立弟兄俩齐声说。

当晚，放的电影是反映大庆石油工人艰苦奋斗精神的电影——《创业》。大家看完后纷纷表示，一定要向铁人王进喜等石油工人学习。看了电影《创业》后，突击队队员们"开垦千年沙荒，造福万代子孙"的信心更加坚定了。

村民申克俭送来的"礼品"很别致

一天早上，在一阵锣鼓声中，一队人马从村子里向开荒治沙工地走来。突击队队员们端着饭碗，看着缓缓向他们走来的人群小声议论："这是干什么的呀？有扛铁锨的，还有抬东西的。"不一会儿，这群人就来到了突击队驻地的院子里。

50多岁的村民申克俭走到和德生身边说："和支书，你带大家开荒治沙不分昼夜，听说有时菜都吃不上，蘸着盐水啃馍，村里群众心里都过意不去。我们也没什么贡献的，也不知道咋表示。俺家会搞水泥活儿，制了12块刻有'开垦千年沙荒,造福万代子孙'大字的水泥板。俺知道这是突击队出征时的口号,就给咱突击队加加油、鼓鼓劲儿吧,你看立在哪儿好?"

和德生一边感谢申克俭,一边征求大家的意见。有的队员说:"先放起来,一年以后见了成绩再立吧。"

还有人说:"立到大路口吧!"和德生想了想,这是一件好事,能够鼓励大家更好地开荒,就对大家说:"立到从村里进沙荒地的路两边,好不好?"队员们一听,异口同声地表示赞成。

申克俭带来的人和突击队一起行动。不大一会儿,就将 12 块白底红字的"开垦千年沙荒,造福万代子孙"的水泥板,整齐地竖立在了大路口的两边。

精神的力量能够潜移默化地鼓动人,让人干劲倍增。和德生和突击队队员们每每看到这 12 字的宣传语,都会更加坚定开荒治沙的决心和信心。当路人看到这 12 字的宣传语,也能激起人们对开荒突击队的佩服和尊敬,这也是村民对开荒突击队的最好褒奖。

从"三不要"到"五不要"

驻地的茅草屋里,煤油灯闪烁着,发出忽明忽暗的微光,灯头上一缕黑烟飘忽着四散而去。灯捻儿烧焦的气味弥漫到整个房间。

突击队副队长和留省正不经意地跟队员们聊着一件事:"昨天晚上回村给孩子看病,太晚了没回来。早上起来,老婆说我以后别回家了,说我只住了一夜,床上全是沙土,以后就是孩子有事也不让我回去了。"

和留省接着说:"原来咱突击队是不要家、不要命、不要钱这'三不要',以后咱再加上不要孩子、不要老婆,就

成了'五不要'了!""哈哈哈!"大家听了,认为目前突击队队员们的确是这样,都笑了起来。

可是,和德生听着,心里却不是个滋味儿,不由得鼻子一酸,泪水在眼眶里直打转。

他知道队员们整天辛苦劳动,没有特殊情况没人请假回家。特别是作为一家顶梁柱的队员,谁家里都会有个急事。可是队员们都太好了,都做到了服从命令、听从指挥,都能一心为公、没有私心。

可眼下开荒才刚刚开始,从严管理突击队也是不得已的办法,是为了赶进度、出成效。他很是愧疚地对和留省说:"等沙荒开好了,咱回家替弟妹把被单洗得干干净净的,让她笑得合不拢嘴。"和留省与大家一听,都笑了起来。

和留省建议和德生快去郑州请教授

和德生召集党小组组长开会,讨论并安排下一步的工作。自开荒以来,突击队党员先锋模范作用发挥得很好,也基本实现了初战必胜的目标。可是,到明年春天至少开出 400 亩地、种上苹果树的计划,大家就是日夜加班也完不成任务呀!这次党小组会就是要解决好这个问题,和德生请大家发表意见。

"包任务、加班加点的办法都想了、用了,尽管队员都累得受不了,但也没人叫苦叫累。饭菜伙食又跟不上,我看队员都够争气的,还能想什么办法呀?"申丙全说。

和俊起说:"队员们吃的苦太多了,再加班就要累倒了。要不然你回家开个党支部会,让村里的党员干部支持一把怎么样?这挖荆棘棵、刨疙瘩杨的活儿,没有经验和专业工具干得太慢,并且以后随着开荒的不断进展还得随时清理。我看准备种苹果树的这一块儿,让村里党员干部帮着干吧。"

"我看不中,种苹果树的坑怎么挖,挖多深,多大,农大教授还没来培训呢。咱没种过苹果树,在沙荒地里种更是头一回。还是让德生哥快把农大教授请来,培训一下再挖吧!"和留省接着说。

和德生听了三位副队长的发言,觉得他们也是从实际出发,都动了脑子,说得都在理。考虑到整个开荒计划和基本设想,目前也该走这一步棋了。他随即表示:"上次我和丙全到郑州找农大教授时教授说过了,沙荒开出来种什么品种的苹果树,怎么管理,与种普通的成材树可不一样,需要专业知识和技术。栽上了还要科学管理才行,我马上去请农大教授来。"

农大教授握着和德生皲裂的双手说,明天就去民寨搞培训

军人出身的和德生雷厉风行,他穿着一身旧军衣,精神抖擞地来到河南农业大学植保系。当他见到李教授与他握手时,哪想李教授像触了电一样,马上把手撒开了,惊讶地说:"你的手好硬,扎得我好疼啊! 和支书你带的什么秘密武器啊?"

和德生伸出双手,回答李教授:"什么也没有带呀!"李教授掰开和德生的双手一看,双手裂得就像蚂蚱嘴,层层老茧翘得老高,如同久旱的土地上布满裂缝,没有一块好地方。这哪像个正常人的手? 李教授眼神里带着窘迫和敬意,紧紧抓住和德生那双钢锉子一样的手说:"和支书,一摸你的手我就知道你们吃多大苦了! 改变农村面貌、奔小康,谈何容易啊!"

李教授的声音有些发抖,眼睛也湿润了……

和德生说:"俺突击队队员的手,都这样。没有一个人抱怨的,用胶布把血口子粘住就中了。只要李教授你们指导民寨开荒治沙成功,俺们吃啥样的苦都中。眼下我们缺乏栽苹果树的技术,就等你们几位教授支援了!"

"好,好! 没问题! 坚决支持,我们安排一下各自手头的工作,明天就去讲解苹果树栽培技术!"在场的几位教授也当即爽快地答应下来。

随后,和德生又简要地给几位教授汇报了开荒的进展情况,咨询了开荒计划完成后的综合开发设想等问题。

农大教授也得咽下咱工地上的"沙子饭"

河南农业大学的三位教授如约来到开荒突击队的驻地。

和德生笑脸相迎:"几位教授辛苦了!"教授们同声说:"你们才是真的辛苦啊!"突击队队员们没见过大学教授,一下子挤满了屋子,有的挤不到跟前,就隔着窗户看教授到底长什么模样。

几位教授一一与大家握着手,有的队员礼貌相迎,有的队员比较腼腆,一个劲儿地往后撤。

教授们坐到了一个长条板凳上,队员们随后坐在了地铺边上。和德生说:"这里就是咱们的课堂,连个黑板、课桌也没有,真是委屈几位教授了。教授们百忙中来到这荒天野地,为我们传授苹果树栽培管理技术,和我们一起吃苦,我们真是太感谢了!"大家热烈地鼓起掌来。

李教授也激动地说:"不用客气,你们为了民寨群众舍小家为大家,顶风沙、冒雨雪,手裂得不像样子,硬是吃了一般人吃不了的苦。你们才是我们的榜样,我们只是传授点知识与技术,精神上还是要向你们好好学习呀!"

和德生接着李教授的话茬说:"那就开始吧,咱们都不说客套话了,大家要好好听、认真记,昨天发给大家的笔记本都拿了吗?""拿了!"大家异口同声地回答。

李教授说:"今天让马老师先讲吧。"马教授白白净净,一副知识分子的模样,让人一看,不禁肃然起敬。

他的讲解如微风细雨。"大家好,今天我讲一下苹果的前期管理,主要是种植与施肥。育苗技术就先不讲了,因为咱们还顾不上育苗,咱是买的苗……"马教授一直讲到中午 12 点半。

课间,大家议论得热火朝天,有的问马教授:"苹果树坑一米见方太大了吧?我们这点儿人半年也挖不好这 6000 多个树坑啊!"

马教授说:"不大,因为这里是新开出来的青沙地,没有一点儿养分,坑下面还要填半坑人粪尿或有机肥,苹果树一辈子就主要靠这个坑的营养了。"大家点点头,觉得教授说得很有道理,非常实用。

党小组的成员也都参加了学习,申丙全皱起了眉头:"这 6000 多个苹果树坑,让村里党团员、干部都来可以挖好,但是这么多有机肥、人粪尿可咋办呀?"

"这平沙吃点儿苦可以平好,可弄这么多粪肥就是吃苦也弄不来呀?"和俊起接着说。

"种棵其他树一般挖几大铁锨就中了,种苹果树得挖一米见方,这么费劲啊!"大家一边端着饭碗,一边七嘴八舌议论着讲课内容,一边提出一些疑问。教授们都一一做了解答。

"马老师,这饭吃得惯吗?"孙学青笑着问马教授。

"这饭可以不去嚼,牙不好的老年人吃着正好啊。碗里沙子比饭还多,你们能吃下去,真是厉害!"

"要不我们牙口比你好呢,已经锻炼出来了!"大家哈哈大笑起来。

和殿顺老人站了起来说:"以前这里叫北沙窝。沙窝,沙窝,沙土最多;吃饭光咽,不用嘴嚼!吃饭光咽就中了。"大家又是一阵大笑。

和俊起很幽默,平时说点啥总是逗得大家呵呵笑,他插话道:"长征时煮皮带、啃树皮,头顶上还有子弹飞,还没咱现在舒服吧?"年龄最小的刘少君接着说:"累不累想想革命老前辈,苦不苦想想长征两万五。咱民寨开荒突击队就是甘愿来吃这份苦的!"大家听完都笑出了泪花,直夸他年少志气大!

申丙全忍住笑,说:"还是先说工作吧!按照一棵苹果树最少需要半方有机肥的量,苹果树坑至少需要3000多方粪,比眼前平沙的任务还大,大家看怎么解决吧!"

"就咱突击队这些人怎么也不好完成土粪任务,只有让德生回村开党支部会搬救兵,党团员、干部都上了!"和俊起接着建议说。

和德生马上说:"好,三位教授一培训完,我就回村开党支部会搬兵!"

接下来,三位教授又讲了很多关于果树栽培管理的知识,特别是对苹果树的栽种、管理技术讲得很是详细,一一回答了大家的提问,解答得很清楚,队员们受益匪浅。

临走时,教授们还对民寨开荒治沙的规划设想、以后的发展前景做了科学、理性的分析研判,提出了合理化的指导性意见和建议,让和德生与突击队队员们茅塞顿开,信心倍增。

电影《英雄儿女》在工地连放了两遍

天刚黑下来,影影绰绰地看见几个人从村子方向拉着一辆板车朝开荒工地走来。近前一看,是村里电工郑义青和他儿子郑学志。

"德生哥,前几天刚买了个电影机,咱开荒突击队太辛苦,第一场电影必须得送给咱突击队。"郑义青说。

和德生握着郑义青的手说:"谢谢了,太谢谢了! 前些天选立弟兄俩就送了一场电影了,他们说突击队这边电也架不过来,整天点个煤油灯,什么娱乐活动也没有,停几天选立还来送! 你们买电影机也够作难了,又义务送电影,我心里真是过意不去啊!"

郑学志说:"你们突击队为了民寨老百姓家都不要了,送场电影算啥呀! 停几天再来给大家演两次。"和德生和队员们感动不已。

这晚,队员们看了反映抗美援朝的故事片《英雄儿女》,很多队员感动得流下热泪。郑义青爷儿俩见队员们看得这么动情,这么认真,坚持要再放一遍。大家接连看了两遍,很受教育。

一个年龄大些的队员说:"比起英雄王成来,咱出这点儿力算个啥?"大家互相鼓励着,表示一定要像英雄王成一样,为民寨开荒治沙,为群众办好事,贡献自己的一切力量,做民寨村的"英雄儿女"!

要挖 6000 多个苹果树坑,突击队忙不过来

村委会办公室里一片灯火通明,和德生走了进来。"怪不得大家都来得这么早,原来电灯这么快就安上了啊!"和德生看到明亮的电灯,高兴地说。

"沙荒地里也有眉目了,村里正想办法给开荒工地上架电线呢!"副支书孙殿堂专抓生产,村里架电线的计划与安排他最清楚。

"那以后浇地用上电就快多了,也省多了。"和德生显得非常高兴。

"今天开党支部会,主要是求援来了,现在已经进入农历十月,快上冻了。

突击队已经平整出 400 多亩土地,这次农大几位教授来培训指导,规划可栽6000 多棵苹果树,这样就要挖一样多的苹果树坑,每个坑还要填上半坑粪。先别说粪,突击队还要跟着推土机平沙整地,挖树坑的任务实在不好完成。为了明年春天就能栽上苹果树,这次我回来让党支部讨论一下,村里是否可以派一些人手?"

和德生刚说完,大家马上齐声回答:"我们都去!"

"不是不是,你们都去也不行,我是想让党支部、村委会、妇联、团支部四个班子成员都去挖苹果树坑。"和德生接着说。

孙绍林说:"不用开会动员,大家都等着给开荒治沙出点儿力呢,大喇叭一吆喝人就都去了。不中的话全体党员、团员都上。"大家都表示同意。

"全体党支部、村委会、团支部、妇联干部注意了,为了支援开荒突击队,大家都去沙荒地挖苹果树坑了,记得一定带上铁锨!"孙绍林在广播里吆喝着。

工地上的突击队队员们,牵着村民们的心

开荒突击队驻地院子里一片问候声:"你们太苦了,生活这么差,活儿又这么重!"副支书孙殿堂握着申丙全等人的手舍不得撒开。

"你们在村里工作也不容易。"申丙全说。

孙殿堂说:"看看你们的手,现在才刚入冬,裂得就不像样了!"

副支书齐荣山让突击队队员们都把手伸出来,一看,有的裂得像蚂蚱嘴,有的皴得像钢锉子,不禁心疼得直落泪。

郑电杰老人说:"地里风大,晚上特别冷,就是抹上女人护肤的香脂,也挡不住裂呀!"他这一说话,嘴巴立刻裂开一道缝,流出血来。

大家劝他想法止住血,他幽默地说:"粘上点儿棉花絮就好了。"说着他从棉袄袖上揪下一小缕棉花,粘到嘴唇流血的地方,然后抿了抿嘴。

院里挤满了人,和德生招呼大家:"今天来的不论是党员、团员,还是突击队队员,种苹果树都是第一次,特别是在沙荒上种苹果树。我们要挖一米见方的树坑,下面一半填上人粪尿或土肥,这样才能保证苹果树成长结果,获得丰收。

大家都要按老师规划的距离、大小来挖。20 岁以下的、50 岁以上的一人挖 3 个坑,其他人一人挖 5 个坑。"和德生又宣布了其他的纪律和注意事项。大家雷厉风行,笑着向工地走去。

很快,规划的苹果园区里一片欢腾,一排排铁锹在风沙中闪动挥舞!民寨人民治沙荒、奔小康的梦想,在大家挥舞的铁锹下翻开了新一页的篇章。

和德生除了完成自己的任务,还要到处检查。"少君,你看其他人和电杰伯几位老人挖坑时都不扬沙,你们学着点儿。"说着又纠正了几个党员、组长的动作。

焦章会、赵天才、和顺田与很多老党员、组长都干得十分起劲,脱掉了外衣只穿着背心,挥汗如雨。

和德生走过去说:"悠着点儿,不经常干这么重的活,身体受不了。"

焦章会说:"你们突击队天天这样干,民寨干部群众心里都有数,俺干几天就是累点儿也应该。"

"不能把身体搞垮了!""向你看齐呀,突击队的人说,你不但完成自己的任务,还帮助别人,一人顶几个人干!""像德生这么好的支书,恐怕上百年也难出一个呀!"和德生听见几个人夸着他与突击队,笑了笑说:"吹牛,大家都一样,都悠着点儿吧,身体是革命的本钱!"

大家相视一笑,异口同声地说:"还是爱惜点儿你自己吧,谁也没你出力多!"

和德生为啥让大家凌晨 3 点都去大路上搂桐树叶

北方的冬季,风是常客。

立冬了,连刮了几天的北风这天突然停了下来,天气一下子冷了好多。

突击队正在开会,和德生给大家分配任务:"今天分 4 个组,一个组我领着,在沙荒地值班巡逻。另外 3 个组都回家,准备好笆子和草篓。明天凌晨 3 点钟,去中、东、西三条南北大路搂桐树叶。教授们说,如果土肥不足,树叶填苹果树坑做底肥也行,桐树叶是最好的。"

第二天凌晨,队员们不到 3 点就起床了,到各自分包的路上"呼啦——呼啦——"搂了起来,这是他们解决种苹果树底肥不足的补救措施,也是和德生昨天晚上安排的一项硬任务。到天亮,队员们拉着一车车搂到的桐树叶,满载而归。

进入腊月,天寒地冻。地处风口上的开荒工地,在寒冬中更是冷得出奇。

突击队队员们的干劲仍然不减,可是老天不助兴,天冷不说还刮着北风。大家都冻得够呛。特别是老年人和年轻队员,有的不停地吐口热气哈着手,有的冷得牙齿直打战。

北风越刮越大,扬沙遮天蔽日。人与人之间,离几尺远就看不清对方了。

申丙全问道:"德生,天气不好,咱下班吧?"

"好,你通知大家吧!"申丙全通知大家,可谁也不愿先离开。

"都走了,都回去!"和德生催着大家。人人冻得脸色发紫,带着劳动工具慢慢向驻地院内走去。

这就是力量,追梦人无穷无尽的力量! 这就是突击队,能打硬仗的民寨开荒突击队!

大风冷酷无情,和德生与申丙全想到了一起

夜里,队员们完成了学习任务,收拾好学习材料就躺下休息了。不一会儿,宿舍里就一片鼾声。

和德生放下手里的《毛泽东选集》,准备睡觉。听着队员们发出的鼾声,想着以后该怎么给大家尽量多的休息时间。他知道大家很辛苦,干活累不说,吃的也跟不上。这样长期下去,难免有人受不了、顶不住,得想法给大家改善一下伙食才行。

刚有些睡意,忽听外面传来"呜呜——呜呜呜——"的风声,而且风越刮越大。和德生翻来覆去睡不着,穿上刚刚脱下的棉衣,走了出去。一转脸,发现申丙全也跟了出来。

"丙全哥,你看这阵大风刮得沙子都打到脸上了,风力还在加大,保不准像

1942年那样的灾情有可能要发生啊!"和德生对申丙全说。

"我也害怕呀,这沙荒才开了一部分,大风一吹沙子跑得更厉害了。先别说为民寨子子孙孙造福,眼看咱们就成了世世代代的罪人了。"二人担心到一块儿了,商量着想什么办法防一防,起码能让开荒少些麻烦,尽量让天灾减少一些不必要的损失。

你一言我一语,两人商议了很久,也没找到一个有效防治风沙灾害的好办法。他俩不由得摇摇头,那就听天由命,看看老天的动静再做打算吧。

在外面待了一会儿,和德生与申丙全的头上、鞋子里都是沙土。可二人心里就像十五只吊桶打水一样,七上八下的。

"丙全哥,怕就怕大风不停啊。来时章喜大伯就说,过去的灾荒年刮几天几夜的大风,刮得白天找不到路,锅里都是沙子,饭都没法儿做,人出不了门……千万千万不能再出现那年景啊!"和德生回忆着历史曾经带来的惨痛教训。

善良朴实的申丙全听了点点头,唏嘘不已,然后抱拳朝天作揖,几乎抽泣着对老天爷祈祷起来:"老天爷啊,你就显显灵吧,你可万万不能再学1942年啊!快把大风停下来吧!"

眼看大风继续刮着,似乎还越来越大,根本没有停的意思,申丙全又对和德生说:"德生啊,别说开荒造福大家了,这回咱恐怕真成罪人了,弄不好怎么回家给大家交代呀?"

"丙全哥,不要怕!反正老天他要刮,刮罢了咱还接着干,总有一天能把沙荒治好的!再说了,现在可不是旧社会,咱得相信党和政府,相信咱大家的力量。你想想,咱们不仅有上级党和政府的坚强领导,身后还有几千号群众,力量大得很呢!只要咱们党支部垮不下来,只要咱们举好旗帜、领好路,群众就会跟着走!我坚信党旗永远就在我们心中,红旗一定能插遍全民寨,最后的胜利一定是属于我们的!"和德生坚定地说。

申丙全听和德生这么一说,心里敞亮了很多,皱着的眉头也舒展开来。"天都快亮了,那咱就睡吧,德生,千万别惊动大家。"说完,两人回屋悄悄躺下。

天刚亮,郑电杰先起来了。"老天保佑咱了,大风停了,下雪了!"焦章付一听,提着裤子,一边系着裤带,一边一踮一踮地往外跑。焦章付小时候患过小儿麻痹,走路有点儿瘸,走快了就踮起来了。

大家出门一看,真的下雪了,都惊呼:"感动老天了,感动老天了!"

一场大雪给突击队出了道新的考题

这场雪整整下了两天一夜。

风停雪止,已经挖好的近4000个苹果树坑里,基本上都填满了雪,仅比地面稍微低了几厘米。

大地上,每个树坑的轮廓都清晰可见、界线分明,就像一张画一样,清新而明快,很是好看。

一个个树坑方方正正,标准齐整,远远望去,就像老天爷有意把一张广阔无垠的方格稿纸,铺在了民寨的沙荒地上。

这张整洁美丽的稿纸更像是一张命题试卷,等待并考验着和德生,等待并考验着开荒突击队,等待并考验着民寨村党支部,等待并考验着民寨全村干部群众能不能写出一篇主题鲜明、内容翔实、语言流畅、文采飞扬的好文章来……

和德生与党支部,还有突击队,能不能写好这张时代答卷、回答好这场世纪之问,阅卷人就是民寨村的3200多位村民! 人民期待着,历史期待着。

突击队队员们高兴坏了。"胜利了! 胜利了! 我们胜利了!"大家眉开眼笑,一个个高兴得欢呼起来! 和德生与民寨人民不信天命,但老天也会眷顾艰苦奋斗、无私奉献的人们。

好雪呀,好雪! 民寨人福气真是大,民寨人一定能够实现脱贫致富奔小康的梦想!

高大的沙岗在突击队的铁铲下投降了

大雪过后,开荒突击队并没有停下手里的活计,继续着推沙平沙、挖荆棘抬树的日常工作。

和丙如"咯吱——咯吱——"地踏着雪,气喘吁吁地跑过来。"德生叔,南口那个沙堌堆太高了,推土机都没法儿上,咋推呀? 你去看看怎么办吧!"和丙如上气不接下气地说。

和德生说:"好,大家继续干活,我去一下,马上就回来。"

和德生跟上和丙如,朝南口大沙堌堆走去。

到了推土机前,一看这个东西走向的大沙堆,有好几丈高。如果推土机贸然上去,万一把握不好,掉下来就是车毁人亡,确实非常危险。

和德生把和俊起叫到跟前,严肃地说:"现在要推这个最高的沙堌堆了,几个年轻队员驾驶推土机经验都不够。沙岗太高,他们不是怕,是担心技术不行,不敢上去推,你看怎么办?"

和俊起也直挠头:"我考虑很多天了,几个年轻人驾驶推土机还不太熟练,他们不能先干。沙岗确实太高太陡,沙又松软,推不好真能掉下来,车毁人亡! 还是我上吧!"

和德生担心地问:"俊起哥,能不能找个比较安全的方法呀?"

"我早就盯上这个大堡垒了,这么高的沙岗只有推土机开上去,一道沟一道沟地慢慢推。我也担心推沙的进度上不去,耽误明年春天种苹果树,头一年的

68

计划完不成,就会影响队员和村民的情绪呀。"

和德生还是有点儿顾虑:"俊起哥,咱是不是去外边找个技术熟练、有经验的师傅上去?"

"我是共产党员,还是副队长,打仗都没怕过,现在遇到危险活儿还怕死了?咱不上叫别人上,还是共产党员吗? 德生,你就放心吧,我会谨慎、谨慎、再谨慎的,保证完成任务!"和俊起的牛脾气也上来了。

"你说得很对,咱都是党员,明知开荒有困难,就是奔着困难来的。现在有危险了,应该不忘当初宣誓时的承诺,带头上去。但是,是不是再找找别的办法推呀? 全突击队就靠你的技术呢,你万一有点什么可不行啊! 这样吧,把驾驶员都叫来,开个会,好好讨论一下,看能不能找个更好的办法。"和德生终究是不放心,和俊起也只好同意了。

几个年轻的驾驶员都召集过来了,和德生征求大家的意见。"这个南沙岗的情况大家都看到了,俊起哥非要上去推,他说只有从上面一道一道慢慢平。但我担心沙岗这么高,上面沙土太松软会有危险,大家讨论讨论是否还有别的办法。"

几个年轻的驾驶员都默不作声,思考着推沙的办法。

"还学上次推路时那个方法吧,从下面慢慢推上去。"一名驾驶员提出自己的想法。

和俊起解释说:"上次推路时沙岗不太高,可以直接推到沟里。这次沙岗太高太陡了,不一样啊!"

和留省有些着急,拍着胸脯说:"我是党员,不怕死,我上去开!"

孙学青、和丙如、郑军胜与和留希也争着要上去,都信誓旦旦说不怕死,就是陪着上去也得上推土机!

和德生见大家情绪这么高涨,决心一个比一个大,觉悟一个比一个高,作为党支部书记和突击队队长,内心很是激动。他明白,民寨村开荒突击队的精气神已经高度集中,凝聚力已经体现到危难险重的节骨眼上,这是多么难能可贵的财富啊,他为有这样一群英勇的开荒突击队队员而骄傲!

和德生权衡利弊、认真考虑后说:"可能是我太谨慎了,但危险性还是有的,我们必须慎重决策,一定小心再小心! 就叫俊起哥与军胜先上吧,其他人先观摩。"

和俊起、郑军胜上了推土机,加大油门,推土机雄狮般怒吼着向沙岗顶上奔去! 可是刚到顶上,推土机履带就陷了下去,因为沙岗顶上的沙都是前几天那场大风刮上去的,太松软了。眼见和俊起操作推土机向前斜了一下开始推铲,一加油门铲了起来!

沙岗下面的人正要鼓掌,不想推土机却突然从沙岗顶上滑下去五六米远,吓得大家都出了一身冷汗。

"哎呀! 不要动,不能动啊!"几个人齐声喊道。

推土机慢慢熄了火,晃了几晃才停稳了。"你们俩千万不能动啊! 我们想想办法。"大家高喊着。

不远处十几个正在干活的突击队队员听到喊声,一看推土机有危险,赶快跑了过来。

和德生急忙稳住大家:"看来这个高沙岗确实不好推,既然大家都来了,咱就开个临时会,看看有啥好办法,到底怎么推才行。"

大家你看看我,我看看你,最后把目光集中到了郑电杰身上。60多岁的郑电杰原来是老大队时第四生产队的副队长,抓生产多年,虑事周全,经验丰富。

焦章付说:"电杰,你经验多,脑瓜儿又好使,你好好想个办法吧!"大家都望着郑电杰。

郑电杰笑了笑,说:"我也没有推过沙,哪有什么经验? 不过依我看,沙岗顶上的沙都是新刮上去的,很松散。沙岗顶上地面儿又窄又软,推土机就是能上去也施展不开。我看咱还是用笨法儿,先用人工把上面这层软沙一锨一锨给平了,沙岗顶上面积大了,推土机才站得稳,才能慢慢把沙推开。"大家一听郑电杰说得很在理,都鼓起掌来,和德生也点头称赞。

有人说:"那快去拿铁锨来,赶紧平沙吧!"

和德生拦住大家:"别慌,俊起、军胜还在推土机上困着呢。章付叔,你去找两条大绳,大家拉住推土机后面,让他俩把推土机慢慢开下来,避免推土机一头栽下去出危险。"

大家跑到沙岗上，看着推土机头朝下几乎是倒立在沙岗陡坡上，非常危险。

"你们俩千万别动啊！一动就栽下来了，章付去找绳了，等我们把推土机绑住护拢好了你们再操作！"大家向和俊起、郑军胜他俩喊道。

一会儿，焦章付挎着两盘大绳，一瘸一拐地跑了过来。

和留省、和留希几个年轻驾驶员一步一滑地向上爬，好不容易把大绳绑到推土机后边的合适位置，然后像滑雪一样出溜下来，一直滑到沙岗底下。

和德生组织大家拉着大绳的另一头儿，深一脚浅一脚地爬到推土机后面的沙岗上，把大绳头紧紧攥在手中。"咱们一起用力向后拉，让推土机慢慢往下开，千万别让它翻了跟头。"

大家一齐护拢着，推土机才安全地开了下来，有惊无险。

大家马上拿锨平起了沙岗顶。"轻一点儿，轻一点儿！"尽管和德生提醒着大家，但是由于沙岗过高，风力虽不太大，队员们也都一个个被刮得满身是沙，就像刚从沙土窝里钻出来的"土行孙"一样。

不一会儿，沙岗顶上平出了一大块地方，推土机顺当地开了上来，重新开始推沙。大家笑着欢呼起来，又打了一个胜仗。

和德生说，再不能让俊起哥吃凉饭了

开荒任务很大，和德生心里总想着尽量加快进度，明年春天栽上苹果树，让大家尽快看到开荒治沙的成果。

推土机三班倒，人停车不停。和俊起既是技师，又是突击队副队长，自己总是坚持顶班干，和德生怎么说他他也不听。和德生正思考着怎么与和俊起谈谈，因为他实在担心和俊起累坏了身体。

"德生，你就别担心我了。咱们开荒任务这么重，我是党员又是干部，不带头儿，这片沙荒能开好吗？你是支书还是突击队队长，一直都在拼命干，我也不能掉队啊！"和德生重重地点了点头，给和俊起伸了大拇指。

过了两天，和德生正与队员们跟在推土机后面，用铁锹平整着新推出来的沙地。

"德生叔！德生叔！"和德生扭头一看，是和丙如在后面挥着手喊他。

"怎么了？别慌，别慌，慢慢说！"和德生对和丙如说。

"俊起叔他病了，肚子疼得厉害！"和丙如上气不接下气地说。

"我马上过去！"和德生把铁锹一扔，拔腿就向驻地跑去。

炊事员刘学跃和孙学青、郑军胜几个人正围在和俊起身边，有的端水，有的抱来被子给他盖上。

"俊起哥，你怎么了，现在感觉怎么样？"和德生疾步跨进门，着急地问。

和俊起趴在地铺上，痛苦地呻吟着，疼得满头大汗，来回打着滚。

刘学跃说："俊起这是累着了。"

和德生听了，不觉眼含泪花，急得直跺脚，喊道："快叫医生抓紧来治一治呀！"

这时，和俊起强忍着病痛，用了好大力气说："占……占学，他……他知道我……我的病根儿。"焦占学是村里的赤脚医生，他家与和俊起家离得近，所以知道和俊起的病情。

和德生抹了一把眼泪，让和丙如赶紧骑上自行车去村里叫焦占学过来。

72

和丙如疾步出门,跨上一辆自行车,把自行车的链条蹬得"呼啦——呼啦——"直响,一溜烟似的冲向村里,身后荡起一溜尘土。

焦占学来了,他是村里最早的赤脚医生,参加过市里的医务培训与正规医院的实习,医术在村里

是最好的。他一看和俊起病得不轻,嘟囔道:"德生,咋把你俊起哥弄成这个样子了? 就是开荒为民造福,也得让人受得了才行啊!"

刘学跃说:"昨天俊起下班晚,吃了凉饭,学青他母亲病了,俊起又替学青开了一夜车,才弄成这样的。"

"俊起有严重的胃痉挛,受凉了,冻着了,饿着了,吃硬的了,都容易犯病。这个病是他援老(挝)抗美时得的,平时在家也需要好生保养着。"焦占学一边说着,一边拿出止疼针给和俊起打上。

"这止疼针一针还不行,现在只能缓解一下疼痛,学跃,你去给他做碗热饭吧,吃了以后我再打半针,估计就止住了!"焦占学接着说。

"我不知道俊起哥胃病这么严重!"和德生惭愧地给焦占学解释。

"他当年在战场上长时间受冻挨饿,落下这个病根儿。本来这次开荒你俊起嫂不让他来,留在家里少吃苦就少犯病,在家做腐竹、蜡烛也能挣个钱。可德生你为了民寨把自家的腐竹锅、蜡烛机都卖了,你的行为打动了俊起,他就非要跟着你来开荒,他可是带病来开荒的呀!"说话间,刘学跃把饭端了过来。

大家扶着和俊起坐起来,看着他慢慢吃完一碗热面条。过了一会儿,和俊起感觉好了不少。

"我也是老兵、老党员了。这点儿苦算什么呢? 占学哥,再给我打一针你就回去吧,对你弟妹说我好了,别让她担心。"和俊起轻声说道。

"中,可是你以后一定注意,不能这样拼老命了,也不能再吃凉饭了!"焦占学说完又给和俊起打了一针,才回村去了。

和德生随后对刘学跃说:"以后做好饭了叫俊起哥先吃,再不能让他吃凉饭了!"

这就是民寨的突击队队员,经得起考验的共产党员。

和德生拿出家里最好的酒给大家满上

又是一天的紧张劳动收工了,最高的沙岗也推平了,大家正准备吃晚饭。

"今天晚上咱要庆祝一下,最高的沙岗总算推平了,春天种苹果树有希望了。我把我爹从山西带来的汾酒拿来让大家尝尝,也给大家加加油、鼓鼓劲儿!"和德生说话时,刘学跃把一盆一碗的菜摆了一门板。

没有桌子,突击队就把门板摘下来当餐桌。尽管和德生特意安排厨房多弄了几个菜,但还是没有什么荤腥。

可这是开荒一个多月来最丰盛的一顿饭菜了,大家高兴地围了过来。

郑电杰一进门就逗和俊起:"今天得让俊起多喝点儿呀! 为推平这个最高的沙堌堆,俊起两次都差点儿把命搭上,敬酒先敬他!"

"别光说俊起,要不是电杰想出了办法,现在还不一定能推平呢!"焦章付指着郑电杰说。大家说笑着,等待这次"工地庆功宴会"的开始。

"今天,德生把酒都拿来了,咱得喝好啊!"大家热闹地说笑着,一会儿屋子里就暖烘烘的,一改往日吃饭时的冷清与紧张。

和德生招呼队员们:"大家都坐下,开荒以来大家还没闻过酒味儿咧,别说酒了,连饭也吃不好。今天最高的沙岗推平了,开出来600亩了,也与规划的苹果园连成了一片,基本实现明年春天种苹果树的设想了! 双喜临门啊,这也算我们的第一次大胜利吧!"和德生说着稍作停顿,大家静心听着,没人插话。

和德生继续说:"曾经有人说我们能把高过线杆的沙岗推平,得等太阳从西边出来。实践已经证明,我们能推平它。我们突击队从16岁到66岁,跟着我不要家、不要命、不要工资，不在家里做腐竹、蜡烛挣大钱，而是来到工地上没日没夜地开沙荒，精神难能可贵啊！还有人说我和德生带了一群疯子、傻子。我想我们就是一群不想让民寨穷、想让民寨奔小康的疯子、傻子！现在我代表党支部与3200多口民寨人，向大家表示祝贺和感谢，大家一定要喝好、吃好，明天开荒干劲儿更大！"

"别说了，人家别村的村支书都在家享清福咧，你领着我们在这里开沙荒，操心办事不说，一直都是带头儿干，你得带头儿喝才对！"郑电杰激动地对和德生说。

"这苦才刚开始，这是万里长征一小步啊！等把沙荒开好了，地里苹果挂果了，长庄稼了，咱再大庆大贺一番。现在还是请大家共同举杯，为我们的阶段性胜利干杯！"和德生说着一饮而尽。

队员们也一一喝了起来。整个小屋里的欢声笑语快要把屋顶掀起来了。

郑电杰给和德生透露了一个"秘密"、一个担心

这时，郑电杰悄悄拍了拍和德生。和德生会意地站起身来和郑电杰一起走出门外。两人向西边沙堆走去，在一个不高的沙堆上坐了下来。

郑电杰说："德生，咱爷儿俩能说说知心话不？"

和德生说："来了这么长时间了，也不知整天都忙得啥，咱爷儿俩也没很好地谈谈心，认真交流一下，看看下面有什么情绪和意见。大伯，您在这沙荒地年头多了，知道突击队的情况也多，我还真想听听您的意见和大家对开荒治沙有什么想法呢。"

郑电杰咳了两声，说："德生，你在部队当兵多好啊，说不定还能提个干，就不用在农村打土坷垃了。就是回来吧，在村里安安稳稳当个支书也挺好，总比在这沙窝里整天累得像个土驴一样强得多吧？你给村里引进腐竹、蜡烛项目，群众都在家挣钱，过得稳当、踏实。可我在村里和突击队里也是听到一些风言风语。大家都知道你门路多、见识广，村里群众怕你在这儿待不长，你起了这个头儿，可要是你以后一走，这沙荒就开不成了，大家思想上有顾虑、有想法。再

就是,突击队有人还想回去挣钱,人家家里人看着别人挣钱盖楼买拖拉机、买轿车,难免会埋怨,这会给咱突击队队员拉后腿儿啊!再说了,干活你带头可以理解,因为你是支书、是队长,可抬树的时候人家一头儿两个人,你总一个人不说,还老抬大头儿,这样卖力气你就不怕到了老了出伤症?"

听了郑电杰一番掏心窝子的话,和德生却很是镇定,并没有感到意外,这些情况甚至更多的问题,其实他早就想到了。

和德生平静地说:"大伯,我是有门路、有能力让自己家过上好日子,可我是个共产党员,又是党支部书记,总不能光想着自己,看着咱村大伙儿没有好地种无动于衷吧?您是看着我长大的,我是爹娘的儿子,也是咱民寨的儿子,更是党的儿子啊!我不带头儿改变咱村面貌能行吗?老一辈共产党人为人民翻身解放牺牲那么多人,为了什么?还不是为了建设社会主义新中国,让人民过上幸福生活吗?这是共产党人的理想和追求啊!我是党支部书记、突击队队长,既然带着大家来开荒,就必须以身作则、当好表率,像咱宣誓时说的那样,开不完荒、治不了沙决不回家!您给大伙儿捎个信儿,叫大家放心,搞副业挣钱再多,我也决不会回去!"

郑电杰听了和德生的一席话,深受感动,关心地说:"德生,那你图个啥呀?有福你不去享,要知道开荒可不是那么容易的,万一不成功怎么办?要是有人埋怨你怎么办?要知道觉悟不高的人可多着呢!"

"电杰伯,我明白您的心意,都是为我好。您就放心吧,只要沙荒能开好,咱民寨人不再受穷了,不向国家伸手了,就是有人骂我、怨我也没事。我给您老说吧,我的决心早已像秤砣一样,开好荒我最后一个回家!大伯呀,只有咱党员干部带头,群众才跟咱走,才有积极性,民寨才有盼头儿啊!"和德生坚定地说。

"那我就放心了,也知道该怎么给别人说了。不过你一定要记住,以后千万要悠着点儿、慢慢干,一定注意别把身体给累垮了,咱民寨可是全靠你了!"郑电杰百感交集,哽咽着叮嘱和德生。

和德生搀着郑电杰往回走,两人紧紧靠在一起的背影传递着相互的理解与支持,也传递着和德生的雄心与壮志。

队员们都给"铁拐李"焦章付老人点赞

下工了,大家坐到了伙房门前两块石板搭成的餐桌周围,和留省招呼着大家:"开饭前,先让和队长给突击队布置一下下一步的工作,下面让德生讲一下。"

风"呼呼"地吹个不停,吹得队员们倒抽凉气,个个捂着头夹着膀子。

申丙全说:"这风也太大了,真是能把人给刮走!大家还是躲到屋里一边吃饭一边说吧。"

挪到屋里,和德生对大家说:"今晚风很大,但是政治学习、巡逻护沙也不能停呀。留省,你还组织大家学习到9点半吧!主要学习毛主席著作与时事政治,抽出时间再把李教授讲的怎样改造土壤、怎样培育苹果树的课温习一下。丙全哥,今晚该你值班巡逻了,风太大,不行就换个人领班儿吧!"

申丙全是会计出身,多年来记账算账,眼睛近视五六百度。晚上别说巡逻,连夜路都走不成,白天对面来个熟人都看不清是谁,名字都不敢叫,怕认错人。何况是在这高低不平、荆棘丛生的沙荒地?申丙全忠厚老实、为人正直,他曾陪着和德生去新郑、民权、兰考考察,非常佩服和德生为民寨开荒造田、为子孙后代造福、为村民脱贫致富奔小康的忘我操劳和实干精神,所以不在村里当会计,坚决要来开垦沙荒。他成了和德生的得力助手,也是队员们非常敬佩的副队长。

突击队晚上巡逻值班,可不是走走过场就行的简单事。巡逻的路线是整个开荒区域,转一圈至少要30多里,主要任务是看护推土机、油料、板车、劳动工具、林木等集体财产。巡逻路线有时还要随时变更,夜里刮起大风、下起雨雪来,更是增加了巡逻值班的难度。申丙全眼神儿不好,搞不好就撞到树枝、荆棘棵儿上了,几次把脸都挂烂了,眼镜也弄丢找不到了。但他还是一次不落地带班巡逻,从没有换过人。

"丙全哥,今天你就不要去了,风太大!"和德生听着外面呼啸着的风又一次劝申丙全,就差没有拉住他了。

"哦！大风真能把我刮走啊？看把你吓的！"申丙全一本正经地说。

"那好吧，值班儿的要保护好丙全哥，出啥事我可找你们几个算账！"和德生严肃地嘱咐值班的队员们。

他们几个穿戴好，找来东西把头包住，拿着红缨枪、镰刀等简单的防护用具，搀扶着申丙全就出发了。

外面的风真是大，他们一出门差点儿被刮倒。

"留省，巡逻的走了，咱们开始学习吧。前面学完几篇毛主席著作了？《为人民服务》《愚公移山》学习、理解得怎么样了？"和德生问。

"学习效果还不错，都会背、会讲了。"和留省回答说。

"那好，今天咱一起学习讨论。太方，你先给大家讲讲学习《为人民服务》的体会吧。"和德生点名让和太方发言。

和太方年仅 17 岁，中等个子，干净利落，聪明好学。他没发过言，更没在这么多人面前正经说过话，有点儿害羞。"我也没在人面场上说过话，我学过毛主席的《为人民服务》了，张思德为人民烧炭牺牲了。我是民寨人，决心跟着德生爷开沙荒，不管吃多大苦受多大累，平不完沙堌堆，我决不回家！"和太方虽然说得不多，却句句实在、真心实意，大家为他鼓起掌来。和太方很不好意思地红着脸，不敢再抬头看和德生与队员们。

"下一个谁发言？"和德生问道。大伙儿都不敢抬头，都怕说不好，生怕轮到自己。

"广红，那你也来说说自己的学习体会吧！""我怕……我怕讲不好大家笑我啊，德生叔！"孙广红结结巴巴，有点儿不好意思。

孙广红在家里是老大，刚满 18 岁，是家里的顶梁柱。担水、烧火、打腐竹浆、揭腐竹皮、晾腐竹、过秤、包装、送货全靠他。他爸说："要不是为了开沙荒，我可舍不得让广红去北沙。德生带着人给村里办这么大的好事，咱不但去，还得带头去！"就这样，像当年很多爹娘送儿子参军一样，孙广红的父母把孙广红送到了突击队。

"广红会讲，广红聪明！"大家鼓励着孙广红。

"那你们都别笑我，我就简单说几句。"孙广红还是有些胆怯，挠着头皮说，

"其实俺家都指望我在家里做腐竹赚钱咧,可是俺兄弟比我小得多,来不了突击队。俺爸俺妈说,'你德生叔为了大家致富要开荒,咱不能光等着享清福,至少得出咱家这一份儿力',所以就叫我跟德生叔到突击队来吃苦锻炼

图为 1992 年搬迁后的突击队队部,墙上"办成毛泽东思想学校"的字样清晰可见

了。学习了《愚公移山》,我觉得得好好学习愚公挖山不止的精神,就是开一辈子荒,也得把沙荒开好才回家。"

"好,好!说得好!"大家给孙广红不停地鼓掌加油。

焦章付还没轮到,主动举手要求发言:"我也说说吧,我有过不开荒了、想回家的念头。觉着沙荒地除了荆棘、疙瘩杨啥也不长,咱们吃苦受累来开荒,别弄个劳而无功。再加上听到过一些闲言碎语,说实话我动摇过,信心不大了。可是仔细想想,德生支书都能丢下赚钱的生意不做,带着咱一起开沙荒,我还有脸不跟吗?今天我表个决心吧,不开完沙荒我也坚决不回家。一定要当个称职的突击队队员,学习人家张思德,就是累死也不怕,开好荒给咱村下辈人造福!"

大家一听焦章付的发言,一个个都一脸的惊愕。要是焦章付自己不说,谁也不知道他曾经动摇过。焦章付竟然把自己真实的想法说了出来。这也可以说是自己揭了自己的疮疤,一点儿都没掩盖,真够实在的。虽然焦章付不是共产党员,年龄也大了,但突击队所有人今天就像认识了一个新的焦章付一样,对他更加敬重,热烈地为他鼓起掌来。

焦章付已经 50 多岁了,是村里的老护林、护沙员,小时候得了小儿麻痹,留下了后遗症,走路一瘸一拐的,人们都开玩笑地叫他"瘸子"或"老拐",但他干活一点儿都不比别人差,还经常与年轻人搞劳动比赛。除了平时互相开个玩笑,大家还是很敬重这个老队员的。

副队长申丙全光近视眼镜就丢了好几副

队员们学习讨论得正起劲儿，忽然屋门被推开了。"快、快、快，找东西给丙全哥包头！"孙学青气喘吁吁，急切地吆喝着正在学习的队员。

很快，两个巡逻队员搀扶着申丙全进了屋。大家见申丙全满脸是血，都吓了一跳。"怎么回事，怎么回事？"和德生与大家着急地问道。

"没事儿，没事儿。"申丙全坐下来，摆摆手说。

孙学青说："巡逻途中风太大，一根手指粗细的酸枣树枝被大风刮得扑甩着，'啪'地一下打到丙全哥脸上。眼镜被打掉了，脸也被打烂了，赶紧给他包扎一下吧。"有人提起马灯就近照着，和留省急忙拿来消炎粉、碘酒和纱布，给申丙全处理伤口。

焦章付知道像这样伤着脸、丢眼镜的事在申丙全身上发生过很多次了。他已经在风沙雨雪里吹掉、刮丢了好几副眼镜了。焦章付是既心疼又好笑，忍不住打趣申丙全说："丙全啊，你这是参加珍宝岛战斗了还是抗美援朝了？"大家听了焦章付的话都笑了起来。

郑电杰也逗申丙全说："你说你在家当会计多好，一个秀才非要上战场，你不受罪才怪哩！"

申丙全包扎好伤口，头上、脸上缠了好几道纱布，真像一个在战场上负伤的伤员。他咧咧嘴，忍住疼痛，却也不好意思地笑了。

和德生在他们几个巡逻出发时，就交代随行队员要注意保护申丙全。可是天黑风大，出现意外也是无可奈何。他也就没再多埋怨，轻声对大家说："已经10点多了，今晚学习就到这里吧。丙全哥好好休息，不行明天到卫生院再看一下，大伙儿都休息吧！"

和德生把自己的军大衣给焦聚星盖上

"休息可以，你聚星哥今晚上不能休息，该他出节目'玩狮子'啦！"焦章付又在逗乐。焦聚星当过生产队的队长,个子较矮,但为人忠厚正直,干什么活都不惜力,又不善言语,大家都喜欢与他一起干活。开荒期间,有时冻得睡不着,他喜欢来回翻腾翻腾,来几式舞狮子的动作热热身。大家冻得睡不着时就让焦聚星耍几下子。

和德生就随口说道:"那好办,我老热,我的军大衣给聚星哥盖上。"说着和德生把自己的军大衣盖到了焦聚星身上。

"不中,不中!德生,你领着大家开荒,还得操心村里的全面工作,冻坏了可不行!"焦聚星一边说着一边把军大衣往和德生的铺上抱。

"我年轻,活力大,没事,你可别冻感冒了!"两个人来回推让了几次,最后还是焦聚星推辞不过盖上了。

郑电杰经的事多,提醒大家道:"这才入冬不久,到了三九寒天就更受不了啦。除了加被子以外,明天再找些麻袋,多装点儿麦秸,铺在铺下面也很保暖。不然,咱们是不好过冬的。"

和德生觉得还是郑电杰想得比较周全,看来也只能这样了。

夜里,宿舍里不断传出队员们的咳嗽声。

寒冬里,突击队遭遇了建队以来较严重的一次损兵折将

第二天一早,六七个队员感冒发烧。

和德生看在眼里,急在心上,就问身边的郑电杰:"春天要栽苹果树了,这一下病了好几个队员,突击队活儿还很多,真有些担心啊!"

郑电杰是老护林员,对沙荒地的冷暖感受最深、最直接。"每年都这样,猛一冷人都受不了。这沙荒地里更冷,现在地铺底下就一层麦秸,太薄了。叫人买些生姜熬点儿姜汤,加上红糖喝一喝就会好很多。再派一个人回去拿些感冒药回来,也不误干活。"

"太方,你年轻跑得快,赶快去给大家买药,再买二斤生姜一斤红糖,让大家驱驱寒,防止再有人感冒。"和德生安排下去。

和太方拿上钱,骑上自行车飞一样地向村里奔去。

"今天下雪不能干活,我们突击队领导班子开个会。郑州林科所打来电话,说如果交不上买苹果树苗的钱,美国蛇果、日本红富士这些好果苗就没了!咱们钱已经贷了6万了,再贷款估计不太好办。要不咱们还本着集资来安排吧?"和德生给几位副队长说。

和俊起说:"咱突击队集资没问题,但灌油、浇地、推沙、打井都是集资,大家手里都没多少现钱了。我看你还得回家开会,让党支部带个头儿!"

"对呀,党支部带头儿就好办些。"和殿顺接着说。

和留省也说:"不是都说'村看村,户看户,群众看的是党员,党员看的是支部'吗?你回去一开会动员,党支部一带头就容易多了。"

和德生也同意几位副队长的建议。

沙荒地长得最好的十几棵槐树被人偷走了

后半夜是郑电杰、焦章付和孙学青三个人值班巡逻,途中听到沙荒地西北角洼地里有响声,他们马上警觉起来。

走近,侧耳细听,"咔嚓,咔嚓"的砍树声清晰地传来。

孙学青叫喊道:"有人偷树!"三个人分别举着红缨枪、拿着镰刀冲了过去。

"真是可恶,就这洼地里长了几棵好树,你们还敢偷啊?"巡逻小组一边说一边撵,一齐喊着,"站住,站住!"

几个黑影马上发动拖拉机,"突突突突"载着砍下来的树飞快地开走了。

"站住,站住!"他们边喊边追,吓得几个偷树的跑得更快了,拖拉机疯了一样向东边大路上开去!

三个人累出一身大汗,也没撵上他们。郑电杰说:"天也快亮了,快给德生报信儿,抓贼要紧! 学青,你跑得快,快去!"

孙学青一口气跑回宿舍,拍打着和德生的被子,说:"德生哥,快起来,有贼了! 咱西北洼几棵好槐树叫贼一下子给偷完了。真胆大,还开着拖拉机,你看咋办?"

和德生缓了缓神,反应过来。"往哪儿跑了? 还开着拖拉机? 天也亮了,沙地留有车胎印,好找,追!"和德生赶忙穿上衣服,拿上镰刀就要出门。

大家都惊醒了。和德生二话没说,骑上他的摩托车,带上申丙全,不管沙丘高低,是否好走,向西北洼地方向追去!

"学青,咱们快跟上他们!"郑电杰回来的路上见到和德生与申丙全,紧张得上气不接下气,不停地说着,"快! 这伙贼开着拖拉机向东窜了。现在天亮了,沙地车胎印压得深,看得清楚,好追!"

和德生加大油门,摩托车颠起老高。申丙全坐在后座上,一手扶着眼镜,一手搂住和德生的腰,两人跟着拖拉机的轮胎印往前猛追。

到了东边大路上一看,拖拉机调头向北边去了。这段路面很硬,车胎印模糊了许多,几乎分辨不清。两人下了摩托车,仔细辨别着车胎印。

郑电杰、孙学青几个人随后喘着粗气也赶到了。

"哎呀,看样子这偷树贼可是向内黄的小李庄村跑了。"焦章付一脸的惊讶,担惊地说。

刚找到并已记上记号的 12 棵树还是不翼而飞了

小李庄村地处三县交界地带,南面是滑县,北边是内黄县,往西是浚县,属于三不管地带的一个村。1949 年之前,这里土匪出没,偷树成风。曾有外村人抓住过偷盗者,结果被盗贼害了命。听说那个杀过人的盗贼现在还关在监狱里。

郑电杰说:"咱到小李庄可得小心些,真有可能会出点儿啥事儿,多去几个人吧!"

"现在是共产党的天下,还没有王法了?丙全哥,拿好镰刀和红缨枪,我学过点儿武功,还当过兵,也能对付几个吧?我俩骑摩托车前面先去,其他人后边跟着就行了!"和德生说着,与申丙全又跨上摩托车,跟着模糊的车胎印向北追去。

进村刚到一个胡同口,明显看到路面刚刚被人扫过,车胎印一点儿也看不出来了。他俩就顺着扫地的印痕往里边找,一直找到一家挂着"加工木材"牌子的人家。

扫地的印痕一直延伸到后边的院子。他俩进去一看,眼见十几根刚砍下来的树身条子在院里躺着。

"丙全哥,找到了!"和德生兴奋地说。

申丙全小声提醒:"小心,小偷在不在旁边藏着呀?"听申丙全这么一说,和德生立即警觉起来。他握紧了镰刀,运了运气,做好了打斗的准备。

"丙全哥,快拿笔来,每棵树身上都记上记号,防止他们再搬走转移。"申丙全一棵一棵画上记号,共计12棵。

跟上来的几个人嚷嚷道:"小李庄的人也太胆大了,敢偷这么多树,够盖一座屋的檩条了。"

和德生招呼大家出了院子,在胡同里布置起来。"你们几个在门口看着,我与丙全哥找他们支书去!""好,好!"大家警觉地站在胡同,等着和德生和申丙全。

和德生与申丙全打听着,拐了几个弯找到了小李庄支书家里。

小李庄党支部书记姓李,60岁上下,瘦瘦的,身板硬朗,慈眉善目。

和德生自我介绍后说明来意。李支书听了很是生气地说:"我们内黄正进行严打,已经抓了几个了。这几个人就是恶习不改,还这么大胆。走,咱们先去看看赃物去!"

三个人一起朝那户人家走去,郑电杰、焦章付、孙学青、和留省几个人也跟了进来。

进到院里一看,大家都傻眼了。一会儿工夫,画着记号的树干已经不见了踪影。

"我们几个一直都在胡同里守着呢,怎么没听见一点儿动静啊?"郑电杰很是不解地说。

"不要紧,和书记你们还忙着开荒的事,先回去吧。我们工作没做好,查清后一定尽快通知你们。"李支书抱拳致意,给大家做了保证。

后来,这件事得到妥善解决,突击队终于把集体的财产追了回来。

第三章

笃信红旗，在大事要事面前彰显

团结的力量，男女老少齐攻坚

红旗,在民寨村干部群众的心中,就是信念,就是力量,就是一团圣火,就是一座灯塔。民寨村办每一件大事、要事时,都是红旗飘飘。鲜艳的中国红映衬在人们的脸上,那是幸福与荣光;根植于人们的心中,那就是坚守与坚信。在一面面红旗的照耀下,任何困难都能克服,任何大事、要事都能办成,这就是红旗的精神魅力,这就是旗帜的光辉伟大。

在民寨,红旗是党团结、带领干部群众艰苦奋斗的精神象征,更是干好每一件大事、要事的力量源泉。

"集资支书"为买苹果树苗,又要集资了

又是一场大雪过后,民寨村村委会办公室里。

"德生,下这么大的雪,你怎么又回来了?"副支书孙殿堂问刚踏进门来的和德生。

和德生像个雪人,头发上盖了厚厚一层雪,衣服、鞋子更别说了,都快湿透了。孙殿堂赶忙与村会计孙电思、副支书兼民兵营长孙绍林一起,帮助和德生拍打着身上的雪。

孙绍林一边拍打,一边与和德生开玩笑:"我说刚才一看门外,好像《智取威虎山》里的杨子荣下山来了,谁知道是从沙荒地里来的和德生啊!"

"绍林哥,下雪我还来找你们,是我又遇到难题了,快召集党支部委员开个会吧!要买苹果树苗了,党支部得好好商量一下。"

孙绍林随口说:"还商量个啥?苹果树苗必须买!"孙绍林说得直截了当。

"还得让党支部一班人带头凑个毛毛(钱)啊!"和德生说着坐了下来,"另外呢,也给大家汇报一下这段时间的开荒治沙工作。"

孙绍林眼一瞪,抢着说:"汇报个啥?你这个年轻老弟、大支书,这些天白天干那么重的活儿,推沙、平沙、挖杂树、挖苹果树坑,晚上又是学习,又是巡逻抓小偷,当咱这个大村支书够格,我这就通知人马上集合来开会!"

一会儿,民寨村村委会办公室挤满了人。"村委会副主任刘山东胃疼得厉害没法儿来,其他人都到齐了,开会吧!"孙绍林说。

"你和突击队真是太辛苦了！德生。""看德生这会儿头上还冒热气呢，德生踏着雪走几里路还来说工作，真是好样的！"大家连声称赞和德生。

"大家都很辛苦！今天的会议两个议题：一是汇报一下近期开荒的工作；二是苹果树苗得买了，晚了就轮不到咱们了。"和德生说完，就开始给党支部汇报工作。

"通过突击队队员日夜平沙、挖老树、挖苹果树坑，现在栽苹果树的6000多个树坑已挖好将近4000个，这场大雪把苹果树坑基本灌平了，暂时不用担心墒情。问过农大的教授了，苹果树坑土肥不够，也已经动员突击队搂了不少桐树叶备用。现在突击队还在继续平沙，推土机昼夜不休息，进展还比较顺利。下一步就剩买苹果树苗了。来时开了突击队领导班子会，队员们正在找亲戚、托朋友借一部分。大家都知道村集体没钱买树苗，咱党支部委员如果能带头集一部分资金是最好了！"和德生停下来，扫视了一圈，看了看大家的反应。

孙绍林摸了摸下巴，诙谐地说："我的大支书兄弟，集资可以，能吃上你的苹果不能呀？"

和德生说："一定能，我们看到新郑栽了枣树，民权种了葡萄，兰考焦裕禄书记栽了泡桐种了庄稼，不都长得很好吗？我们也与农大几位教授交流了，只要有机肥、水能跟得上，果树、庄稼在沙地上一样长！突击队既然平出来几百亩地了，开弓就没有回头箭啊。我们党支部下决心干这件事，目的是为群众造福、让后代有地种，再难也要干到底！我们党员干部理应事事带头，但是浇地、买柴油、买机器时集过资了，也理解大家的难处。有人说我和德生是傻瓜、疯子，不知道开荒成不成功就先叫支委们掏钱，是败家子，是'集资支书'！不管怎么评价，共产党的干部就是为群众吃苦、吃亏的！咱当干部的不是地主、豪绅，是当为群众办事的官，是群众的仆人！这不是说官话，光说不干或者做个样子假干，就不是共产党员做的事！"和德生停下来喝了口水，继续往下说。

"开荒治沙，我们迎难而上，带头吃苦受累，我们不怕。集资我们还要带头。大家好好想一想，我们党支部班子不带这个头，不吃这个亏，这沙荒叫哪辈儿人开？当然，大家刚刚解决温饱不久，积攒的钱还有别的用处和打算，况且已经集了一次资了。大家有困难，我们心里都明白。但是，我们就是卖家当、找亲戚、托朋友,也要把苹果树苗买回来呀,不然我们白开这几百亩地了,人家就要笑话死我这个支书、咱们这个党支部了!"和德生越说越激动。

大家小声议论着,多少有些为难的样子。但觉得和德生把话说到了这个份儿上,更多的是肯定与赞赏。

"德生,你不用再说了,你是咱民寨的党支部书记,是旗手,我们都是与你一起扛旗的人。不管想啥办法,必须把苹果树苗买回来,坚决支持突击队的工作!大家一定要把红旗插遍开荒工地,插遍整个民寨村!"支部委员们态度坚决地表了态。

和德生跟妻子商量,把家里的电视机卖了

和德生回到家,孩子们早已睡着了。

妻子张兰云知道和德生没有大事不会回来,他已经两三个月没有在家里住过了。

张兰云小声说:"开会这么长时间,都后半夜了,快点儿睡吧。"

"不能睡呀,咱俩还得商量个事儿咧。"和德生拉着张兰云说。

"什么大事儿啊?难道咱俩在家也得开个家庭党员会吗?"张兰云也是党员,最了解自己的丈夫,一直以来都全力支持和德生的工作,但她还不知道村党支部开会商量了什么事。

"是啊,你猜猜,今天开党支部会研究啥事咧?"和德生没有直接说,给张兰云卖了个关子让她猜。

"你那点事儿我还不知道?是不是又让村里四个班子,党员、干部给你义务劳动平沙呢?"张兰云试探着问。

"今晚是说要买春天栽的苹果树苗的事。钱不够,要党支部委员带头集资呢!"和德生不想再兜圈子,干脆直接说了。

"咱家真是没钱了,你们出去考察用的咱家的钱,推土、灌油、打井你都是叫人来家拿着钱就走。你的退伍费早就垫上用了,就做腐竹赚的那俩钱儿,我和咱爹咱娘还有孩子们买件新衣裳都舍不得,都叫你倒腾光了!"张兰云眼里含着

泪花,有点儿委屈地说。

"我想了两个办法,一是到下堤咱娘那儿借点儿,二是把电视机卖了。"和德生说。

张兰云皱了皱眉头,停了一会儿,为难地说:"下堤俺娘家也没开银行,电视机是孩子们心里的'星星',要是卖了,孩子们恐怕不好哄啊!"

和德生看张兰云口气有了松动,连忙追着说:"咱娘她通情达理,你明天去看看,多少都行。卖电视机就对孩子们说拿去修了,时间长了他们也就忘了。"

张兰云见和德生这么着急,怕他不依,只好答应:"你去开荒是为民寨、为后代造福,你和队员们吃了不少的苦我都知道。我也是共产党员,全力支持你的工作!"和德生一听,高兴地拉住张兰云往她脸上亲了一下,"这才像我和德生的老婆嘛!"

第二天一大早,和德生来到村委会办公室。村会计孙电思笑盈盈地告诉和德生,党支部委员集了2000多元,够买三成的苹果树苗了。

和德生一听,高兴地说:"还是党支部一班人有觉悟,行动也快! 等我回工地给大家说说,突击队干劲儿就更大了!"

外村人也送来了救急钱

和德生回到开荒治沙工地,突击队队员们正扛着铁锹、拿着镰刀,拉着板车去工地平沙、干杂活,看见和德生笑嘻嘻地回来,就知道买苹果树苗的钱有着落了。

"带了多少钱回来? 这么高兴!"郑电杰问。

和德生看着郑电杰,同时告诉大家:"党支部集了约三分之一的钱了,咱突击队再集些,不够再到银行贷些,买苹果树苗的钱基本上就没大难了,光剩沙地里长大苹果了!"喜得大家哈哈大笑起来,干活的劲头儿更大了。

忽然,从村里来工地的路上,传来"突突突"的摩托车声。

"德生,德生! 等一等!"骑摩托车赶来的人大声喊着和德生。

近前一看,来人中等个子,稍胖,穿着一身旧军装,身板、动作像个当过兵的人。他叫韩志立,附近韩河京村人。韩志立不仅懂些国家政策和法律知识,也很有正义感,在三里五村是出了名的公道人。谁家有难缠事,只要他知道了,都会去帮忙,口碑很好。

韩志立一边与和德生打着招呼,一边向工地四周张望。看见突击队开出来的大片地块,禁不住满心欢喜,给和德生伸出了大拇指,啧啧称赞。

怕耽误和德生干活儿,韩志立赶忙从一个提包里拿出来五捆10元面额的人民币,放在和德生面前的沙地上。二话不说,扭头跨上摩托车就要走。

和德生赶忙追上去,大声喊着:"志立哥,志立哥! 你停一停!"

"德生,你收下吧,我知道你们急着用钱哩! 你要是再追我,我就生气啦!"韩志立态度非常坚决,怕和德生追上他不收这笔钱,绝尘而去。

这让和德生十分感动。

和德生默默地想着,党的事业为什么能够不断取得胜利? 法宝就是一切为了人民,一心一意为人民服务。无论开荒治沙有多难、有多苦,一定不孚众望,把沙荒开完,干到底,一定要为民寨开出一片新天地!

队员们说,原来和支书让我们搂桐树叶有大用处啊

突击队队员们一个个都笑容满面,一起迎接河南农业大学教授再次来开荒工地讲课。

不一会儿,村民和国栋骑着自行车,领着李教授、马教授和闫教授顶着北风来到了突击队驻地。

"欢迎,欢迎,这么冷的天还来工地讲课! 听说你们来,大家昨晚议论了大半夜。说咱们多数人连小学都没毕业,教授讲课咱能听懂吗? 大家是既高兴又担心啊!"和德生一边与三位教授握手,一边说出了大家对听课的顾虑。

"我们都是农村出来的,又都是河南人,不就是多认了几个字嘛,有啥听不懂的? 讲得慢一点儿就是了。"李教授很是谦虚地说。

和德生也鼓励大家:"大家听听,李教授说得多亲切啊,不害怕学不好了吧?"队员们听了和德生的话,都笑了起来。

教室仍然设在突击队的宿舍里，队员们就像小学生一样规规矩矩地坐在地铺上，手里拿着本子和笔，认真地听教授讲课。

李教授开讲了："咱们今天重点来讲苹果树的栽培、施肥、浇水、剪枝等技术要点，因为你们很快就用得上了。大家只要把你们开荒的精神拿出来，用心听、认真记，学习就比开荒容易多了。但是，和支书可得先给你们解决个大难题，就是怎么拿有机肥来给苹果树做底肥这个事。这么多苹果树，一棵树至少需要半方以上的粪肥，可不是个小数目啊！"大家一听，立刻活跃起来，纷纷发言。

"李老师，我们和书记早就安排好了，您看院子里那一大堆桐树叶就是给苹果树准备的。"大家指着驻地院里一大堆桐树叶说。

几位教授扭头向外一看，有些吃惊。"这么大一垛桐树叶呀，你们是怎么搞到的？"

孙广红眉开眼笑地抢着回答："别看和支书年轻，但他能测会算呀。那天刮起大北风，他让我们凌晨 3 点钟去几条大路上搂桐树叶，结果搂了这么多。"

"哈哈哈！"连三个教授都笑了起来，"真有你们和支书的，他真是虑事周详、指挥有方啊。"

"那天我们都不同意回村去搂桐树叶，开始不知道有啥用，还恐怕搂不成桐树叶叫人家拾柴火的笑话。结果我们比拾柴火的人起得还早，一下子搂了几十车，和支书真神！"一名队员接着说。

马教授打了个手势，提醒大家说："好了，不说了，继续讲课……"接着马教授给大家讲授了苹果树栽培的相关知识和注意事项，特别是把大家提出来的一些问题又重点讲解了一下，讲得既有趣味性，又通俗易懂。

下课了，大家翻看着笔记本，纷纷议论："原来教授讲得这么好懂啊！教咱的都是怎么栽苹果树、怎么浇水施肥、怎么管理，真是太实用了。后边的课，咱们还得好好听啊！""原来用树叶、玉米秸秆一沤就叫有机肥呀？咱和支书叫搂的桐树叶正好有大用处啊！"

"你们和书记让搂的桐树叶可是最好的树叶，它的营养元素最多，最适合做有机肥了，你们这树叶搂得好、搂得值啊！"

大家兴高采烈，学习农林技术的劲头儿更大了。

队员们累得连饭都不想吃了，只想得空就睡一觉

冬去春回，万物复苏。转眼间，到了春暖花开、鸟语花香的季节。大地上万木葱茏，一派生机。

民寨村的开荒工地上，已经变了模样。原来高低不平的大沙岗、深沙沟越来越少了，荆棘丛、各种杂树也看不到几棵了，一大片平展展的农田展现在人们眼前，一眼望不到边。

小草削尖了脑袋穿破大地，春姑娘把绿色抹得到处都是，让人耳目一新，心情舒畅。

突击队队员们谈笑风生，两三个人一组，分别拉着满满一板车的桐树叶，往苹果树坑里填着。

孙广红已经是技术员了，一边干活一边提醒队员们："一个树坑半方桐树叶，不能少也不能太多，还要盖上一拃厚的土啊。"

焦章付大声对孙广红喊道："等咱吃上了好苹果，非把你小子灌醉不可，都照着你说的办哩。"

"这是教授要求的嘛，你还是放着好酒请教授喝吧！"孙广红笑着与焦章付聊着。"哈哈哈，哈哈哈！"大家一边干着活，一边开心地笑了起来。

和殿顺认真地按照技术员的要求，往树坑里填着桐树叶和沙土。"咱们在这沙地上种苹果树，可是大闺女上轿头一回啊，大家都认真细致点儿！"和殿顺是突击队里资格比较老的队员，对开荒治沙取得的成果特别珍惜，唯恐出些什么差错。

"吃饭了，吃饭了！"炊事员刘学跃在不远处喊了好几遍，就是不见有人过来。

焦章付大声吆喝："学跃，快别叫了，让大家睡一会儿，比吃饭还强咧！"这段时间为了赶工，队员们都是起早贪黑，累得连饭都不想吃了，只想得空就睡上一觉。

刚丢下饭碗，和德生又组织突击队开队委扩大会，商议突击队眼下的生产

安排。

郑电杰说:"德生,咱突击队搂的桐树叶也快填完了,估计底肥还差不少,还有一大部分任务没有完成。你看队员们也都累得够呛,还是回去开党支部会搬兵吧。最好能动员群众把粪肥送过来,这回又要看你的本事了。"队委扩大会也一致认为,这样安排才不耽误栽苹果树。

和德生点头应允,提醒几位副队长安排布置好工地眼下的劳动生产,然后起身回村去了。

和德生又回到村里搬救兵

村党支部会上,和德生说明了来意。大家听了都很重视,但争议还是不小。

党支部委员焦占臣有些担心地说:"大喇叭一吆喝群众就义务往沙荒地送粪?觉悟能有那么高?"

"喂猪、喂羊、喂牛的户家虽然有粪,可自家责任田里一用,存量都不大了。什么牲畜都没养的人家自家地里还没粪上唢,群众买粪给集体送?这难说呀!"副支书齐荣山说。

党支部委员、突击队副队长和俊起说:"我看还是那句老话,群众看的是党员,党员看的是支部,支部看的是……"和俊起故意笑着不往下说了。

和德生一听,笑着说:"俊起哥,你说下去呀!支部看谁?支部当然看的是支书呗!别管了,还是我第一个带头!"

"哈哈哈,支书总是得带头!"大家都笑了起来。

村委会副主任刘山东说:"现在还有人怀疑在咱这沙土地上种苹果树能不能活,说就是种上了能不能结果丰产还是个未知数。我看得好好给群众说道说道!"

"虽然现在群众对党支部开荒治沙都理解支持了,但是能不能做到义务送粪,能不能家家都参与确实还难说。"副支书孙殿堂也不敢十分确定。

副支书兼民兵营长孙绍林说:"党支部引进腐竹、推广蜡烛生产时,群众原来也是不理解、不积极,现在小洋楼都盖了,就是干成功了。我相信多数群众还是会理解并支持义务送粪的!"

"那这样吧,明天上午 8 点,我带头拉着粪车,大家在村委会门前集合出发。后天党员、干部,大后天一至六组,三天时间 18 个村民小组送完,可以吧? 不行就再加一天。突击队队员这几天全部为送粪填苹果树坑服务。"和德生总结大家的意见后,做了送粪的安排。

孙绍林接着说:"等大后天轮到群众送粪时,我再在大喇叭里动员吧,明天先从党支部与村里四个班子开始送!"

"试试看吧,就看民寨干部、群众的觉悟了!"大家说着,起身离开了村委会会议室。

送个土粪,民寨村竟然也是大阵仗

村民们正在自家责任田里忙着春耕春种,看到路上一帮人拉着土粪往开荒工地上赶。小型拖拉机和板车上还插着红旗,一帮人有说有笑的,好不热闹。

"这是干啥哩?""看样子是往沙荒地送粪咧!"本村和附近村的很多人在路边围观看热闹。

七组的得岑嫂性格就像豫剧《朝阳沟》里的二大娘,说话直言快语:"德生、绍林,你们村干部拉着车,车上还插着红旗,这是送粪咧,还是到哪儿去耍民寨威风咧?"

孙绍林逗着得岑嫂说:"得岑嫂真是长了个巧八哥嘴,明天就轮到你了。咱沙荒地要栽几千棵苹果树,我们正义务送粪往苹果树坑里填咧,两个人送一方!"

"绍林,你放心,你嫂也不会落后的。今晚就把粪车装好,明天我得第一名!"得岑嫂说着放下手里的农活儿,赶紧回家准备送粪的事去了。

到了晚上,消息像长了翅膀,村里人这边一群儿那边一伙儿,议论着送粪的事。"咱村沙荒地要种苹果树了,德生领着突击队平出来几百亩了,听说咱这个大胆儿支书还要种啥美国、日本苹果? 现在开始给苹果树坑填底肥哩。""德生带着党支部带头往地里拉粪,咱明天也得送过去,可不能落后啊!"

　　大街小巷,就像召开群众大会一样,大家议论得热火朝天。党支部带头、群众一呼百应的局面已经在民寨村形成,这让和德生与村干部都非常欣慰。

　　第二天,十几位党支部委员、村四个班子成员已经把粪送完。轮到200多名党员、村民组长上阵了。一大早,从东到西,民寨街上排满了装粪送粪的车辆,好似一个长龙阵,阵仗大得很是威风。

　　每家每户都在行动,送粪的车上都插着红旗。有些户没有红旗,就找来孩子的几条红领巾系到一起当红旗。大街上、去开荒工地的路上、开荒工地的苹果园里,成了一片红色的海洋……

　　红旗,映照着民寨村未来红红火火的日子,也映衬出民寨人民幸福的希望与美好的梦想!

　　从村里到开荒工地的苹果园里,送粪队伍像一条翻滚流动的长龙,板车、马车、推车,还有几台手扶四轮拖拉机,连绵不断,排了五六里地长。人们有的唱着歌,有的哼着小曲儿,那高兴劲儿都带在脸上。

　　拉车的村民累得气喘吁吁、满头大汗,不时拿毛巾或干脆用衣袖擦上一把。有的村民说:"我这车是羊粪,最长地力了,再薄的地也能肥壮起来,肯定会结好

苹果!"

"俺家这车粪虽然不是羊粪,但是沤得时间长了,闻着好比尿素味儿,苹果树肯定能长好!"一位村民不甘示弱,直夸自家的粪料更好。

村民们像赶大会一样,在送粪的路上有说有笑。一群孩子跟在送粪车旁,有的加根绳子套在肩上帮着拉车,有的在后边推车助力。尽管累得满脸通红、汗水直流,但还是唱着,笑着,收获着劳动的光荣与快乐。

和德生穿着白衬衫和军绿色裤子,站在刚推平的地边上,显得越发年轻英俊了。他一边干活,一边指挥:"一组的去东边一趟树坑,六组的去中间那趟,十七组的到西边来!"

人多车多,大家都按照和德生的安排与技术员的要求,把拉来的农家肥卸到树坑里或是指定位置,再盖上一层土,防止肥力挥发散去。

和德生满地忙活着,看到有老人和孩子送粪来,就赶紧过去帮忙。

电房大娘和几位长辈来工地看望突击队时,都哭了

"德生,德生咧?德生在哪儿呀?"几位挎着篮子走过来的女人一路问着。

第十村民小组几个拉粪的村民指着和德生说:"那不是他嘛,德生在那儿指挥卸粪哩!"

原来是电房大娘、书荣大娘、书义婶、九香姐和希尚嫂几个人,她们每人都挎着一个篮子。有的篮子装着熟鸡蛋,有的装着烙好的大饼,还有的装着馒头、包子……

"德生,快歇歇,吃点东西吧!找个人指挥,看你身上那汗!"电房大娘一边拿出白毛巾给和德生擦汗,一边给和德生拿东西吃。

"大娘、嫂子们,你们怎么来了?这么远,又拿这么重的东西,都累坏了吧?快放下篮子歇歇!"和德生赶忙与她们打着招呼。

九香姐拿着几个熟鸡蛋硬往和德生手里塞,刚碰到和德生的手,像被什么东西扎了一样马上抽了回去。

"德生,你拿的啥物件呀?把你姐的手扎得老疼!"九香姐想看看怎么回事,

说着去掰和德生的手。

"九香姐,啥也没,啥也没。"和德生一边缩着手,一边往后退。和德生越不让看,她们几个越想看个究竟。

九香姐撵上几步,一把抓住了和德生的手腕。"德生,伸出手,让我看看到底拿的啥?"

和德生不得已伸开了手掌,只见满手的老茧上布满了裂缝,有的地方还渗着血。

书荣大娘心疼得哽咽起来:"小儿(长辈对年轻人的爱称,即"孩儿"的意思)啊,我的小儿啊!光听说你们在北沙吃苦受罪,谁知道都成这样了啊!"

和德生赶紧把手缩了回去,生怕几个大娘、嫂子再担心他。"没事儿,没事儿。已经习惯了,队员们都这样。电杰大伯、章付叔几个人的手,到了四五月份还流血呢。我年轻,好多了。"

几个人挤着往前看,电房大娘、书义婶"哎呀"一声背过脸去,吓得不敢再看了。

"吓死人了,开荒干活儿累成这样!小儿啊,慢点儿干吧,也不能把人给累死呀!"几个人心疼地劝着和德生,眼里忽闪着泪花。

"财神爷"来了

"嘀嘀——"一辆绿色吉普车走走停停,从拉粪的车队长龙中慢慢驶了过来。一个中年男子老远就下了车,朝和德生这边跑了过来。

"你就是和德生吧?和德生啊和德生,你怎么把群众发动到这种程度了?你开荒,让群众义务送粪,我问了一路,不但没人埋怨,还都很高兴。今天总算见到你了!"来人说着,就伸出双手去和和德生握手,可双手刚刚碰到和德生的手,随即像触电一样缩了回去。一看和德生双手都裂着口子、渗着血,他大吃一惊,愣住了。

"怎么能这样啊,受这么大罪,手冻成这样?那些突击队队员呢?"中年男子很是心疼地问和德生。

"他们手脚都比我裂得厉害,晚上睡觉袜子都脱不下来,被脓血粘上了。"和德生并不认识来人是谁,一边回答一边窘迫地问,"您是……"

"我是县财政局预算科的郑天明。"

一旁的年轻司机介绍说:"这是县财政局的郑科长,听说你们改造沙荒,绿化家园,专门来看你们的。"和德生这才知道来人是谁。

郑天明很是高兴地说:"咱滑县地处黄河故道,成片的沙荒可不少啊,你们是开荒治沙第一家! 德生啊,这沙岗高得就像小山,你想把它推平变成好地,这是要学愚公、当焦裕禄啊!"

"当不了,当不了。郑科长,你看这一大片沙堌堆,大风一刮,沙尘暴能遮住太阳。连好地的庄稼都给打死了,啥也不长、啥也种不活。沟里栽个柳树苗、刺槐啥的,几年都长不成材。要是不推平它,这里的杂树全卖了连几个护林、护沙员的工资都不够。再加上咱村一个人不到8分地,年景不好还得要国家救济粮、救济款。我这个当过兵的共产党员,得带领大家脱贫致富奔小康,总不能一直向国家伸手啊!"和德生说。

郑天明接过话茬说:"对对对,这就是咱共产党的宗旨,一心为群众,全心全意为人民服务! 回去我给局领导汇报一下,像你们这种艰苦创业的集体主义精神,大干社会主义的劲头儿,在家庭联产承包责任制的今天往哪儿找啊? 上级拨来的治沙补助款一定多给你们一些,你们花钱还有多大缺口?"

"买苹果树苗的钱还不够,推土机昼夜不停,用油量大,大概还需要5万。还有,不怕你笑话,我们突击队队员吃饭,没钱买菜时都是蘸着盐水吃馍,生活保障差一些。队员们说天当房、地当床,就着盐水开沙荒! 能支持尽量多支持一下吧!"

郑天明听了,一脸的凝重。"这么苦啊? 大家受得了吗? 我回去就给局领导汇报,尽量多支持一些,一定帮助你们这些为群众办实事、干事业的干部排忧解难。"

说完,郑天明神秘地把和德生拉到一边问:"德生,光听说你是个好支书,这么大个村,家家都自觉义务送粪,你到底用啥办法把大家发动起来的呀? 这样的大场面在全县甚至全国也不多见啊!"

和德生认真地想了想,说:"其实啥法儿也没用,有人说我骗来一群疯子来干这傻事哩! 群众都相信共产党,只要对群众有利的事,党支部一号召,村干部、党员、团员、妇联、团支部和村民小组干部一带头,不用你催,群众比你觉悟还高,一个比一个干劲儿大,不信的话,你看!"和德生指着望不到头的送粪队伍。这送粪队伍好似一条正在摆动的长龙,劲风吹得红旗呼啦啦作响,非常壮观!

郑天明好像明白了什么,说道:"只要为大家着想就能得到支持,群众的力量真是无穷啊!"此时,两人心里都有一种在党言党、干群一心、团结才能奋进的思想共识。作为不同岗位的党员干部,自豪感不觉油然而生。

郑天明离开时,看着这位优秀的基层党支部书记、民寨村的旗手,看着这群可爱的村民,不禁热泪盈眶。

郑天明让司机开车慢慢跟着他,他一边与和德生告别,一边同开荒工地上干活的突击队队员、路上拉着送粪车的民寨群众热情地打着招呼。

"你们都慢点儿,别太累了!"直到走出工地,走出送粪队伍很远,郑天明才上了车。

和德生说:当干部只要没私心,身后就会有人跟!

郑天明走后,村民小组组长等都围到了和德生的身边,汇报各组送粪的进展情况。

孙殿各说:"群众积极性真是高啊! 可是俺组人多,现在落后了,看来三天才能送完。"

"俺组里人少些,两天就差不多了。群众送粪的热情高着哩,建立家没车去亲戚家借车,电章是伤残退伍军人,又是五保户,家里没有攒土粪,到处找人买粪也要送。"孙录全说了他们组里的进度。

申克军接着说:"俺组里也有好几家,都是借的或者买的粪,已经送到工地了。"

"俺组凌晨 3 点多就开始装粪车了,生怕落后。都说人家开荒突击队拼命为大家干,咱不积极点儿对不起开荒的人啊!"焦章会他们组也不甘落后。

和永凯看着送粪的人群,咧着大嘴说:"咱民寨群众觉悟咋恁高咧?支书也没怎么动员,就是副支书广播里一吆喝,不用组长催都这么大干劲儿!"

民寨干部、群众参加义务劳动

"永凯,看你说哩,和支书带着突击队都在拼命干呢,走的都是正路,群众哪个能不跟?"焦兰成正直忠厚,说话也够直白的。

和德生不好意思地说:"快别捧我了,都是咱们组长组织得好,干劲儿大!但是有一条,当干部千万不能有私心。一有私心,就没人跟了!这个道理既准又灵。党是群众的主心骨与领路人,只要群众明白干部是为大家干的,觉悟就高得很,我看任务三天就能完成。对了,大家还是查一下,确实有困难的,报给村里就别送粪了,区别对待吧。"

孙殿各汇报说:"俺二组有两三户,确定有特殊情况送不来粪。组里干部包了,不给村里找麻烦。"

"那党支部和全村群众谢谢二组干部了!"和德生高兴地说。

大家一边走一边说:"德生,沙荒地里冷,你和大家都要注意身体呀!"和德生挥手答应着,目送几个村民小组组长回村去了。

众人拾柴火焰高。第三天,该送的粪肥全部送完,苹果树坑里也填了一部分。申丙全统计了一下,全村共送来粪肥两万多方,远远超出了6000多个树坑的需求量,和德生与队员们都松了一口气。

突击队队员把一身的疲惫都埋进了漫漫长夜

"开饭了!"和德生一边招呼大家吃饭,一边说,"种苹果树的粪肥已经送完,咱总结一下有哪些好的经验做法,还有哪些做得不够,以利今后的工作。"

大家一听,兴奋起来,纷纷谈起这几天来的见闻与感受来。

"说真的,原先我想都不敢想,真怕弄不到粪,谁知群众一动员起来,三天粪肥就送齐了,神了神了!"郑电杰说道。

焦章付咽下一口饭,接着说:"我看群众就是神!昨晚上我做了个梦,老天爷看咱们太吃苦,让铁扇公主把扇子一扇,这沙塂堆就扇平了!"

孙学青反驳焦章付说:"咱不推,谁也扇不走!不中咱还叫村里群众来支援,这才靠谱!"

"群众才是真正的英雄,大家帮咱还差不多。神呀啥呀的,都是瞎扯,其他的都是白日做梦。"和留省接着说道。

"别想好事儿了,粪已送够了,下面只剩填上半坑土把树坑整理好了。咱们10天以内填好怎么样?"和德生接住大家的话茬儿说。

焦章付一听和德生又说到工作上,忍不住又开腔了:"干吧!年轻人,咱支书不会叫你们没活儿干的。你们立功的时候到了!"

"司机同志也要多吃苦了。俊起哥,你们几个司机自己推沙自己平整吧?轮班干,一班开推土机,一班跟着平沙,都不休息了。"和德生给和俊起提出建议。

"没事儿,都是出力活儿。司机们年轻,不会落后,司机轮着班干也是应该的。"和俊起爽快地答应了。

大家开始对苹果树坑填土、整理。郑电杰干活不但有经验而且认真。"德

104

生,你看我这边几个苹果树坑里的粪都快满了。群众觉悟真高,都是半坑以上,粪多会不会把苹果树烧死啊?"

"刚才讲了,土填满以后还要用脚踩实,不然水一浇,土就陷下去了。肥多不要紧,教授们讲过,粪填多了水就浇大一点儿,对苹果树生长有好处。"和德生大声对郑电杰说着,同时也是告诉大家。

"大家伙儿拉来的粪都多,没有偷工减料的,咱一定要按要求把土填好踩实,才对得起乡亲们的一片心意啊!"大家感慨着,干得更起劲了。

天黑了下来,和德生叫上申丙全、和俊起、和留省等几个突击队干部。"一个人一天填100多个坑,还得先填好踩实下边的半坑粪,再填满踩实上面半坑土,这样才符合技术要求。这任务不好完成啊,咱几个再商量商量怎么尽快完成吧!"

和留省说:"大家不愿说,可丙如、聚星几个人的手裂得现在还流着血,这一下又得磨出新的血泡来了。"

"依我说完不成任务今晚还得搭夜班干,大家要是实在撑不住今天晚上就泡泡手脚,扎扎血泡,明天晚上再安排夜班干吧!"和德生本来还想一起加班干,可看眼下的情况只好对和留省这样说。

申丙全说:"本来挖荆棘、平沙就够累的,现在一下子加重了活大家身体就更受不了了。特别是几个年轻人,才十几岁,在家都还是个娇宝宝咧。"

"好吧,今晚就让大家休整一下,明天晚上再开始加班吧。"和德生听了,也心疼起队员来。

第二天晚上,郑电杰、和秋玉、焦聚星和焦章付等人提着马灯照明,其他队员加班给树坑整粪填土。

几盏马灯照在广袤的大地上,灯光实在是太弱了。看不清苹果树坑,只有把马灯照在树坑跟前,才能一锹一锹整理好粪肥、填上新土,进度缓慢。

孙广红小声对和丁立说:"昨天我手上新磨出的三个血泡,今天一加班干活又不觉得疼了,你说怪不怪?"

和丁立开玩笑地说:"你年轻,皮嫩娇气,我手上磨出了一个血泡,当时就好了。你要多填几个坑锻炼锻炼,这树坑都包给你吧!"

"丁立叔,还是你来带头吧,数你 20 多岁正当年!能跟俺小孩儿们比呀?"孙广红仔细一琢磨,觉得和丁立说得不对味儿。

和丁立反驳说:"自古英雄出少年嘛,你叔不如你呀!"和丁立上过高中,又是共青团员、青年骨干,什么活都是带头干。他头脑灵活、手脚麻利,几个队员在一起干活儿打打嘴仗也是常事,调和一下劳动气氛,反而很出活。

这会儿,工地上又起风了,还越刮越大。

"下班吧?昼夜连轴转,人可是受不了了啊!"申丙全干活从来不偷懒,人称"老黄牛"。他能说出受不了,大家就更别说了。

"好,大干了 10 天,今晚树坑就先填到这儿吧。"和德生同意了申丙全的意见,让大家收工。

回到宿舍,大多数队员顾不上脱衣服,倒下就呼呼睡着了。

村民们说,栽苹果树也没那么简单

苹果树苗拉来了,全是上等的好树苗。大家见了都很欢喜,这是苹果园的命根子,也是民寨人新的希望。和德生安排加紧栽树,要求千万不要因为栽得慢影响成活率。农大教授在现场指导栽树,大家听从指挥,学习、干活都非常认真,栽树进行得很顺利。

焦章付低着头跟在下工队员身后往驻地院里走,嘴里不停地唠叨着:"唉,这大老粗儿干细活儿就是不中呀,几个人冲啊冲,栽了一下午,全给毁了。这样看也弯,那样看也不直,就是不照行,马教授叫返工重栽咧。咱出力谁也不怕,这细活儿可真是难做啊!"

"咱栽的虽然是树坑中间,但株距、行距都得照住,照不住行就不符合苹果树株距、行距的技术要求了。"孙广红给焦章付解释着技术要领,两人说着紧步跟上了下工的队伍。

第二天,工地上又来了和云章、孙殿各、赵天才、郑素芳、申克军、和俊贤、和俊德、和老兵、焦章会、郭秀银、焦兰成等一群人。他们是党员、团员或村民组长,是来支援突击队、参加栽苹果树的义务劳动的。大家高兴得手舞足蹈,有说有笑,显得很是亲近。因为突击队队员经常不回家,村里的人也是有义务劳动时大家才有机会碰上一面。

焦章付一瘸一拐过来了,手里拿着一棵树苗问和德生:"就这么大一棵几尺高、寸把粗的树苗,竟然那么贵。这美国苗、日本苗也太娇贵了吧?来这么多人细心侍弄它!不过,今天总算有人来帮忙丈量放线了,我也不怕栽得歪再让返工了!"

孙广红接上了焦章付的话茬逗他:"你不认尺也不会算,反正昨天下午你是白忙活了!"

焦章付听着不太对劲,冲孙广红嚷道:"小屁孩儿,就你能,我大文盲好不好?"

"量吧!快量吧!这百十来个人都等着栽树哩,一会儿风刮起来就不好栽了。"和德生催着说。

队员们很快分成了5个组,有量的,有算的,有栽树的,还有搬运树苗的。大家分头忙活起来。

风越来越大,刮得直往人嘴里灌沙子,人人都不敢随便张开嘴喘气,也没法说话。相互之间交流都要贴着耳朵大声喊着才能听见,走路也得随着风向侧着身子,要不然就走不动,甚至能被大风刮倒!但大家还是没有停下手里的活儿,干得热火朝天。

天逐渐黑了下来,大家并没有下工的意思。"都下工吧?来支援干活的同志离家还有几里路呢,不然一会儿回家就看不见路了。"和德生大声吆喝着,招呼大家收工。

人们这才恋恋不舍地收起皮尺和劳动工具,盖好树苗堆,走出了苹果园工地。

刚种上的 400 多亩苹果树,在阳光下像一群孩子

400 多亩日本红富士、美国蛇果终于种齐了,左看是直行,右看是直行,斜看也是直行。村里 4 个领导班子,还有组长、党团员和突击队队员们从未见过这

么漂亮、整齐划一的苹果树苗,个个眉开眼笑、喜出望外,满意地伸出大拇指夸赞不已:"看来种树也得讲科学,不服人家教授真是不中啊!"

几个月来,突击队队员们虽然经常加班干活,但此刻,大家心里却有说不出的喜悦与满足。

焦章付高兴地在大家面前夸口说:"到咱重孙儿那辈儿吃上好苹果的时候,说是他太爷把沙堌堆推平种的日本、美国苹果,他们一定会夸咱是他们的好太爷咧。"

孙学青最爱与焦章付斗嘴,半开玩笑地说:"老焦,你想得倒挺美,到时候他们就不知道你焦章付是谁了,更不知道你开沙荒吃这么大的苦啊。"

和丁立却说:"咱吃开荒的苦,子孙吃苹果的甜。放心吧,下辈人吃苹果时,一定会先给您老拐烧香磕头的。"

大家逗着乐,畅想着未来丰收的苹果园一定会很好,寻思着开荒治沙带来的好处,吃的苦、受的累都忘到了九霄云外,一个个开心极了。

风口处的大沙岗,是和德生他们必须啃下的硬骨头

高高的沙岗上,站着和德生、申丙全、和俊起、和留省、郑电杰、和秋玉等几位突击队队员。

和德生指着远处连绵起伏的沙岗说:"这几条东西走向的大沙岗,约占整个沙荒地面积的五分之一,普遍比较高,而且一直延伸到杨村,与那里的沙荒地相连。一旦推通了,遇到大风、扬沙就好比黄河开闸一样势不可当,刮得队员怎么工作呀?"

"推这个地方,又不能一铲连一铲地挨着推。必须隔着一铲宽的距离,当中必须留堵沙墙。不然两面没东西遮挡,推土机推不住满负荷的沙土,工作效率就太低了。"和俊起的技术分析很是到位。

几个突击队干部七嘴八舌议论起来:这里本来就是个大风口,一旦推开,南北打通了,刮的风也就大多了。特别是刮北风,风大时可能刮得站不住人,睁不开眼,张不开嘴,风一大说不定就没法干,平不了沙了。冬天更没法平,一刮北

风能到零下20多摄氏度,脚、手、唇冻裂了,人也冻成冰棍了! 还咋干活儿呀?

"难怪以前村里人老说沙荒治不了,看来果然不是瞎说咧。"申丙全感叹地说道。"车到山前必有路,革命老前辈雪山草地都过了,不比我们推沙容易吧?"和俊起很是坚定地说。

郑电杰哀叹道:"谁不亲自来开荒,谁就不知道开沙荒这么不容易啊!"和俊起说:"支援老挝打美国侵略兵时,俺命都不要了,还发誓,到了村里退伍不褪色。开沙荒虽然吃苦,总不可能牺牲了吧? 如果咱党员怕这怕那的,好日子能喊来呀?"

听了和俊起的话,和德生眼睛有点儿湿润了,大声说:"不讨论了,推,坚决推! 总会有办法的! 明天就开始,坚决啃下这块硬骨头!"

焦章付说,不用和德生作粮食的难了,光沙子就吃饱了

第二天,推土机开到了新的战场。和俊起仍然是技术顾问,外号"小马达"的他,虽然经验丰富,决心也大,但面前的这块硬骨头,还是让他慎重地对驾驶员说:"这回大家别吵吵嫌任务小了,这从东到西几道大沙岗,咱一两年能推平也就不错了。"

孙学青、郑军胜、和留省等几个助手表决心似的说:"放心吧,我们坚决完成任务!"加油的加油,紧螺丝的紧螺丝。那时的东方红拖拉机、推土机还没有电打火装置,启动时要用一根绳子盘到启动轮子上拉,或是用一个很长的摇把来摇。大家七手八脚,推土机很快就轰鸣起来。

和俊起指指点点,怎么推,朝哪个方向推,都交代得清清楚楚。

和留省纵身一跃上了车,娴熟地操作着推土机推了起来。和德生、和丁立、孙广红、焦章付等几个人跟在推土机后面一锹一锹平着沙。

不一会儿,推土机开到了北面。大风刮起来,产生大量扬沙,刮得推土机驾驶室里啥也看不见了。和留省踩住刹车,大声对着下面平沙的几个人喊:"停,停,停! 慢点儿平,慢点儿平!"

孙广红对着和留省大声喊道:"留省,你下来看看吧,俺在下面比你吃的沙

子多多了!"风沙扑在平沙突击队队员身上,吹到了他们的嘴里。"噗,噗,噗!"大家不停地往外吐着沙子。

推土机越推沙沟越深,风沙越大。焦章付又幽默起来:"光沙子就吃饱了,不用德生作粮食的难了。"大家都笑了起来。

自突击队开进沙荒地以来,队员们吃过的苦实在是太多太多了,大家都咬牙挺了过来。没有人抱怨,没有人退缩,硬是开出来900多亩沙地了,这让突击队看到了希望。

但是,从来没有像今天这样,遇到如此艰苦、恶劣的工作环境。只要一张开嘴,沙子就被大风裹挟着直往队员们的嘴里钻,噎得大家无法张嘴说话,甚至无法张开嘴来喘口气。

就是这样,队员们还是做到了服从命令、听从指挥,仍然干得热火朝天,毫不退缩。

大风刮不走的是突击队开荒治沙的决心和不再让后代受穷的梦想

大家能够在如此恶劣的气候条件下坚持下去,在复杂多变的工作环境里吃苦受累,有这么好的突击队队员,和德生再次被感动了,内心再次受到极大的震撼。他斗志昂扬、豪情满怀,不禁为英雄的突击队队员们一心为公的艰苦奋斗精神自豪起来。

晚上吃饭前,他把大家集中起来,说道:"同志们,辛苦了! 今天大家在最恶劣的工作环境里干活,都吃了不少的沙子。但没有一个人撤出战斗,大家都是好样的,我代表村党支部和全村父老乡亲向你们致敬!"说完"啪"的一声立正,给大家敬了一个标准的军礼。队员们热烈地鼓起掌来。

接着,和德生鼓励大家说:"以后我们还会遇到更为复杂、恶劣的环境和更加艰苦的工作条件,大风能够刮走沙子,但刮不走我们开荒的坚定决心! 沙子可以刮进我们的饭锅、饭碗,可以灌进我们的嘴里,但怎么也阻挡不住我们劳动的热情和快乐,遮挡不住我们追求美好、幸福生活的激情和笑脸! 我们都要懂得,都要记住,我们突击队今天的努力和付出,将会是每个队员人生中最为闪光的一段经历,是最大的荣光,它将会记载在民寨的历史上。我们吃苦受累不图什么,只图让我们的子孙后代不再受穷,过上幸福美满的生活!大家说,是不是啊?"

"是!是!是!"队员们听了和德生的讲评与鼓励,一个个热泪盈眶,激动万分,有人还动情地哭了。

6000多棵树苗已经成活,浇水却成了大问题

河南农业大学的李教授从郑州来了,主要是来看看苹果树苗的成活率以及前期管理情况。

焦章付与李教授已经是老熟人了。"李老师,这苹果树是都成活了,可是你看这六月天就是不下雨,一晌只能浇一行多,照这样半个月也浇不完。再不下雨,苹果树苗就旱死了,我们都很着急啊!"

"这沙地里浇灌确实太费水了,你们也给领导说说,我回去以后也找马教授、闫教授他们好好商量一下,找找办法。不解决水的问题,苹果树苗确实难保啊!"李教授也发愁地安慰焦章付与队员们。

不远处的路上,几个模糊的红点儿飘忽着,慢慢向沙荒地的方向移动过来。

和德生与孙广红、和丁立几个人一边平沙一边猜测议论着,难道是谁又送东西来了?

其实,这是镇党委书记石忠民、镇长刘相深带领镇机关十几名干部骑着自行车,打着几面红旗,来参加义务劳动的。

和德生、申丙全与几个突击队干部赶紧迎了过去:"天这么热,怎么又让镇里机关干部来义务劳动了?"

刘镇长笑着说:"你这个和德生,你以为镇里干部都是泥捏的呀?今天一是来学习,二是来锻炼锻炼年轻干部,以后你们开沙荒的工地就是镇机关干部的实践锻炼基地了。"

和德生听了,也笑着说:"我不是怕领导们平时不怎么搞体力劳动,一下子吃这么大的苦受不了嘛。"

"别担心了,快安排我们干活儿吧!"刘镇长急着催和德生给他们安排活干。

和德生挠挠头说:"刘镇长,现在推的沙岗太高,平沙土风又太大。就让大家先挖杂树吧,要特别注意有荆棘,别让大家扎着了!"

"不行不行,年轻干部必须去平沙,老干部可以干些其他活儿。"和德生只好同意了刘镇长的意见,让正在平沙的突击队队员分开,一班人带着平沙,一班人带着挖荆棘、抬树。

和德生把石书记和刘镇长叫到一旁说:"能不能帮助解决一下苹果树苗浇水的问题呀?这沙地垄沟里水就不往前走,一大晌还浇不了一趟树,浇这么慢苹果树非旱死不可。"

三个人说着向苹果园走去。镇政府财政所秦新让所长跟在后面。秦所长50来岁,办事认真仔细,坚持原则,是镇政府的"红管家"。他仔细看过苹果园后,高兴地说:"石书记,你看看,这横冲竖冲、斜冲正冲,怎么冲都是行。德生他们真把这沙荒开成聚宝盆了!"

刘镇长也十分感叹地说道:"多不容易啊,一直在这荒天野地里昼夜奋战,党性但凡弱一点儿也干不成这事啊!栽得真是整齐规矩,这树苗可得保护好了!"

石书记蹲下去用手挖着流水沟,让水一点儿一点儿往前流,他猛地站起身来,说道:"你们看,就是不行!水都渗下去了,向前流得实在太慢了。这样浇不成地,苹果树可就危险了!"刘镇长、秦所长点着头。

"回去我们找抓水利的张茂林主任想想办法,尽快帮你们解决一下浇地问题。"石书记与刘镇长看在眼里、急在心上。和德生听了很是高兴,非常感激领导的关心与支持。

"咱们还是去干活吧!"石书记说。"你们去挖酸枣树吧?我去平沙,推沙那边是个风口,沙子刮起来人都站不住。"和德生建议道。

"不行不行,我们身体好,都去平沙。"刘镇长态度很是坚决。和德生也只好同意。走到推沙现场,推土机正好开到了北面的风口,一阵风沙漫天而起,把几个人刮得都相互看不见身影了。

这阵大风过后,石书记拍打掉身上的沙土,问和德生:"天天都是这样干活吗？这人哪受得了啊，特别像这些老年人……"

郑电杰、和秋玉、和殿顺、焦聚星、焦章付几个年龄大的，听石书记说到几个老队员，异口同声地说："我们天天都干这些活儿，早就锻炼出来了。"

和德生给焦章付叫叔，除了工作关系，平时两人无拘无束，十分亲近。焦章付指着和德生说："只要他党支部书记能干，我们就能坚持到底，反正俺跟着他小子哩。"

"德生可比你们年轻啊！"刘镇长笑着说。

"他干我们就跟着干，都不掉队！"焦章付不服输地说。

听了焦章付的话，大家都笑了起来。

"强将手下无弱兵，这几位老人真是了不起！"石书记、刘镇长由衷地赞叹这些老队员们，然后与大家一起继续干起活来。

镇领导以及县水利局的全局长，他们也在为水的事儿张罗

石书记和刘镇长回到机关，马上找到主管农业、水利的张茂林主任说："你是抓农业、水利的，民寨沙荒地栽了几百亩苹果树。可是浇树太难了，不想个办法苹果树就旱死了。你赶快去县水利局求援，把民寨村党支部给老百姓办好事、开荒治沙的情况汇报清楚，争取一下县里的支持。"张茂林主任频频点头。

张茂林满头大汗地赶到了县水利局全局长的办公室。"全局长，俺镇里民寨村开荒治沙，绿化造林防沙暴，治穷致富奔小康。平沙后栽上了苹果树，可浇地时水不向前流，都渗沙里去了。镇领导让我专门来向您汇报一下，看咱县里能否帮他们解决一下浇水保树苗的问题。"

"哦？就是和德生当支书的那个民寨村吧？他们要开荒治沙，在咱县带了个好头，我们应该大力支持。这样吧，上级刚刚拨下来了一笔款，正好让你们镇预制厂给民寨造一批节水管，看看节水效果如何。"全局长快人快语，表示要全力给以支持。

"太好了，太好了！就是至少得用400多亩地的节水管呀！"张茂林高兴得

几乎要跳起来了。

全局长皱起眉头说:"局里初步安排是一个乡镇规划 100 多亩来做试点,试验一下节水效果。我们再开会商量商量吧,尽量把沙地不多的乡镇的指标也调给你们。"

"好好好,请局里尽快给个答复啊!"张茂林高兴地与全局长握手告别,匆匆赶回镇里给石书记、刘镇长报喜。

17 岁的和太方成了临时炊事员,3 个月瘦了七八斤

突击队驻地院里,几个队员议论着:炊事员刘学跃的爱人生病住院了,刘学跃回了村,这大家干了一晌活,晚上的饭就没着落了。

大家又渴又饿又累!可突击队其他队员都不会做饭,和德生只好让和留省先到村里买点儿馍凑合一顿。

"对不住大家,咱们也没人会做饭,今天就馍和水挡一顿吧!谁去烧锅开水?"和德生话音刚落,17 岁的和太方就说:"我去烧开水吧。"

和太方虽然年龄小,但思想进步,是和德生的邻居,从小就佩服和德生为群众办好事、大公无私的行为。无论和德生说什么,他都是拥护和支持。队员们都说他是和德生的"跟屁虫"。

第二天,刘学跃还是没能回来,他的妻子还在住院,他在医院陪护。看来突击队得再找个炊事员顶上了。

和德生考虑了一下,就说道:"太方,你来当炊事员吧!"

"我中不中啊?那谁来给我帮忙啊?"和太方有些迟疑地问。

"你既然是炊事员,助手就由你来挑吧。"和德生鼓励和太方道。

"德生爷,你说这不还是我自己呀?工地上活儿这么多,大家都忙不过来,我能去挑谁呀?"和太方很无奈地说。

"没办法,你就多锻炼锻炼!再学个厨师的手艺也不赖嘛!"和德生安慰着和太方。

就这样,17 岁的和太方成了突击队的临时炊事员。

　　三伏天,也是一年最热的时候,沙荒地里更是热得无法形容。和太方一个十几岁的娃娃,以前又没做过饭,一下子去做20来个人的饭,着实吃力。

　　上午,和太方用手动轧面条机加工面条,可他的力气太小轧不动,他就只好在摇把上加了根钢管使劲摇。他把衣服、围裙全脱掉了,只穿个短裤。摇得从凉鞋里往外直流汗水,不一会儿地上就有了凉鞋底的湿印迹。

　　早晨6点半起床,晚上7点半下班。和太方为了能让队员们吃饱饭,干起活来很卖力,一直坚持干了3个月,瘦了七八斤。但他还是乐呵呵地说:"只要咱能把沙荒地开好,民寨人不再受穷,就是再瘦几斤我也高兴。"

队员们冒着酷暑挑水浇树苗,郑素芳带病坚持干活儿,和云章老人中暑晕倒了

　　盛夏的太阳不再那么温柔,连阳光也有了怪脾气,照射到人们的身上,皮肤

115

如针扎一样,火辣辣地疼。

苹果树苗上原本翠绿的叶子都耷拉着。和德生和队员们心急如焚,只能到远处的一口井里挑水来浇树。"这一直靠挑水来浇树苗也不行啊!浇不过来一遍树苗估计就全旱死了。"大家急得直跺脚。

党支部、村委会、妇联、团支部成员,还有其他党员、组长、村民代表都来了,大家挖坑的挖坑,担水的担水。为了保住苹果树,大家都很卖力。一身的汗水,衣服就没有干过,有的脱下衣服拧一把,竟然能拧出水来。

大家正在忙着干活,村民郑学仲的爱人急匆匆地从村里跑来了,要找和德生给她女儿郑素芳请病假。

郑素芳18岁,个子不高,长得却很结实,一副纯朴、干练的农村姑娘形象。她前不久刚当选为村团支部副书记,干什么活都带头,一晌也不想落下。她这几天因为感冒已经输了几天液了,可还偷偷跑来参加义务劳动。她妈妈怕她感冒加重了不好治,才来给她请假。

"德生哥,素芳几天都不好好吃饭了,感冒得厉害。输了几天液了还在发烧,能不能给她请一两天的假?"素芳妈恳求似的问和德生。

"准假,有病了得休息一下嘛,马上让她回去!"和德生爽快地答应素芳妈。

郑素芳却不想回家,急忙跑到和德生身旁说。"德生伯,我已经好了。其他团支委都来了,我不来能行吗?你千万别听我妈的啊。"

"哎,其他的你别管了,身体是革命的本钱嘛!先回去,感冒好彻底了再来。"和德生嘱咐郑素芳。

"我好了!妈,你回去吧,别让德生伯操心了,他那么多事,还带头担水浇树,你就别添乱了,好不好?"郑素芳一边说,一边把妈妈向外推。

正在郑素芳赶她妈回家的时候,又听有人高喊道:"德生,德生,快来!和云章晕倒了!"

和云章是老党员,又曾带头搞副业做蜡烛,是有名的致富带头人,《河南日报》都报道过他的模范事迹。他平时很少干过重的体力活,这次为了抢救苹果树连日劳累,再加上天气炎热,实在撑不住就晕了过去。

和德生丢下手中的劳动工具,马上跑了过去。

"咋回事？咋回事？"

焦章付急忙说："你看这天，上面太阳像火烤，下边这沙子热得灼脚板。别说干活了，就是站到这里一会儿也受不了啊，云章这是中暑了！"

和德生抓起衣襟，往脸上抹了一把汗说："大家赶快把云章爷扶到凉棚底下，那里通风凉快一些，留省，你快到村卫生室拿点儿药来。"大家七手八脚把和云章抬到通风好的过道下。不一会儿，和云章慢慢苏醒过来了。

孙广红用手指刮着额头上的汗水说："今天真是闷热，俺年轻人都受不了了！看样子是不是也快要变天了啊？"

西北方向的天空乌云翻滚，看来真要变天了！和德生催着参加义务劳动的党员、干部赶快回家去。

好事成双，县水利局也传来了好消息

大风吹着黄沙，腾空而起，瞬间飞沙走石，天昏地暗。

风越刮越大，随后铜钱大小的雨滴砸了下来，将地面上蓬松、干燥的沙土砸出一个个小坑来，酷似一大盘马蜂窝。不一会儿，地面积水又把马蜂窝一样的地方浸透、抚平。

雨越下越紧，焦章付与孙学青、和丁立、和太方几个年轻人高兴地用脸盆在屋檐下接起水来。

"真是老天有眼啊，要是再不下雨苹果树苗就要旱死了。咱民寨真是有福气啊！下场透雨吧老天爷！"几个淳朴的农民抬着头，向老天祈祷着。

雨过天晴。石忠民与张茂林骑着自行车向开荒工地赶来。"德生，德生！"两个人老远就喊着，像是有什么要紧事。

和德生正与大家在推土机旁边平整着沙土。

"这场雨真好啊！沙也刮不起来了，苹果树苗也不会旱死了。"焦章付踮起脚尖大声说道。

"真是一场及时雨呀，再旱下去不仅树苗活不了，咱推沙平沙也更困难。你看，现在也不怕推土机开过去扬起沙土了，就是刮大风黄沙也刮不起来了，对大家来说都是好事啊!"和德生说。

说着这场及时雨,大家都高兴得大笑起来。

正说着,石忠民与张茂林已经来到跟前。

"你们怎么来了? 我说刚才喜鹊一直叫什么呢。你们是不是给我们带来好消息了?"和德生笑着说。

"真叫你说中了,浇地问题县水利局已经研究了,上级正好拨下一批治沙专项资金,光咱镇里的指标不够用,准备把没有沙荒治理任务的乡镇的指标挪过来让给咱们。款到了就叫咱镇预制厂造些节水管,让你们用在这里。"张茂林说。

石忠民接着说:"估计一两个月就制出来了,不过制好节水管后,你们要自己去拉。拉管的任务可不算小,这是个大难题啊。"

"太好了! 没关系,到时候我们想办法去拉!"和德生说。石忠民和张茂林留了下来,两人又与大家一起平起沙来。

工地上开出爱情花,只有和德生浑然不知

晚上,和德生刚躺下不久,蒙眬中听见门外有动静。军人出身的他很是警觉,马上坐了起来。这时,和丁立、孙广红、孙学青、郑军胜与和留省几个人蹑手蹑脚地溜进了宿舍里。

"你们几个干什么去了? 这么累还不早点儿休息,明天还要干重活儿呢!"和德生关心地问他们。

"抓小偷去了。"和丁立一边小声回答,一边坐到地铺上脱着衣服。

"什么小偷,又偷咱的什么东西了?"和德生急忙追问。

和丁立几个人咻咻地笑着。

"咋回事? 咋回事?"和德生似乎看出了异样。

孙学青贴近和德生的耳朵小声说:"太方和郑素君谈恋爱了,俩人现在还在外边谈着哩,你看太方是不是还没回来?"

"咱们还是先睡吧,明天再吃喜糖也不晚!"和德生笑了笑,嘱咐大家早点儿

休息。

和丁立已经钻进了被窝,笑着说:"饶不了他俩,还得等着喝他们的喜酒哩。"

郑素君高中刚毕业,长着一双忽闪闪的大眼睛,一口洁白如玉的牙齿,一说话就面带笑容,是个天真可爱的姑娘。她听同学说和太方不仅参加了开荒突击队,和支书还在群众大会上表扬了和太方。郑素君悄悄喜欢上了上进有为的和太方。俩人这段时间已经约会两三次了。这在突击队里已是公开的秘密,只有和德生浑然不知。

镇预制厂给民寨沙荒地"特制"的节水管应需而生

白道口镇预制厂的门牌十分醒目,和德生、申丙全、和留省等几个突击队领导走了进来。石忠民书记和张茂林主任正在察看水泥节水管的施工进度,见民寨来人了赶快迎了上去。

"你们怎么来了?"石书记握着和德生的手问。

"到镇政府找您,说你们到这里来了,我也就正好来看看节水管啥时候能拉,天又快旱了。"和德生回答。

张主任说:"节水管制得差不多了,就是三通、四通、弯头什么的不太好预制,估计9月份就能拉走,厂里工人也在加班赶活儿。放心吧,以最快的速度让你们来拉!"

正说着,刘少君满头大汗地骑着自行车赶来了,气喘吁吁地说:"德生叔,快回去吧!县里来了好多人,说是哪位县长、局长领着人来搞义务劳动了。"

"德生,你们快回工地吧,别让领导们等太久了。"石书记说着让和德生他们赶紧回工地去。

和德生心里还想着这批节水管的事,小声嘟囔着说:"都是你石书记宣传的,要不然县领导整天那么忙,怎么有空来咱们这义务劳动呀?"

"快去吧,做好事还怕人家知道啊?"石书记笑着推了和德生一把,让他赶快回去。

李县长带队来沙荒地义务劳动，年轻女同志吃饭吃出了沙子

和德生几个人骑上自行车，急忙向沙荒地奔去。

赶到工地一看，县委常委、县政府常务副县长李希勤、乡镇企业局局长李新喜、农业局局长刘广海，领着县政府两个局的干部已经干了起来。平沙的平沙，刨树的刨树，正干得起劲。

不一会儿，几个女同志手上磨出了血泡，没法再握锨把了。和德生一看，示意李新喜局长说："让女同志去拉荆棘棵吧。"李新喜局长就安排几个女同志一起去拉小树和荆棘棵。

农业局的王辉同志看到前面有棵较大的酸枣棵，想把它刨出来。刚走到近前，就被荆棘棵挂住了衣服，无法动弹。荆棘棵挂住衣服了就很难摘掉，硬扯还会扯烂衣服伤到人。

"先别动，一动挂得更结实了。"焦章付在这里干了多年，处理这些事很有经验。他拿镰刀把荆棘棵的枝一点儿一点儿割掉，再上前把王辉身上挂的刺一根一根慢慢拔出来。"看着空地往外走。"焦章付指引着王辉走出了困境。

中午了，刘学跃叫大家来吃饭。很多人累得腰酸脚疼，有的走路时扶着腰，有的一瘸一拐的，连路都走不成。

李新喜局长问孙广红："你们这么小，干了一上午没事一样。我们才干了一晌，怎么感觉就这么累呢？"

"可能俺们天生就是干活的命吧，反正干习惯了也不觉得多累。"孙广红回答李新喜局长说。

"什么命不命的，我们都是农民出身，只不过是参加工作后干活少了。这些年轻干部城里出生的多，没干过重活，确实需要锻炼啊！"李新喜局长对孙广红说。

突击队的伙房条件很是简陋，屋里尽是沙土和柴草，有几个年轻女干部一进门就捂上鼻子不敢大口喘气。

120

大家排着队盛面条。这顿饭还是照顾这些县里干部特意安排的。

一个女同志刚吃一口,"咔嚓!""哎哟!"差点儿把碗掉在地上,她惊讶得张着嘴说不出话来。

刘广海局长走近前去,小声问:"怎么回事?"

女同志不好意思地说:"没事,没事。可能饭里有个小石子儿,把牙硌了一下。"大家一听,都笑了起来。

"这沙荒地就沙子这玩意儿多,我们一天三顿吃呢。"焦章付赶忙给大家解释。

李希勤副县长一边吃着面条,一边微笑着说:"没什么,大家多来几次就习惯了,你们得向突击队多学习呀!"

和德生说:"领导担着重任,工作又忙,也很辛苦,我们互相学习。"县领导和突击队队员都笑了起来,吃到沙子的女同志也笑了。

共青团安阳市委领导带队来到治沙工地

大家正干得热火朝天,石忠民书记带着通信员陈建周来到了工地。

陈建周是附近前安村人,中等个子,长着一双明亮的大眼睛和一对迷人的小酒窝,说话一张嘴就像对别人笑一样,特别招人喜欢。他骑着自行车跑到和德生跟前说:"和支书,石书记叫我通知你们,明天共青团安阳市委王建民书记带着团干部来工地义务劳动,参观学习。"

"德生,你咋搞的,把市里的大领导都惊动了?"焦章付一边干活,一边逗着和德生。

"哪能怨我呀?不都是咱们干了开沙荒这点儿事,领导一级一级地宣传,现在团市委也知道了。"和德生对焦章付说道。

陈建周解释道:"你俩谁也别埋怨了,你们没看报纸吧?县委宣传部来人采访过,《河南日报》《安阳日报》都登你们开荒治沙的事迹了,再说领导开会能不说吗?能不知道吗?怕个啥?来帮忙的越多越好嘛!"

"来帮忙的多是好事,但咱光活儿都干不完,再接待各级领导,怕耽误开荒进度。再说俺也没见过大官,话都说不好,又怕对不起人家。"郑电杰插话说。

焦章付见过的领导、教授也不少了,很有体会。"你瞧没?官越大越没架子,人家还说学习咱哩!咱好好干吧,说不定省长还来看咱呢!"

和丁立打趣说:"老拐同志,你想得老美,还是快干活吧。""哈哈哈……"大家都笑了起来。

上午 10 点左右,一辆小客车开进突击队驻地院子,男男女女 20 多个人走下车来。一个中等个子、消瘦而又精干的男子朝工地干活的人群高喊:"和德生在不在?"

"在,我就是!"和德生一边回答,一边对大家说,"可能是团市委义务劳动来了,你们先干着,我去迎接迎接。"说着快步迎了过去。

那位男子也疾步向前,两个人握手寒暄着。

"我是和德生,你是团市委王书记吧?"和德生问领队的男子。

"我是王建民,大家在报纸上看到你带领群众开荒治沙吃了很大的苦,团市委的同志们很受感动,纷纷要求来向你们学习,参加义务劳动锻炼锻炼。今天给你们带来了 100 双手套,稍尽一点儿心意吧!"

和德生接过手套,非常感激地说:"谢谢,太谢谢了!跑这么远,大家辛苦了,先洗一洗下午再干吧?"

王建民说:"这样吧,你先给大家介绍一下开沙荒的情况,我们下午再与大家一起干活劳动。"

"真是没啥可讲的啊!整天就是推沙、平沙、挖荆棘,这些活儿一点儿也不新鲜。"和德生说。

"就讲开荒治沙吧!这几年沙尘暴太厉害了,加强治理,既绿化祖国,又脱贫致富奔小康,这是国策呀!你们干得太对太好了,这不光是对你们村的贡献,也是对国家的贡献!"王建民说道。

"太过奖了,我们平沙岗只是为村里不再受风沙侵害,能快些富起来,为国家减轻一点儿负担,为绿化家园、改善环境出点力而已。"和德生被王书记夸得有点不好意思了。

"是啊,你给村里办了件大好事,也为国家出了一份力呀!快进屋介绍一下吧,大家都等着学习呢!"王建民催着和德生。

大家走进突击队的宿舍,一行人看看队员们睡的地铺,摸摸破旧不堪的被子,再瞧瞧队员们的生活用具,一片唏嘘声。

王建民说:"德生,队员们干这么重的活,就让大家睡这样的床铺啊?村里应该补贴一些,让队员们吃好睡好,才能更好地出力干活啊!"

"这么艰苦的条件,你们真是太能吃苦了!"团委干部们七嘴八舌议论起来。

王建民招呼大家:"大家都坐下来,叫和支书讲一讲他们开沙荒的情况吧。"团委干部们把地铺边的土拍打干净,坐了下来。

和德生简单讲了村党支部如何形成决议,怎么考察学习,当讲到挑选开荒突击队队员时年轻人争着报名,民寨村决心实现脱贫致富奔小康的梦想时,团委干部感动得鼓起掌来:"突击队里的年轻人,个个都是时代青年的楷模!"

和德生说,突击队队员到四五月份手裂得还流血,脚裂得不敢迈大步,嘴裂得不敢说话,一张嘴就流血。突击队队员们最盼望的就是能买点儿胶布裹一裹。几个女干部被突击队队员的吃苦精神深深感动,她们表情凝重,眼里闪烁着泪花。

特别是和德生讲到突击队队员们舍小家为大家,跟着他开沙荒时,有的团干部控制不住,抽泣着说:"大家太不容易了,这不是焦裕禄精神,又是什么?"

讲到下午1点多,团委干部站起来纷纷与和德生握手,纷纷感慨:"队员们的事迹,真是太感人了!"

看到突击队队员站着队,喊着"一二一"的口号,排着整齐的队伍集合吃饭,就像一支执行特殊任务的特别小分队,团委干部们激动地鼓起掌来。

突击队的严明纪律和艰苦创业的豪情壮志,让王建民书记也很惊讶,禁不住伸出了大拇指,说道:"都看看,人家开荒突击队的纪律性多好,大家都要好好学习呀!回去要把突击队'五不要'的艰苦创业精神用到我们的工作中去!"大家也说,这次来民寨真是见到活教材了。

午饭后,王建民催着和德生马上安排大家参加劳动。"现在天气正热着呢,让大家先休息休息,到下午3点再去干吧。"和德生担心这些团干部头顶烈日干活受不了。

王建民说:"不行,不行! 好不容易来这义务劳动一次,说啥也得让青年干部吃点儿苦,锻炼锻炼!"和德生只好答应下来。

团干部们很快集合起来,精神抖擞地向工地走去。有的拿着铁锨去平整沙地,有的帮着刨老树杂树,一个个都跟着队员劳动起来,干得汗流浃背。

干了半晌,好几个年轻的女干部手上磨出了血泡,男干部也累得满头大汗,时不时地喘几口粗气。

"要是天天干这活儿,谁受得了啊? 没点儿毅力还真是坚持不下来!""民寨村开荒突击队可真不简单,和支书不就是民寨的愚公、焦裕禄吗? 为了群众不再受穷,付出了多少心血和汗水啊!"几位团干部一边干活一边议论。

不一会儿,又起风了,越刮越大。大风裹挟着沙子打在人们的脸上,生疼生疼。

西北天空黑压压的乌云翻滚着涌了过来,眼看又要下雨了。

和德生赶忙催促道:"大家快上车回去吧! 王书记,快到车上去吧!"

王建民抬头看看天空,只好组织大家上了车,又把和德生叫到车上叮嘱道:"德生啊,这环境实在太恶劣了,不亲自来干活,确实感受不到你们的艰苦。你一定要关心大家的身体,不能让大家劳累过度。一是注意休息,二是让大家吃饱,三就是你带头开荒,村里计划生育、宅基地、粮食征购等工作也要统筹兼顾、合理调配,不能先把自己累垮了。"

王建民是乡镇党委书记出身,对基层工作非常了解,而且体会很深。临走还给和德生嘱托了好多。一番知心话,说得和德生很是感动。

风更大了,雨也随风落了下来,和德生不停地向车上的团干部们挥着手道别:"谢谢你们了,路上开慢点儿。"

车上的人关上车窗,依依不舍地离开了工地。

节水管终于制好了,但运输却成了大问题

村委会办公室内,党支部、村委会一班人正在开会。

"上级为了支持民寨开荒治沙,给咱村 10000 多根水泥节水管,加上很多弯

头、三通等部件,平均每个劳力合五六件。拉运的任务太大了,只有分下去让村民们义务拉回来了。大家讨论一下,看怎么完成。"和德生说明会议主题并征求大家的意见。

有人分析道:"孙殿堂是抓生产的副支书,安排生产很有一套,这是有利的一面。但是组织全村干这么大的运输活还是头一回,又是一次义务劳动。况且,节水管对于民寨来说就是宝贝疙瘩,磕不得碰不得,必须小心谨慎。仅靠村里的牲畜、车辆和人员,能不能完成这个任务?就是能,来回一趟十七八里路,还有上岗下坡,公路上大车多、不好走。运输能力、群众态度、过路安全等问题,都不得不仔细考虑。"

接着,大家都充分发表了自己的意见和建议。

和德生总结归纳后,做了如下安排:"咱们分一下工,各负其责。殿堂、荣山和电思,在预制厂负责分配管件装车;电法负责与镇领导的联络;绍林、山东、占臣身体好,走得快,负责疏导车辆和保证运管车马与人员的安全,兼顾各村民小组出工情况,解决群众出工困难;俊起、留省协同丙全等人,在工地苹果园负责安排卸管位置以及数量统计。我呢,哪儿有急事就到哪儿去,当救急队长。"

和德生刚说完,孙绍林坐不住了,腾地站了起来,说道:"有些户没牲口又没车,怎么办?"

"同组长们商量吧,几个家庭可以协作嘛,借亲戚家的也中。外村都笑话咱民寨人会借,上次义务送粪,有的不但借车,连粪不都是借的吗?"和德生不慌不忙地说。

"中,你这么一说我就放心了。"孙绍林坐了下来。

和德生很是自信地说:"只要咱是为大家办好事,要相信咱们群众的力量是无法估量的。"

"那是,那是,群众积极性调动起来了,比什么都厉害!"孙殿堂、刘山东两个老同志异口同声地说。

大家按照分工行动起来。紧接着,党支部又组织召开了村民小组组长扩大会议,具体安排运管工作。

晚上,村委会办公室换上了大灯泡,组长、村民代表、党员、团员到了200多人。听说要拉沙荒地生产急需的节水管与部件,与会人员个个都兴奋无比,摩拳擦掌,跃跃欲试。

孙绍林招呼大家道:"静一静,大家可能都知道了,今天要安排运输节水管与部件的事,下面叫德生讲讲今天会议的主要任务,让他给咱安排一下。"孙绍林话音刚落,大家都使劲鼓起掌来。

和德生提了提嗓门说道:"大家先别急,这回义务劳动任务可是不小。一个劳动力人均五六个水泥管件,一个百十斤,加上军烈属、伤残军人、五保户又不能拉,有些户不是没牲口就是没板车,这样平均每人就得六七个了,估计最少要拉五六天。再加上十几里的往返路程,困难不小,但是相信咱们民寨人都是好样的,一定能完成任务!"和德生详细进行了分工,并特别强调了应注意的问题。

大家听完不仅没一点儿畏难情绪,而且积极性十分高涨,纷纷表示:"没问题,有困难自己想办法解决,一定完成拉管任务,让党支部放心!"

和德生站起身来给大家鼓掌加油,弯腰给大家鞠了一躬。

又是一片红旗飘扬,外村人说人家民寨真是好威风

第二天,孙绍林打开村里的大喇叭,喊道:"各位村民,今天我们开始到镇上预制厂拉节水管,解决咱沙荒地浇水的问题,希望大家注意路上安全,要听从组长安排,确保顺利完成任务!"

刚吃过早饭,很多人就带着车辆到村委会门前集合了。有拉着板车的,有赶着驴车、马车的,也有开着小型拖拉机的。大家都兴高采烈,比过年、赶大会还要热闹。

孙绍林站到井台上说:"大家一定要听从指挥,因为路上还有汽车往来,千万注意安全。一定要把咱们的宝贝疙瘩完好无损地拉回来,好,出发吧!"

焦占臣在前面慢慢骑着自行车,引领几百米长的拉管队伍往镇上预制厂奔去。10点钟左右,拉管队伍到了镇预制厂。登记、分管、装车,忙而不乱。

第十三村民小组组长焦兰成想带头多拉几根,板车上已经装了15根管了,还想再装。突然,"嘭"的一声,车胎压爆了,急得他满头冒汗。

张茂林主任与焦占臣赶快跑了过来,急忙问:"崩着人没? 崩着人没?"两人一边帮着焦兰成修车,一边赶紧叮嘱大家要适量装运、安全拉回。

从镇预制厂通往民寨沙荒工地的马路上,仍然是红旗招展,红彤彤的旗海十分耀眼。

十几里长的红色长龙,满载着人们的希望。大家有的唱着歌,有的哼着小调,谈笑风生,好不热闹!

路过白道口镇,镇上的人都驻足观看起来。

有人近前问道:"你们这是干啥的呀? 拉这么多水泥管?"

"国家支持俺村开发沙荒,怕俺浇不上水把苹果树旱死,让俺浇地用的。"民寨村民得意地回答。

有的说:"看看人家民寨村,一有集体行动,都是齐刷刷地红旗开道,真不愧是个红旗村啊!"

和德生正与孙绍林骑着自行车在路上巡查拉管情况,忽然有人报告说:"德生! 德生! 成林家的毛驴使坏了,快去看看吧!"

和德生赶到前安村那段高坡上,看见一头毛驴躺倒在路边喘气,时不时地叫唤一声。

焦成林迎了上来说:"俺这头驴还小,这里岗高坡大,我拿鞭赶着它,谁知它一用力,就把腿给撇了。"

不一会儿,兽医来了,检查后说:"不行了,可能成林催得太急,小毛驴的腿骨头已经断了,搞不好命还难保呢!"焦成林听兽医说得这么危险,着急起来。

和德生与孙绍林随即安排焦兰昆、焦选立几个年轻人帮助焦成林把车拉走了。

一场人欢马叫、不甘落后的劳动竞赛展现在拉管的路上

运输途中,人们累了就唱几句加加油,提一下精气神儿。忽然,队伍里边传来一段大平调的唱腔:"民寨有个大沙荒,刮得庄稼不打粮。村里有个好支部,支书带着平沙忙。沙荒要变聚宝盆,荒地要成米粮仓。拉管浇地节约水,谁家

农田能比上？干部群众拉水管,人人争着献力量。结出苹果大又甜,感谢支部
感恩党!"

听到这段清唱,歇脚的、赶路的纷纷鼓掌叫好,堵得这段路上拉管的车都停
了下来。原来是会唱大平调的孙振江自编自唱的一段土戏。孙振江在后吴旺
村大平调戏班是有名的大红脸,声音洪亮,不用扩音器声音也能传出几里地远。

"再来一段,再来一段!"连外村围观的人也在叫好。

"长鞭哪,那个一甩呀,那个啪啪地响咧,沿着那社会主义大道向前方
咧……"孙振江唱着,"啪"地甩了一鞭,驾着他的骡车,向前奔去。

和德生赶紧招呼道:"振江哥,你慢点儿赶车! 拉得太多,牲口恐怕受
不了!"

和德生正在路上忙着来回巡查,孙绍林给他使了个眼色:"德生,你看谁来
帮忙了?"和德生走到跟前一看,是岳父拉着一辆板车来了,还跟着自己 10 多岁
的双胞胎儿子朋来、未来。

"爹,你怎么也来了?"和德生问岳父。

"知道你开沙荒忙不过来,兰云让我替你完成你家的拉管任务。有这俩小
外孙儿帮衬,估计两趟就拉完了!"和德生的岳父叫张保德,60 多岁,是当地有

名的老英雄。在他未满 8 岁时，侵华日军在他们村进行了惨绝人寰的大屠杀。一家人除了他，都被杀光了。他的奶奶临死前暗暗把他护在身下，才没被日军发现。后来他趁着混乱，机警地从死人堆里逃了出来，还偷偷牵走了日军的一匹马，才躲过一劫。

昨天，和德生的妻子给他一说村里的义务劳动，老人撂下自家的活计，就来民寨帮忙了。

孙绍林认识和德生的岳父，赶快上前问候："大伯，您这老英雄出马一个顶俩！不过可要慢点儿，为了民寨的事把您老累坏了，我们可担当不起啊！"

"还是把你自己和我女婿看好了吧，别的我都不怕，就担心德生他累坏了。绍林，你瞧民寨村群众这积极性这么高，往哪儿找这么好的群众啊！你们当干部的要是干不好，就对不起民寨的老百姓呀！"

孙绍林拍拍胸脯说道："您老就一百个放心吧，德生他党性强、有魄力、有办法，又有大家的支持，哪一项工作都不会落后。您看，俺村每一次办大事都是红旗飘扬，这说明我们村党支部战斗堡垒作用发挥得好，干部群众人心齐得很啊！"

"绍林，你说得对，这我就放心了。你们快去忙吧，我们也想快点儿把水泥管拉完，不能给德生丢脸。"张保德给孙绍林、和德生摆摆手，招呼外孙们一起拉着板车，朝开荒工地赶去。

路那边，康五妮正赶着马车疾驶过来。

"德生，你看俺还行吧？俺这么个懒人也来给咱民寨村帮忙了！"康五妮是西河京村人，平时做点小生意。因平时不太喜欢体力劳动，人们送了他一个"懒人"的绰号。

"我说哩，哪阵大风把你这个懒虫给刮来了？"孙绍林也和康五妮相熟，俩人一见面就斗嘴。

"我姐她家没车，跑到俺村叫我来帮忙哩。我就是再懒，也不能让俺姐在民寨村丢人现眼啊。"康五妮是九组和保行的内弟，和保行家没车子拉管，和保行媳妇就去娘家求她兄弟来帮忙了。

和德生一听他俩的对话，笑着说："你姐她真是了不起呀，把外村懒人都带积极了!"三个人"哈哈哈"都笑了起来。

巡查到石佛村十字路口,和德生与孙绍林又碰上了老同学李兰俊。

"兰俊,你们东小寨村离我们沙荒地苹果园有 20 多里远,你怎么也来了呀?"和德生问。

李兰俊是一组孙章宝的外甥,孙章宝参加淮海战役时受过伤,是退役伤残军人、五保户。村里照顾他可以不参加拉管劳动的。

"你们村虽说伤残军人、五保户不分任务,可我舅他犟得很,非说不能丢老军人的脸,坚决要像其他人那样完成任务不可。"李兰俊解释道。

"好,你和你舅都是好样的。中午我与绍林请老同学吃饭吧,别回去了!"和德生高兴地邀请李兰俊。

"不啦,不啦。你们忙,不给你们添乱了!"李兰俊不想耽误他们的工作。

"那我替民寨村先谢谢你了,我们再去镇预制厂瞧瞧,有时间一定来喝两盅。"和德生说完,他们就各忙各的去了。

张茂林说,我算明白民寨为啥能干成大事了

和德生、孙绍林二人来到镇预制厂,孙殿堂、齐荣山等村干部与民寨村装管、拉管的人仍在忙活着。

看见和德生与孙绍林过来,张茂林主任说:"民寨为啥能干成大事? 党支部带头作用发挥得好啊,你看荣山、殿堂、山东、电思几个干部又是分配管件,又是记数,连外村人也来帮忙。群众的力量不可低估,民寨村真是大有希望啊!"

"还是党的政策好,调动了群众生产的积极性。只要咱党员干部真心为大家办事,大家就会跟着你干,干劲儿就特别大!"和德生深有体会地说。

"这回我算明白了,在咱县千年沙荒谁敢开? 就你们敢,原因就在这儿呀!真心愿意给群众办事,心里装着老百姓,群众才跟你,才服你。"张茂林为民寨开荒治沙没少操心,他对民寨村党支部一班人、对全村群众的表现了如指掌。

和德生、孙绍林脱下衣服,帮着拉管的干部群众又是抬、又是搬,一起干起活儿来。

和德生想了解一下运管情况，孙电思汇报说："已经分下去90%了，就差五保户、军烈属的这些任务了。拉走的大概有六分之一，估计快了四五天就能拉完，慢了得一个星期才能完成。"

"我在路上看到拉车的大多都是牛犊、老牲口、驴驹儿，一见生人、遇到汽车，拢都拢不住，有的老牲口还拉不动。群众不说困难，咬着牙也要完成任务，真是太令人感动了！"和德生给孙电思说了巡查看到的情况，既担心又高兴。

孙电思点点头，又与和德生交流了一些情况，生怕不能如期完成拉管的任务。

"别让党支部委员催组长、群众太紧了，很多人都是借的车，借的牲口，有的也没使过牲口，千万要确保装、运、卸车都安全啊！"和德生又嘱咐孙电思。

车水马龙十几里，敢教日月换新天。红旗飘飘，车马流动，拉管的男女老少团结一心，干劲儿十足，共同为民寨的美好生活逐梦前行！

和德生骑车回工地的路上，看着干部和群众为了响应党支部的号召不遗余力、拼搏进取，没有条件创造条件也要干，紧密地跟着党支部一班人艰苦创业、努力奋斗，眼睛有些湿润了，和德生寻思着张茂林主任说过的那些话，只要你心里装着人民，把群众的利益放在心上，群众就会听党的话、感党的恩，就把党支部安排的工作放在最高位置。他深感自己作为民寨村的党支部书记，任重道远，干不好、不能带领干部群众实现共同富裕，就对不起党的培养，对不起3200多口父老乡亲的信任！

和德生一抬头，发现已经走到了苹果园，看到申丙全正在园地忙活。和德生说："丙全哥，看把你累的，衣服都湿透了。"

"还说我呢，你自己的衣裳不也湿透了？快歇歇吧！"申丙全回应着和德生。

"歇啥歇，你看咱民寨人那劲头儿，张主任都说该咱民寨发家哩！群众干部一样干，一个比一个干劲儿大。"和德生高兴得眉飞色舞，合不拢嘴。

"你顾不上自家的拉管任务，兰云把娘家爹都叫来了。群众不都看着咱党支部嘛，咱一带头儿，全村人都跟上来了！看来一个星期就能顺利完成拉管任务了。"申丙全高兴地说。

郑电杰说："德生，你就操心抓全面工作吧，咱突击队队员没一个人回村拉自家管的,都在这里接收运来的管件、帮群众卸管,大家累得都站不起来了。"

和德生放心地点了点头。

13000 多个管件完好无损地全部运抵沙荒工地

到了拉管的第五天,和德生召集党支部委员碰头开会,分别汇报进展情况。

孙绍林说:"第十组、十二组、十三组除了几个不在家的还没拉完,军烈属、五保户的任务有人帮助拉来了,明天全部完成任务!"

齐荣山说:"村东头4个组人口多、任务比较大,有几个累感冒的病号暂时没法儿拉管,不行我和他们组干部就多拉一天吧,保证不耽误完成任务。"

"前街我负责的4个组虽然也有一些具体问题,但殿各他们几个很有信心,他们说不给党支部出难题、留尾巴,已经想办法自己解决了。"焦占臣汇报说。

孙殿堂、刘山东、郭秀银、孙电思分别汇报了自己分工的责任组的情况和存在的问题,都有了扫尾的具体措施。

和德生总结说:"综合以上情况,咱们初步按5天完成拉管任务,接下来安排下一步工作吧。还没有拉完的管件,各位支委按照责任分工入户了解一下,看看到底还有什么困难,实在不行咱还组织村干部和党团员再突击一下,确保安全、顺利完成拉管任务,不误铺设安装,尽快给苹果树浇上水!"

"白天太忙了,咱们晚上加班干。"孙殿堂补充道,大家都表示赞同。

"我再巡查一下,到路上和苹果园看看还有没有别的什么情况,大家继续工作吧!"和德生说完,大家就分头行动。

上午,和德生在路上碰见和云章一家正在拉管子。和云章是老党员,还是有名的裁缝师傅,全村与邻村人的衣服大多是找他做。家庭条件差的来找他做衣服,他还不要钱,所以和云章年年被评为"致富带头人""五好共产党员"。开沙荒以来,每次义务劳动他都是带头参加。

"云章爷,您岁数大了,身体要紧,千万别太劳累了!"和德生见了和云章赶忙问候。

和云章笑着说:"德生,你放心吧,俺家没有牲口,几个小孩儿也怕我累着了，一边绑了一条绳子在前面使力拉。我只是驾驾车，没事儿的。"

和德生又嘱咐和云章的几个孩子："你们几个可要用劲儿拉啊，别累坏你们爷爷了。"

"嗯，我们有的是劲儿。我爷光怕我们干不好，他非要驾车，让我们拽着绳子在前面使劲儿拉！"一个大一点儿的孩子说道。

"那就好，那就好。"和德生说完骑上自行车，又向苹果园赶了过去。

"丙全哥，管件接收、放置怎么样了？""人太多，要不是丁立在这儿帮着，真有点顾不过来。"申丙全一边答话，一边表扬和丁立。

和丁立是和德生的堂兄弟，人很聪明，也很积极，高中毕业后非要跟着和德生来开沙荒，能吃苦，表现好，在突击队里很有人缘。

和德生一转脸，看见郑素君与她的两个小兄弟拉着管过来了。姐弟三人白净的脸上都带着道道汗痕。郑素君那双会说话的眼睛还是闪闪发亮，浑身散发着青春的活力。

和德生赶忙唤着和太方："太方，快来帮着素君姐弟卸车，他们力量不够啊！"和太方满脸通红、气喘吁吁地跑了过来，不敢正眼去看郑素君。

"小封建，人家素君女孩儿家比你都强。对了，素君，你爸他身体好些了吗？"和德生问。

"吃了好多剂汤药了，还是下不了床。我爸说义务劳动俺家不能落后，叫我领着俺俩兄弟来完成拉管任务。"郑素君腼腆地说。

"回家告诉你爸，让他安心在家养病。"和德生安慰郑素君道。

郑素君的父亲郑春海，党性强，觉悟高，当队长时生产队粮食产量年年数一数二，是村里的先进队长。后来得了肺结核，一直卧床在家。要不是和德生他们忙，早就和党支部成员去看他了。

队员们吃午饭时，焦章付故意逗起和太方来："太方，男子汉大丈夫，还没人家素君大方哩。"

"就是，人家素君长得那么齐整，太方是不敢瞧人家了吧？"孙广红也赶忙插嘴。

和太方看大家逗笑他，放下饭碗，挠着头，不好意思地说："不知道咋了，一见素君我就脸红加心慌。"

"你是瞧人家长得好,才激动得脸红了吧?"孙广红又逗和太方。

焦章付说:"广红,你咋光说实话哩!"和太方羞得低下头,只顾吃饭,不再与他们斗嘴。

其实,和太方很是帅气,就是眼睛小一些,但很明亮,突击队里都戏称他的眼睛为"聚光灯"。

申丙全心里装着工地的生产,可顾不上说笑话,忙喊道:"快吃吧,都快吃吧! 一会儿送管的人一多,就吃不成饭了!"

大家赶紧往嘴里扒拉着面条。

铺设节水管,和德生带着干部群众又一次拼上了

开荒工地的苹果园里,一堆一堆的水泥管件放得整整齐齐,十分壮观。

全村干部群众经过 7 天的义务劳动,10000 多根水泥预制管,加上近 3000 个三通、四通和弯头,终于完好无损、安全顺利地拉回来了。

和德生和大家都非常高兴,于是在这里召开党支部现场汇报会。

"这几天大家操心又劳累,本来应该休息两天,但你们看这沙地漏水快,苹果树苗都快旱死了。咱就发扬连续作战的作风,这次就别动员群众都上了,村干部、组长、党员参加义务劳动,尽快把管道埋下去!"和德生动员大家说。

孙绍林未加思考,直说道:"德生,比着你这个大支书吃住都在工地,带领突击队天天干,俺们来义务劳动几天又算个啥? 你就直接安排工作吧!"

"铺设安装地下管道是个技术活儿,管与管、三通、弯头必须安得严密结实才行,不然漏水可就麻烦了!"孙殿堂说道。

刘山东、焦占臣、齐荣山等人都表示同意他们的意见。和德生安排孙绍林回村通知参加义务劳动的人员,备好劳动工具,联系技术人员,尽快开始节水管道的铺设安装。

管道铺设开始了。工地上依旧是红旗招展,大家仍然干得热火朝天。

孙绍林从施工的沟里爬了出来,手扶着腰部,痛苦地说:"我自己逞能,一个

人搬了一根管下来,腰扭了,疼得厉害。"

正在干活的和德生与在附近挖沟的党员干部都跑了过来。"孙营长怎么了? 干这点活儿就使坏了! 也太娇气了吧? 这么不受累咋带领民兵干大事儿呀!""绍林,你常吹自己身体棒,关键时刻掉链子了吧!"齐荣山等人和孙绍林开着玩笑。

齐荣山出身贫寒,父亲早逝,母亲就带着他来到了民寨村。后来,齐荣山当兵回来后,曾任大队民兵营长,现在又是副支书,是党支部班子里的一员大将。

"克会! 快去叫占学哥,叫他快来给绍林哥治疗腰伤!"和德生不敢怠慢,忙让申克会去叫医生。

经过几天的紧张施工,40000多米的节水管道终于铺好,投入使用了。6000多棵苹果树及时"喝"上了甘泉。

民寨村人民团结一致、努力付出,又打了一个漂亮的大胜仗。

为了赶进度,和德生与队员们累得一躺下就睡着了

晚上10点多了,突击队队员们还在工地上推沙平沙。

申丙全来到和德生跟前说:"这几天拉管、卸管、安装管,大家太劳累了,还是下工吧? 你看年轻人都受不了了,更别说老年人了。"

"再干会儿吧,这几天拉管铺管没顾上平沙,再不快点平,就跟不上推沙的进度了。"和德生咬咬牙,没有同意申丙全的建议。

风又刮了起来,郑电杰、和殿顺和焦章付提的马灯紧捂慢捂,还是刮灭了两盏。

"德生叔说,夏天看着太阳干,冬天看着钟表干,可是老天为啥不照顾咱,非要刮风干啥啊?"一个后生逗趣着说。

和德生一看手表,已经晚上11点多了,马上安排大家收工。

大家拖着疲惫的身体回到屋里,躺下就睡着了。

和德生看在眼里,又是一阵心酸。他知道这段时间为了赶工,为了拉管埋管抢救苹果树,重活累活一样接着一样,安排得实在太紧了,人人都在经受体能

极限的考验。但大家都咬牙坚持了下来，没有一个躲避退缩的，和德生很是愧疚，感到对不起大家。

西北角的沙荒地比较平坦、湿润，长了一片刺槐、杨树等，长得还比较直溜，突击队一直不舍得清除。但根据开荒计划和专家建议，就是不舍得也得刨掉。

和德生带着突击队一起干，把它们一棵一棵刨了出来，还要砍掉树枝、清理树根。因为沙土松软，没法用车辆拉，还得人抬肩扛，并把它们运到三里以外的开阔地。最终，人人累得腰酸腿疼，筋疲力尽。

和丁立、孙广红成了"农民大学生"

这天，河南农业大学的李教授和马教授再次来到开荒工地。他俩已经是大家的老熟人了。这次两位教授来，主要是教大家修剪苹果树的技术和讲授果树的管理知识。

和德生明知教授来一趟不容易，但还是对两位教授说："现在工地太忙，听课的人实在挤不出来时间啊！"

两位教授听了，也很着急地说："和支书，从郑州来民寨这么远，来讲课确实很不方便，也不是长久的办法。我们打算回去与校长商量一下，你们是不是选送几位学历高点儿、爱学习的青年到农大进修学习，将来自己管理果园，这样就轻松多了！"

"送出去，请进来，正符合中央的精神嘛！是个好办法，等我同村里领导商量一下，尽快给你们回个话，这次两位老师就先回学校吧。实在是对不起了！"和德生抱歉地说道。

两位教授被面前这个坚毅、睿智、真诚的拼命三郎感动了，连连说："不用说对不起，民寨的事也是农大的事。和支书，你千万要注意身体呀，一个村的大事都得靠你呢！"双方依依不舍，握手言别。

和德生马上回村，召集党支部开会研究选派人员到河南农业大学进修的事儿。

村委会办公室里，党支部委员纷纷发言。

孙殿堂说："培养几个学农林的大学生？村里几乎没有集体收入，恐怕负担不起吧？"

"说起来是件大好事，外村的想去人家大学学习，人家还不一定要咧。就是咱村村大、收入少，光开荒贷款、借钱，又几次集资，大家钱袋子都快掏空了。"齐荣山也为难地说。

孙电思是村会计，他更知道村里的家底，他说道："以前村里搞的副业基本上没赚过钱，村委会做门窗还是拿卖杂树的钱才基本还清的。现在银行贷款还有不少没还，资金实在有困难，就少培养几个吧？"

焦占臣说："我看就是再难也得想办法去，这可是给咱村里培养人呢。德生知道情况，队员哪个思想好、文化高、脑子好用，还是推荐两个人去学习吧。"焦占臣的话大家觉得很在理，都表示同意。

和德生说："丁立高中毕业，思想进步，干活勤快；学青年轻有为，思想也没问题，就是文化程度低些；广红不仅思想进步，脑子还灵活，工作认真仔细，是个好苗子，有培养前途！"

"他仨最好选俩吧，村里负担也小点儿。"刘山东建议说。

最后，经过村党支部认真研究、慎重考虑，一致决定选派和丁立、孙广红两个年轻的突击队队员到河南农业大学进修学习。

晚上，在突击队驻地简陋的屋子里，虽然没有任何欢送标语，但现场异常热闹。

突击队里已经传遍了选送两位年轻队员上大学的事，这在民寨村、在开荒突击队的历史上都是一件值得骄傲的大喜事。

焦章付逗着孙广红、和丁立："党支部让你们俩进省城上大学，这可是咱民寨村的大好事、头一回哩，更是咱突击队莫大的光荣呀！等你俩小子本事学成了，回来不会不认识恁叔我了吧？"

"德生与党支部作这么大的难，培养恁俩也是为了咱村奔老康。可一定好好学习，回来用上恁俩的好技术，让群众多挣钱，让咱村快点富起来！"郑电杰郑重地嘱咐说。

和留省虽然文化程度不算高，但也是村委会委员，开会多，听得也多，懂得也多,他纠正郑电杰说:"电杰大伯,是奔小康,可不是奔老康。"

郑电杰笑着说:"管它啥老康小康咧,只要咱民寨不再受穷,不再向国家要救济就好!"大家都笑了起来。

虽然桌上没有菜,和德生还是端起酒碗,动情地说:"丁立、广红,村里让你俩去进修,你俩一定要把咱们开沙荒的精神带到学校。刻苦学习,把学到的知识与技能带回来,把咱村的穷帽子摘掉。让咱村真正实现小康,不再吃救济粮、要救济款,为咱民寨争个光!今天为你俩饯行,来,干一碗!"

申丙全从不沾酒,听了和德生对二人的嘱托,快要掉下眼泪来,也大声说道:"都知道我不喝酒,为了你俩将来能学业有成,把咱民寨村建设好,我也干了!"

突击队的欢送会,变成了一个崇尚知识、崇尚人才的誓师会。大家互相勉励,互相鼓舞。气氛热烈,非常融洽。

和德生看着大家共同奋战得来的成果,一种共产党人的自豪感不禁油然而生

一场鹅毛大雪过后,豫北大地一片银装素裹。

沙荒地里,"呼——呼——呼——"大叫着的北风,无情地呼啸着,不消停一会儿。

这天一大早,和德生扛着一袋面粉,提着一块猪肉,踏着厚厚的积雪,向开荒工地走去。走到北上岸,正好遇上村里的老民兵申国录。

"国录哥,这么大的雪去哪儿啊?"和德生问。

"我家的猪跑了,找了好几家才找到。德生,这大雪天还去工地啊?在家歇歇不中啊?"申国录说。

"不能歇呀,突击队天天赶着进度,忙不过来呀!"和德生解释道。

"德生啊,这可不是个小活儿,祖祖辈辈都不敢平的沙,这回你带着突击队真给平好了,您真是给咱村立了大功了!"申国录认真地说。

"国录哥,群众盼望的事就是咱党支部要干的事,都是应该做的!"两个人说

完,挥手道别。

和德生背着面、提着肉,深一脚浅一脚地继续往工地赶着。走到沙荒口驻足一看,新开出的大片田地连着没有开垦的沙岗,平凹有别,与400多亩的苹果园,形成一幅漂亮的雪景画,让他顿觉心旷神怡,感慨万千,倍感激动和自豪。

和德生放下面粉和猪肉,站到一处较高的雪地上,高声念道:

"北国风光,千里冰封,万里雪飘。望长城内外,惟余莽莽;大河上下,顿失滔滔。山舞银蛇,原驰蜡象,欲与天公试比高。须晴日,看红装素裹,分外妖娆。江山如此多娇……俱往矣,数风流人物,还看今朝。"

念完这首伟人的《沁园春·雪》,和德生深吸了一口气,感到无比舒心。他背起面粉、提着猪肉,在厚厚的雪地里继续前行。

突击队住在简陋的茅屋里,任凭寒冬盛夏,任凭风刮雨打,坚持开荒治沙,这是多么可爱的队员啊!他们也完全配得上"当今时代最可爱的人"这个赞誉!

走着想着，想着看着，一抬头，望见木牌坊上的"又一世界"4个大字。

这是突击队开出600多亩土地后，为纪念突击队的成绩而立的。

不管是谁来到这沙荒口一看，都会眼前一亮，不自觉地就会受到教育、受到鼓舞。

再向前走，路两旁是申克俭和儿子申相全送给突击队的"开垦千年沙荒，造福万代子孙"的水泥板。和德生边看边想，沉浸在对民寨未来发展方向的思考之中，却忘记了脚下的路滑，当走到小桥边上时，扑通一声摔了下去。

这里距离队部不远，正好几个突击队队员远远看到和德生摔倒了。他们一个比一个跑得快，眨眼工夫就跑到了和德生的跟前。

"队长，你咋样？""德生哥，摔坏没？"大家老远就着急地喊着，问个不停。

趴在雪地上的和德生笑着说："没事，没事！光顾看咱这些牌子了，脚蹬空了，差点儿滑到桥下面……"

大家一看和德生没什么大碍，赶紧抬起面袋，提着猪肉，扶着队长站起来，一起说笑着回到驻地。

焦章付在雪地里一瘸一拐地迎了过来，"德生，给大家带来了这么多东西呀！"

"这段时间天冷，又干的是重活，这是蒸白馍的面，还割了五六斤肉，给大家包顿饺子吧。"和德生笑着说。

郑电杰说："咱村还穷，用钱又这么紧，上哪儿找的钱买的肉啊？"

"为咱突击队改善生活就有钱，我让兰云卖了几只家里养的兔子，换了几斤猪肉。"和德生说。

"我说哩，就知道是人家兰云安排的事。"郑电杰故意取笑和德生。

"哎，不对不对，你们可别小瞧我呀！对大家我和德生还是挺大方的嘛。"

焦章付又逗趣大伙儿："伙计们，吃吧，吃罢一顿好的，支书肯定还得叫咱在雪地里好好干活咧！"

"都别贫嘴了，快让学跃大厨准备包饺子吧，也不辜负和支书对咱的一片心意。"孙学青赶着话茬说。

炊事员刘学跃赶忙去厨房张罗包饺子的事了。

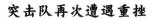

突击队再次遭遇重挫

突击队队员们都美美地吃到了一顿香喷喷的猪肉饺子,饱了口福解了馋。不过也真让焦章付说对了,吃完饺子,和德生就又安排大伙儿干活了。

大家拿着镰刀、铁锹,拉着板车,迎着北风走在雪地里。

大北风呼呼刮着,像飞刀一样,划着队员们的脸,生疼生疼的。有的队员手裂得鲜血直流,手套里都沾上了血。

大家三个人一组,先把刨下来的树干装上板车,一人驾着车往外拉,两个人在两旁推。年轻力大的队员一人扛着一棵个头儿不大的树,在雪地里艰难地走着。有人半路上压得实在受不了就干脆把树扔到雪地上,坐在树干上歇一会儿,搓搓手、喘口气……

和德生带着队员们不停地在开荒工地上穿梭。倘若大雪有灵魂,倘若雪地具备记忆的功能,那它一定会记住突击队队员们在这幅壮丽的劳动画卷上留下的最灿烂、最动人的瞬间。这也是值得突击队队员们用一生去回忆的光辉岁月!

晚上,和德生让伙房烧了一大锅热水,加了食盐。多数队员都泡了脚,脚上皲裂严重的还在大裂口处贴上了胶布。队员们处理完脚,都说好受多了。

和德生与申丙全一统计,队员里就剩最经得起折腾的焦章付老人能干活了,其他人都因脚伤没法下地。

突击队建队以来再次遭遇重挫。

第四章

维护红旗，全力兴办民寨村林场

和滑县农药总厂，集体经济始破茧

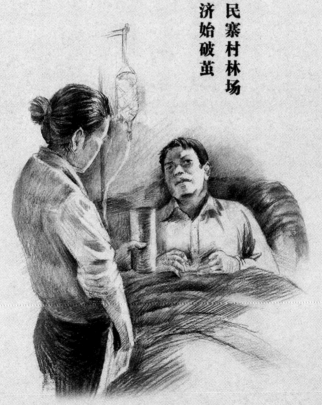

光阴更迭,岁月荏苒,民寨村在新时代发展道路上阔步前进,伴随着汗水和智慧,民寨村美好的图景又增添了几笔浓重的色彩。

和德生与民寨村的干部群众,把他们的信仰与对家乡的热爱,把他们对党的忠诚与感恩,都装进了心田里。

村集体几乎没有经济收入,想办的大事办不成

1992 年 3 月,民寨村正在孕育着又一次蝶变。

民寨村开荒治沙的规划顺利推进着,和德生与突击队队员们已经在工地上奋战将近两年了。开出来的 400 余亩沙荒地已经种上了美国蛇果、日本红富士。苹果树长势喜人,丰收在望。

后来接着开出来的土地,计划再分别种上几十亩的葡萄树、桃树等,最终建成一个几百亩规模的"百果园"。这样,既能让村民吃上新鲜可口的水果,又可以为集体带来开荒治沙、综合开发的经济效益。

开荒治沙初战告捷,后续的沙荒治理、综合开发工作也已安排妥当。突击队副队长和俊起与几个年轻的推土机驾驶员已经打开一处新的缺口,正在加班加点推沙平地。

和德生作为民寨村的党支部书记,深知自己肩上的担子有多大的分量,尽管上任以来取得了一些成绩,但自己与党支部一班人决不能在成绩面前沾沾自喜、停滞不前。

鉴于民寨村的发展实际,和德生正在思考着"下一步民寨村如何发展,建设一个什么样的社会主义新民寨"这个大课题。

和德生觉得解决群众的温饱问题,让群众吃上白馍,钱袋子鼓起来,这一步目前走得还算踏实。通过引进腐竹、蜡烛生产,这些适合家家户户干的家庭副业,村里没有了闲人,大家除了种好责任田,就是忙着发展庭院经济来赚钱,也基本上形成了"一村一业"的特色,形成了规模化经营,打出了自己的品牌。经过深思熟虑,和德生觉得下一步的工作就是把产品做精做优、提高产能,让群众赚更多的钱,初步实现共同富裕的梦想。

那么,当前最突出的问题是什么,又该怎么去规划、去布局,抓好落实呢?经过认真梳理,和德生想到了买东方红推土机的那笔贷款,开荒治沙过程中应当属于集体开支。而村里没钱,不得不从银行贷款或向群众借款,还不是因为村里几乎没有集体收入才这样吗?那么,应该如何壮大集体经济呢?群众通过发展庭院经济挣了钱,那么集体也可以通过兴办企业来赚钱啊!但是,又该从哪里下手呢?

和德生陷入了苦苦的沉思。

剪完苹果树,大伙儿说:"大学生就是厉害,不服不行!"

在河南农业大学学习的和丁立、孙广红放寒假了,两个人迫不及待,以最快的速度从学校回到了沙荒工地。

见到和德生与队员们,他们相互拍打着对方结实的胸脯与肩膀,有说不完的话,就像久别重逢的战友一样。

"这次把技术带回来了吧?咱这外国品种的苹果树终于可以自己管理了!""也没学多少知识,咱们商量着干吧。"队员们迫不及待地与和丁立、孙广红交流着。

和德生说:"丙全哥,他俩回来了,今天咱就别刨树扛树了。这几天大家也累坏了,让他俩领着大家剪苹果树吧?""可中,光干一种活人也腻歪了,苹果树也该剪了!"申丙全随即招呼大家去修剪苹果树。

来到苹果园,和丁立、孙广红分别领着几个人,示范着怎样用剪刀,怎样留剪口。主干(树身)要留1—1.2米,还要根据能否留3个饱满芽而定。因为明年要出3个结果主枝,作为第一层结果的3大主枝。二人说得头头是道,通俗易懂,大家都很受用。

郑电杰高兴地说:"真是没白学,看来这外国苹果还真能吃上哩。"

"等下辈人吃了,忘不了这是他们爷爷推平千年沙垴堆种出来的就行。"焦章付接着说。

"章付叔,你出的力,后辈们都会记住的,还会用大苹果给你上供。"和丁立又逗焦章付。

焦章付笑了,回应和丁立说:"你小子盼我早走啊?我就不走,非吃你种的好苹果不中。"二人贫起了嘴,大家一边听着一边看着他俩,哈哈大笑起来。

400余亩苹果树基本剪完,棵棵主干都在1—1.2米,横看、竖看、斜着看,都成行,整整齐齐的。

"丁立、广红这两个小伙儿就是了不起呀!你们看,多整齐,多好看。"焦章付很是惊讶地说。

大家都仔细端详起来,一个充满生机的苹果园谁看都喜欢,一个个伸出大拇指夸赞:"大学生就是厉害,不服不行!不信科学更不中,厉害,厉害!"

看着果园,和德生又有了新的想法

这天上午,和德生与突击队队员们在苹果园里一边除草松地,一边进行果树管理。看着大家辛辛苦苦栽下的苹果树,一棵棵都长得枝繁叶茂,看来明年就能挂果见到收益了,和德生脸上不由得挂着欣慰的笑容。

焦章付看到和德生面带喜色,说道:"德生啊,心里是不是不用扇子扇就很凉爽了吧?要是咱再把葡萄园、桃园建起来,那你就整天不用吃饭了,光高兴就高兴饱了。"

"章付叔,你说得没错儿,你看咱这400多亩苹果树长得这么好,谁看着不高兴呢?等咱再种上30多亩葡萄树、20多亩桃树,这里就真成了百果园了。到那时不光我高兴,突击队也高兴,全村老少都高兴。"和德生满怀信心地对焦章付说。

"到时候都450多亩果树了,管理、经营任务可大得多了,光靠咱突击队这些人可是兜不住啊!"焦章付提醒和德生。

"这个嘛,我正在考虑,打算拿到党支部会上研究一下,准备建咱村集体果木林场,专门经营林果业,一定能建好的。"和德生胸有成竹地说。

焦章付一边薅着草,一边吆喝对面的技术员孙广红:"哎哎——小子,我问问你这个大技术员,你说德生带着咱突击队把1000多亩沙荒地开好了,到时候又是苹果丰收又是粮食丰产的,咱们这算不算是点沙成金呀?"

"哎呀!我的老拐,可不是嘛,这回你真是说对了,说得好啊!"孙广红一听,一脸的惊讶,他想不到焦章付能说出这样的话来。

一旁的和丁立也说:"章付,你平时总是说些逗趣惹笑的话,这次真是让你说到点子上了。咱突击队整天与沙子打交道,最后把沙荒变成良田,有了收益,这不是点沙成金是啥呀?"

"这焦章付真是成仙了,以后再也不能小看他了!"几个队员一边说笑着,一边干着手里的活计。

焦章付笑了笑,说道:"就兴你们年轻人学习进步呀?俺来突击队也不是白吃干饭的。"

"下工了,下工了,回去吃饭了!"眼看日头偏过头顶,申丙全在不远处喊着在苹果园里干活的突击队队员们下工吃饭。

棉铃虫难治,让棉农们很是头疼

镇党委、镇政府召开兴办乡镇企业动员会,全镇各行政村主要干部都到会了。和德生代表民寨村参加了会议。

会上,镇党委书记石忠民做了动员报告,会议要求各行政村都要选准突破口,尽力发展集体经济,跑资金、上项目、办企业。和德生一边听会,一边想着民寨怎么兴办村办企业的事,根据平时掌握的信息,他的脑子里有了一个基本的想法,一个大胆的计划。

会议刚结束,和德生就紧跟在石忠民的身后,跟着他进了办公室。

"石书记,今天的会议要求非常明确,正好与我的想法不谋而合。我已经思考一段时间了,现在这个想法也基本成熟,我想给您汇报一下民寨村创办乡镇企业的思路。"

石忠民倒上一杯水,递给和德生,然后说道:"我就知道你不会坐慢车,有啥具体想法与打算?快说说看!"

"我想民寨是不是先办一个农药厂?你看现在国家非常重视农林生产,河南种棉花和其他经济作物的多,而这些作物容易遭遇病虫害,农药的需求量很大。只要农药质量好,销路应该不是问题。再说了,滑县、内黄以及周边县的农林种植规模都比较大,肯定需要大量的优质农药,大有市场潜力。先不说远的地方,就是咱镇几十个村,还有俺民寨的棉田、果木也都急着用好农药啊!"

石忠民仔细听着,感觉和德生说得不错,于是就问和德生:"考察过了吗?有没有决策依据呀?上项目必须是慎之又慎啊!"

"我们村不是有俩大学生在农大进修吗?我听他们说,农大教授讲过目前市场上防治棉铃虫的农药的药效不是很理想,棉铃虫难治让棉农们很是头疼。国家已经将高端特效农药列入'国家七五攻关'计划,我觉得上这个项目正逢其时。我还听说天津、北京都有新的科研成果,特别是北京农业大学有新型农药的专利等着开发呢,我想去引进过来。"和德生进一步给石忠民汇报。

石忠民认真听了和德生的思路与想法,感觉既有根据,又有前景,随即表示同意,并鼓励和德生大胆去闯、大胆去干。

村办林场、滑县农药总厂先后应运而生

回到村里,和德生立即组织召开了党支部、村委会联席会议,商议组建村办林场、兴办农药厂的事。

和德生开门见山,对与会的村党支部、村委会委员们说:"经过一段时间的考虑,并报经镇党委同意,今天我们要商量民寨村的两件大事。第一件事,是根据开荒治沙的进度,我们已经建好了一个400多亩的苹果园,计划再种几十亩葡萄树与桃树。等沙荒基本开完了,还要在沙荒地四周与路边种上防风固沙的防护林,形成果树与成材林一并发展的局面,以后集体的林业管护就是个大任务了。虽然以前咱村设过护林护沙人员,但现在明显已经不能适应新的要求了,建议组建村办林场并设立林场党支部,加强对林场的领导。林场人员就以开荒突击队为班底,适当调整人员,担起护林护园、经营管理林场的具体工作,把新建林场的工作切实做好。第二件事,也是一件大事。安阳市委、市政府和咱们县委、县政府都大力号召兴办乡镇企业,壮大集体经济,镇党委、镇

政府的要求也很明确。根据在科研、农技部门了解的信息和对农药市场的调查，村里打算兴办一个农药厂，建议由村会计孙电思担任厂长，负责农药厂的筹建和具体工作。当然，我这个村支书还是要总统筹，大家根据工作分工各负其责，做好配合，切实把工作抓好落实。"和德生一口气说完，让大家讨论商议。

会场上大家基本上都同意和德生的意见，对如何搞好这两项工作还提出了一些合理化的建议。

副支书孙绍林综合了大家的意见后说："德生，你当支书以来，不管是发展庭院经济还是开荒治沙，都干成了，大家都相信你的能力，支持你的工作，你就赶快布置推进吧！"委员们都点头同意，会场上响起一片热烈的掌声。

不久，根据民寨村党建工作需要和各项事业发展的现实情况，镇党委经认真研究并报经县委组织部门同意，宣布了民寨村新的党组织架构：成立民寨村党总支，和德生担任党总支书记，下设行政党支部、林场党支部、农药厂党支部，由孙电法担任行政党支部书记，和德生兼任林场、农药厂党支部书记。

民寨村发展的框架搭好了，各项事业红红火火开展起来了。村里到处是红旗招展，干部群众天天都是忙忙碌碌。一派生龙活虎干事业的喜人景象呈现在人们眼前，一幅建设社会主义新农村的崭新蓝图越铺越大，越绘越新。

林场人员已经到位，以开荒突击队队员为班底，又增加了几个新的人员，共20多人，办公地点设在开荒突击队的驻地。

后来，为了改善林场的生产、生活条件，有效加强对集体林果树木的管理，同时方便突击队开荒与处理荆棘杂树，村里决定将原来突击队驻地的旧房子拆掉，在整个沙荒治理区域的中间大路西侧重新建起一个院子，盖了十几间带走廊的新瓦房，增添了机库、水房、厕所等必要的配套设施，作为林场、突击队的生产、办公与住宿用地。

1992年年底，伴随着欢快激昂的乐曲，伴随着喜庆的鞭炮声，滑县农药总厂破土动工了。

厂区建设工地依旧是红旗飘飘，彩旗舞动，民寨村又迎来一件事关民寨发展的大喜事。

建厂伊始，一家建筑公司怕拿不到钱，差点儿拆了脚手架走人不干，滑县农药总厂几近停工。和德生出面给这家建筑商打了包票，保证不会欠他们钱，才使建设工程得以继续。滑县农药总厂一期厂房建成后，生产过一些一

滑县农药总厂厂区　（王子瑞　摄）

般的农药。小打小闹一年，也赚了 20 多万元。可是这些利润都补贴到开荒治沙和种果树这些项目上了。不过对于村办企业来说，也算交了学费，摸索积累了一些实战的经验。

1993 年年初，为了不耽误滑县农药总厂的生产，提升管理水平与业务技能，和德生带着几名年轻的技术人员前往郑州。在河南农业大学李鹏坤教授的大力支持下，大家进行了农药知识、农药生产与销售常识的学习培训。

3 天时间里，大家起早贪黑，认真学习，初步掌握了农药企业应知应会的基本知识和技能，为滑县农药总厂的下一步发展奠定了坚实的基础。

和德生带人闯天津、进北京，"泥腿子"玩起了高科技项目

和德生认识到，滑县农药总厂要想健康发展，在激烈的市场竞争中占到先机，必须要有几个过硬的拳头产品才行。

为了开发新产品，和德生紧紧盯住多变的市场信息，不放过每一次发展机遇。

1993 年 5 月，和德生得知一种防治棉铃虫的特效农药刚刚问世，马上带着农药总厂业务员和国彬，背上一些干粮，搭车前往天津、北京。几天时间里，两人走访了一家又一家的农药生产厂、科研单位和农业院校。

这天一大早，和德生与和国彬来到农业部（现农业农村部，下同）大门口。

门卫一看和德生穿着一双拖鞋就想进农业部,任和德生怎么说也不让他进门。

和德生与和国彬眼看被挡在门外,十分焦急。他俩听到门卫是河南口音,猛一高兴,与门卫拉起老乡关系来。但门卫还是坚持原则,不给一点儿面子,就是不让他们进去。

机灵的和国彬对和德生说:"你是民寨村的党总支书记,出门办事总得有个形象吧? 我看还是快去买双像样的皮鞋吧,不然进不了大门啥事儿也办不成。"

和德生只好同意了和国彬的建议。两人来到附近一家商场,和国彬帮着和德生挑了一双皮鞋。一问价钱,要 80 元,和德生摇摇头嫌贵,坚决不让买。最后,和德生买了一双 8 元钱的布鞋穿在了脚上。

和德生与和国彬后来终于顺利走进了农业部。他们找到全国植保总站邵振润站长,汇报了民寨村兴办滑县农药总厂的情况与这次来京的目的。邵振润站长被他们艰苦创业的精神感动了,当即介绍和德生去找北京农业大学的罗计才教授。

晚上回到住处,和德生洗完脚给和国彬要自己的那双拖鞋。和国彬两手一摊,笑着说:"白天我就扔到垃圾桶了,拖鞋都断裂了还能穿吗?"

"回到家在沙地里干活儿还能穿,咱们现在还不算多富裕,还是要尽量勤俭节约一些。"和国彬听了和德生的话,无奈地笑了笑。

两人住的是地下室,虽然窄狭,但还算比较清静。睡觉前,他们躺在床上闲聊。

和德生问和国彬:"你听说过咱豫北一位著名诗人出的一部叫《布鞋上的海》的诗集吗?"

"啥? 布鞋上怎么会有海呢?"和国彬虽然年轻有文化,但不怎么关注诗歌,一脸的懵懂。

"其实我也不懂诗歌,听县委宣传部一位朋友说过这部诗集。但我从这部诗集的名字上感觉得到,农民的一双布鞋上一定会有海的,就是要放飞我们理想的翅膀,敞开思考的海洋。到底有没有海,就看你的思路是不是开阔了,想的做的是不是敢字当头、诚字开道了。有句话不是说,心有多大,舞台就有多大嘛。"德生这样一说,和国彬似乎听懂了一点儿,但还是摇摇头。

和德生笑了笑,说:"我也是瞎猜的,不过我们要是想象着布鞋上有片广阔的海洋,甚至还能跑船,行驶军舰、航母,那我们办事的思路与做法就大不一样了。有机会我还真想细细品味一下这部诗集,不管我想得对不对,反正我是这么认为的。咱不是诗人,也不是作家,但他们写出来的优秀作品也是生产力,能够开启人们的智慧,都是激励人们有所作为的正能量。"

"那你的意思是这次我们两个农民来找北京农业大学教授,就是你穿上这双布鞋,也能精诚所至、马到成功吗?"和国彬猜着和德生的心思问道。

和德生笑着说:"但愿吧,算你和国彬聪明,快睡吧!"

在北京农业大学,和德生给罗计才教授详细介绍了河南农林业发展与农药市场的实际情况,特别是根据对滑县、内黄县棉花种植区的了解,介绍了河南农药市场上没有防治棉铃虫的特效农药,棉铃虫肆虐让棉农大伤脑筋,农民急需高效新农药的情况。

罗教授透露,该校刚刚研制开发的一种新型、高效、广谱性杀虫剂50%辛氰乳油(新光一号),正好可以帮助他们解燃眉之急。但校方对眼前的这两个"泥腿子"和一家村办企业能不能生产出合格的产品产生了怀疑,有些犹豫不决。

和德生恳求说:"你们是科研单位,我们非常敬佩你们对科学的严谨态度。产品是你们辛辛苦苦研制出来的,但我们也一样会尊重知识、尊重科学,对生产工艺和技术进行严格把关,用心生产出让市场和农民都放心的产品来!"

一旁的和国彬也给和德生帮腔说:"罗教授,您就放心吧,俺和书记与党支部带着群众解决温饱、发家致富、开荒治沙都成功了。我们办农药厂也是胸有成竹、志在必得,在俺民寨就没有办不成的事!"

罗教授被两人的决心与真诚打动了,如实给校领导汇报后,不仅转让了50%辛氰乳油的专利技术,转让费也由10万元降到了5万元,以转让费减半的实际关怀对滑县农药总厂进行倾力支持。

在北京办事的十来天时间里,和德生与和国彬省吃俭用,住地下室,吃路边摊。和国彬是滑县农药总厂年轻有为的业务员,事业心很强,但天天吃路边摊吃得上了火,开玩笑说:"和书记,陪着你一个大支书出差十多天了,咱也办成了一件大事,就不能吃顿像样的饭犒劳犒劳?"和德生也感到确实有点儿对不住这个敬业的年轻人,就点头答应下来。

可眼看事已办妥,和德生心里只想着赶快回去安排农药厂生产的事,催着和国彬赶紧去买返程的火车票。

火车就要开了,和德生想起对和国彬的许诺来,笑着说:"国彬啊,看来我又食言了。你就去站台买只北京烤鸭,咱俩在路上解解馋吧。"和国彬赶忙下车买了两只软包装的北京烤鸭带着,心想这也就算是和支书兑现承诺了。

谁知到了安阳,一出火车站,两人正好碰见一家银行的一位熟人,和德生让和国彬拿出两只烤鸭就送人了。和国彬连烤鸭也没吃上,既哭笑不得,又对和德生一心为公的行为深表理解。

捧起奖牌,和德生流下幸福泪

1993 年 6 月,滑县农药总厂的改扩产建设已经初具规模,生产设备也已安装调试完毕。在一片喧闹的锣鼓与鞭炮声中,民寨村首家村办企业的新产品生产线顺利投产。

农药行业是个技术含量较高的行业,生产管理来不得半点马虎,必须对生产技术和生产工艺严格要求,才能确保产品的质量。做不到这一点,就谈不上企业的未来和声誉,更不要说提高经济效益了。为此,和德生对厂长孙电思提出要求,工人上

滑县农药总厂生产车间 (王子瑞 摄)

岗前必须经过严格的技能培训,获得上岗证书才能上班。同时,滑县农药总厂又选派了 3 名技术骨干到河南省化工产品化验中心学习,并先后聘请南开大学、河南农业大学、北京农业大学等高校的 13 名专家教授,做滑县农药总厂的

常年技术顾问,经常请他们来厂里监督指导,使滑县农药总厂的生产和管理日趋完善。

在此基础上,厂里严格把关,坚持不合格的原料不进厂、不合格的产品不出厂,做农民欢迎的良心药,市场认可的名牌产品。厂里一年来生产出的100多吨50%辛氰乳油从未出过质量问题,市场好评如潮。

当年,在滑县植保站、农业局组织的同类农药综合效能对比试验中,50%辛氰乳油的田间和室内表现均名列国内外14种农药之首。在内黄县有关部门进行的对比实验和问卷调查中,这个产品的综合表现又是夺得第一名。一时间,出自民寨村的50%

防治棉铃虫

辛氰乳油,在河南省棉区成了抢手货,棉农们形象地把它比喻为"棉虫的无声杀手""棉花丰收的卫士"。

1993年7月初,在郑州市举行的"河南省十大畅销名牌商品"颁奖大会上,民寨村生产的棉花专用药50%辛氰乳油,以其过硬的产品质量、市场信誉和评比高分,获得"全省农药类十大名牌产品"的殊荣。

当和德生接过那块沉甸甸、泛着金光的奖牌时,激动得不禁眼含泪水,当场哽咽起来。这是他和全村干部群众经过共同努力、艰苦奋斗得来的又一项成果和荣誉,怎能不高兴,怎能不激动呢?

这让和德生想起了办厂时那段艰辛的日子来,不由得更加珍惜来之不易的奋斗成果。

铁打的汉子也有撑不住的时候，和德生病倒了

这天，和德生正带着突击队和一些干部、党员突击栽种葡萄树。

农药总厂厂长孙电思骑着自行车风风火火地赶来，老远就喊："和书记，德生！"

和德生直起身子，抬起头来说："电思哥，你来得正好，能不能从农药总厂拨点儿钱支援一下开沙荒？推土机那边需要钱买油、买配件。我们栽树正忙，你看除了这些党员干部和突击队队员，我把四年级以上的学生都搬来了。"

孙电思累得上气不接下气，着急地说："哎呀，你还找我弄钱咧？你不知道农药总厂那 20 多万利润都被你掏空补到开荒上了吗？我现在急着找你，是来给你要钱咧，还得要大钱咧！"

和德生一听孙电思反给他要钱，忙问："哦？到底怎么回事？"

孙电思这才详细汇报说："咱们农药总厂的 50% 辛氰乳油，算是上对了。因为它治虫效果好，今年全县要用它统一防治棉铃虫，已经通知让咱厂里生产这批新药了。我算了算，光进原料的垫底金就得 100 多万，你说我不急着找你找谁去啊？"

"好事儿，这是好事儿啊，电思哥！"和德生说着一边停下手中的活，一边思考着怎么才能尽快给农药总厂筹集到这笔款项。

"对了，和书记，银行的信贷政策变了。行政单位不能再贷款了，现在只给企业贷款。刘泽民主任说了，先前村里买推土机与柴油、机油的那些贷款，还得转到农药总厂的名下，真是屋漏偏逢连夜雨呀！"孙电思急得汗都冒出来了。

和德生托着下巴想了又想，一时也没有好办法。"要不咱还发动发动，集资吧？"

孙电思摇摇头说："还集资咧，就咱村两委干部来说，已经集资好几次了，该卖的东西都卖了，能借的也借过了，还能集得起来？"

"也是啊，那咱们明天开村两委会研究一下吧。"和德生也感到比较为难。

第二天上午，村党总支、村委会联席会议正在紧张进行中，因急需资金缺额

太大,多数人都是皱着眉头。

孙绍林说:"现在农药总厂和开荒都需要钱,困难真是不打一面来啊!"

"绍林,你办法多,还是你想想法吧!"孙殿堂说。

"你就别逗我了,还是咱和书记胆儿大有办法,咱们还是听听他的意见吧!"孙绍林说道。

和德生张了张嘴,想说什么,却又咽了回去。紧接着,和德生的眉头拧成了个大疙瘩,满脸冒汗,咬着牙,用右手卡住了左胳膊,一脸痛苦的样子。

村委文书和付星与和德生挨着坐,对和德生这些细微的变化看得比较真切,赶忙问道:"和书记,你怎么了,哪儿不舒服吗?"

和德生长出了一口气,吃力地说:"左腿、左胳膊麻得够……够呛。"

大家一看,都吓坏了,纷纷起身,望着和德生。

"快叫占学医生,快啊!"几个人齐声说。

"估计占学看不了,快派人去镇医院叫李院长!"孙殿堂着急地说。

大家把和德生扶到一张连椅上躺下,和留省飞奔出门,顺手夺过一位路过的村民的自行车,去镇医院叫李院长。

一会儿,李院长满头大汗跟着和留省来了,赶紧给和德生号脉、听胸部、量血压。

李院长放下听诊器,急忙说:"低压120,高压185了,快让占学来输液,用甘露醇等几种降压药和镇静剂!"

和付星拔腿就跑,很快叫来了焦占学医生。

李院长一脸严肃地说:"大家都回去吧,德生这是累病的,让他好好休息几天吧!"

正说着,石忠民书记也闻讯带着镇党委、镇政府一班人急匆匆地赶来了,却被李院长挡在了院子里。

李院长小声招呼大家:"小声点儿,小声点儿。德生必须安静地休息几天!石书记,这次您的老战友差点儿瘫痪了,您亲自值班守护他吧!千万不要让人打扰他!"

石忠民书记眼睛红红的,生怕和德生有什么不测,严肃地说:"李院长,你是咱镇上最好的医生,你一定要把德生治好。镇党委、镇政府这就开始轮班值守,谁也不能打扰德生!"

李院长要回去准备一些药物,交代完,就走出了村委会的院子。

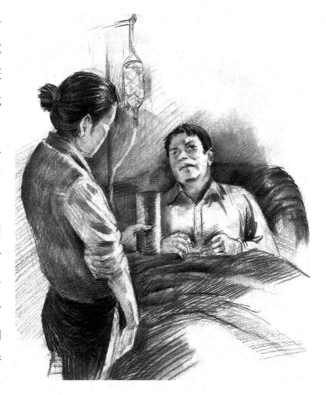

和德生突然病倒的消息不胫而走。民寨村的村民、滑县农药总厂的业务员、突击队队员陆续来看望和德生。大家都担心和德生的病情,一个个表情凝重,却又不敢随意出声。

"德生是为咱村、咱农药总厂累病的,他现在需要静养,大家都不惊动他就是对他最大的保护。大家都先回家吧。"农药总厂业务经理申克然小声说。

村里很多人眼里噙着泪说:"俺都想替他生病,大家都舍不得和书记啊!"

石忠民一直脸色凝重,蹲在门口很久了。谁劝他换班,他都不肯离开。

外面的动静和德生有时能够隐隐约约听到一点儿,但听不清楚人们在说什么做什么。他一会儿稍微有些清醒,一会儿又迷迷糊糊,想动一下身子却动不了,想起来又浑身不听使唤,处于间歇性昏迷状态。

村里边议论纷纷,村民们提心吊胆。

有的说和德生身体棒,过几天就好了。有的说,和德生又是开荒又是办厂的,身上拖着几千口人的事情,压力那么大,能不垮吗?

和德生在妻子的歌声中终于醒了

和德生的妻子张兰云一直含着泪守在丈夫身边,不停地用热毛巾给他擦拭身上可以擦拭的每一块地方,内心却有着说不出的酸楚。

但她知道和德生意志坚强,有着一颗强大的心,坚信他能扛得住任何难事、打得过任何病魔。和德生立志让民寨村脱贫奔小康的心愿还未完成,相信他一定还能站起来,想到这些,张兰云不再哭哭啼啼。

和德生依然在断断续续的昏迷之中。

第三天上午,李院长又来了,他给和德生做过检查后,不让再用镇静药物了,担心用多了会伤到和德生的大脑。

第四天,和德生仍然没有醒来。

守在丈夫身边的张兰云想起来和德生平时喜欢唱的一些歌曲,就想唱给和德生听一听。

张兰云先是轻声唱了一首和德生当兵时最喜欢的军歌《打靶归来》,唱完又用热毛巾给和德生擦了擦脸。

接着,她把一首《太阳照在桑干河上》的歌词改了改,把"桑干河"改成了民寨村南边不远的"金堤河",小声哼了起来:"太阳照在金堤河上……"唱完,张兰云看了看和德生,他还在睡。

张兰云想了想,又小声唱起《太阳出来照四方》:"太阳出来照四方,毛主席的思想闪金光。太阳照得人身暖哎,毛主席思想的光辉照得咱心里亮,照得咱心里亮……"

还没唱完,忽然听见和德生微弱的声音:"兰云,天……天都这么……这么亮了,我咋还在……还在睡觉啊?"和德生终于醒来了。

张兰云惊喜地看到和德生慢慢睁开了眼睛。

"德生,你千万别动啊,你病了,把人都吓死了!"张兰云说着已是热泪盈眶,捂住发酸的鼻子没有哭出声来。

和德生还没有完全康复，非要去上班

和德生慢慢好起来了，非要去上班。身边的孙殿堂、孙绍林、齐荣山、焦占学和李院长坚决不同意。

李院长说："德生啊，千万要听话呀！石书记得知你醒来，眼里含着泪悄悄回镇里了。知道为什么这样吗？他怕你激动，怕你再说工作，他让你恢复好了再上班呢！"

"不行啊李院长，农药总厂、果树园、沙荒地、村里边大家都在忙呢，我睡不着啊。嗯……要不，这回就听你的吧！"和德生这样说，李院长才放心地回去。

第二天一早，和德生感觉自己好多了，简单洗漱了一下就要往外走。张兰云知道拗不过和德生，把快说出口的话又咽了回去，没再阻拦他。

"兰云，我去沙荒地了，在那里吃早饭。你去给电思哥说一声，上午我俩去找刘主任贷款。"张兰云点点头，望着丈夫的背影，嘟囔道："你真是不要命了！"

和德生在沙荒地安排完突击队的工作，就与孙电思一起来到了镇上的农业银行营业所。刘泽民主任见面就说："和书记，正要找你们呢，原来民寨村里的贷款按照新的要求只好转到农药总厂账上了，你们多理解吧！"

"刘主任，没问题。不过今天还有一件事来求你，不然民寨啥工作都走不动了！"和德生把滑县农药总厂急需100多万流动资金的事告诉了刘泽民。

刘泽民听了，有些为难，挠着头说："这个数目我可办不了，别说县行，估计市行也没权批。"可一想到和德生与民寨村的事业，刘泽民稍加思索，还是想出了个主意，说道："这样吧，咱们带上报告一起去县行找张行长想想办法吧！"

县农业银行行长张培军一看报告，直接说道："我也没这个权力啊，不过县农行无条件支持你们办企业。特事特办吧，我这就去给市行领导汇报，尽最大努力多给你们批贷款。"第二天，市农业银行批下来60万元贷款，这可把和德生与孙电思高兴坏了。

村里的干部群众得知滑县农药总厂急需流动资金，和德生他们要来的贷款还不够，就东拼西凑，这个100元、那个300元的，凑起来送到滑县农药总厂，总算让滑县农药总厂渡过了这道难关。

50%辛氰乳油由于属于高效低毒、低残留乳剂，对棉铃虫、棉蚜虫、红蜘蛛等棉花虫害有着显著的防治效果，经县植保站连续两年进行跟踪实验，此药对产生抗药性的棉铃虫有特效，喷施 24 小时后杀虫率几乎达到 100%，已被广大棉农认可，在滑县、内黄县等豫北棉区得到广泛应用。

有了市场和声誉就不愁销路，到当年 7 月底，滑县农药总厂就实现产值 300 多万元，纯利润 50 多万元。

转眼又到了棉花收获的季节，小麦播种也即将开始。和德生与孙电思等人考虑到棉花用药的高峰期还要等到来年，就及时调整了滑县农药总厂的生产计划。他们组织技术人员开发出小麦专用药"麦丰收乳油"，备战小麦播种用药，以期取得更好的效益，壮大集体经济。

棉花丰收 （杨秋焕 摄）

为了扩大滑县农药总厂的生产，村党总支、村委会又慎重规划了滑县农药总厂的发展目标，决定再投资 400 多万元，上马胶悬剂、颗粒剂两个农药新品种。

这年冬天，为了跑贷款，和德生到处打听门路，他听说村民孙学明有个亲戚在一家银行工作，就拉着孙学明去找这个亲戚。谁知第二天早起出门一看，夜里一场大雪把路都封住了。开车的师傅不敢冒险行路，想打退堂鼓。

和德生上前握住开车师傅的手说："师傅，按说是不能冒险强行上路的，但是农药总厂急着用资金等不得啊。师傅,你只管小心开车,难行的地段我们下车推。"师傅听了和德生的话很是感动,就开车上路了。经过不懈的努力,他们终于贷到了急需的周转资金,让滑县农药总厂补足了发展后劲,焕发出新的生机。

困难没有难倒和德生

1995 年,滑县农药总厂根据农药市场需求,不断开发新品种,占领了高端产品的滩头阵地,保持着行业内的领先地位。当时种子包衣技术只在一些发达国家使用,国内尚是一项空白。包衣剂更是新生事物,属于高技术产品,国家相关部门非常重视这项技术在国内的普及应用,对农药企业寄予厚望。

和德生是个勇于向困难挑战、敢于大胆决策的当家人,他盯住这个新型产品,决心攻下这个堡垒。

滑县农药总厂化验室 (王子瑞 摄)

几经艰苦的协商谈判,滑县农药总厂终于从一家科研部门拿到技术转让权。为了给厂里省些资金,双方讨价还价后尽管促成了合作,但因没有给足对方想要的高额转让费,转让方把技术资料私扣了一部分,造成技术转让不够完整,导致生产中遇到一些技术难题,试生产的产品质量一直稳定不下来。

和德生对技术和质检人员提出要求,产品不合格、不够优良坚决不能生产,更不能上市,必须立即进行技术攻关,生产出合格的产品才能销售。和德生把铺盖卷搬到了滑县农药总厂,吃住都在厂里。他在车间里盯着,不肯离开半步,陪着技术人员进行试验攻关。

功夫不负有心人,经过多次反复试验,他们终于摸索出了一套以食用油代替消沫剂进行消沫的技术,土办法解决了大问题,顺利攻破了这道技术难关。生产出来的产品质量非常稳定,一经销售就赢得了市场的认可,取得了良好的经济效益。

1997年,经过滑县农药总厂干部职工的不懈努力,产值再创新高,达到3300多万元,实现利润300多万元,上交国家税收100多万元。

滑县农药总厂的创办与发展,不仅让民寨村在市场经济环境中锻炼了打拼的能力,促进了村民务工创业,还为壮大集体经济做出了显著的贡献。村里终于还清了银行贷款和群众借款等债务。打井、通电、建校等集体公益事业,都是由村集体出资,彻底改变了民寨靠集资、捐助才能办事的尴尬局面。

"滑县农药总厂" 改制为 "红旗药业"

1999年年初,随着农村经济体制改革的不断深入,为适应乡镇企业结构调整、体制创新、提高素质的新形势、新需要,加快乡镇企业改革的步伐,推动乡镇企业实现两个根本性改变,进行"第二次创业",根据国家、河南省乡镇企业改制的相关规定,滑县农药总厂列入改制名单,要求改为股份制企业,更改企业名称,成立董事会,彻底进行股份制改造。

在筹备改制的过程中,村党总支、村委会成员开会讨论时,村两委成员都充分发表了个人意见,一致同意按照国家和地方相关规定进行改制,但对改制后使用的企业名称意见不一,难以确定。

和德生说:"我们民寨能有今天的发展,全靠党的统一领导,有了党的光辉旗帜的指引,才能充分发动群众,走好每一步,办好一件件过去多少年想办不敢办,也办不成的大事。旗帜是党的灵魂与形象,是干部群众的主心骨。我们对红旗有着深厚的感情,干部群众看到这些旗帜就会想到党,就会感恩祖国。这是民寨人的精神寄托,是咱们发展的命根子,我们必须发扬和继承,任何情况下都丢不得。我想,农药总厂改制后就叫'红旗药业'吧!"

红旗药业办公楼一角 (王子瑞 摄)

台下爆发出一阵热烈的掌声,和德生对旗帜的高度认知与独到见解,说到了大家的心坎上。

1999年6月,经滑县乡镇企业管理委员会严格把关、审批,原"滑县农药总厂"改制为"安阳市红旗药业有限公司"(简称"红旗药业")。

县乡镇企业管理部门同意"红旗药业"采取有限责任的组织形式,面向企业内部职工募集股份,每股2000元,每位职工原则上最少认购一股,共约1500股。同时要求,改制过程中要加强领导、严密组织,认真做好思想政治工作,确保改制平稳过渡。

新公司创立后,严格按照相关法律进行运作,健全完善各项内部管理制度,按时向各有关主管部门报送统计、财务报表,并承担原厂的所有债权债务。至此,滑县农药总厂的企业改制顺利完成。

由于在企业质量管理工作中成绩突出,和德生从众多乡镇企业管理者中脱颖而出。2000年1月,和德生被评为"河南省农药行业质量管理优秀经理(厂长)"。

2002 年，和德生前往日本进行了为期 3 个月的企业管理、质量管控学习培训。他克服语言障碍和生活上的不便，认真地完成了学习任务，取得了优异成绩。学成归来不久，"红旗药业"就在省内同行业中率先通过 ISO9000 质量管理体系认证。当时的滑县县委书记朱孟洲对和德生的艰苦求学精神深为赞赏，在全县一次大会上热情地表扬了他。

有付出就有回报，有目标就有梦想，有质量就有信誉。"红旗药业"坚持做良心药服务于农业、农民，做高端新药适应市场需求的经营理念，不断在发展中探索，在探索中发展，一直在激烈的竞争中稳步前行。

这天，和德生与省、市乡镇企业局的领导，《中国乡镇企业报》驻河南记者站的一名记者在济南参加完全国区域乡镇企业发展经验交流会，正在返回的路上。

省局领导与记者乘坐的车突然打着双闪车灯逼停了和德生的车，原来是时任中共中央总书记的江泽民同志从北京打来了电话。和德生非常激动，拿着电话的手不由得抖动起来。江泽民同志说："德生同志，辛苦了，你干得很好，希望你继续努力!"和德生频频点头,说道:"请总书记放心,我一定会尽到一名共产党员应尽的责任,欢迎总书记批评指导。"这次通话虽然很简短,却让和德生倍感亲切,备受鼓舞。原来,江泽民同志从媒体上看到了和德生带领民寨干部群众艰苦创办农药高端企业的报道,特意打来电话对他进行鼓励。

2004年年底,和德生被农业部评为第五届"全国乡镇企业家"。

第五章

敬爱国旗，坚持精神文明与物质
文明两手抓，建设富裕新民寨

物质丰厚是生存的基础,精神富裕是幸福指数提升的追求。只有物质和精神两个文明都有了,两手都过硬,才算是真正过上了幸福和谐的好日子。

这天,和德生趁着突击队干活的间隙,正在林场察看苹果树、葡萄树、桃树的长势。红富士、蛇果已经挂满枝头,第一个丰收年就在眼前。葡萄树也长势良好,有的树上已经挂了好几嘟噜葡萄。这些葡萄晶莹剔透,很是可爱。桃树长得也是非常壮实,来年就能大面积结果。让村民吃上自己种的优质水果的梦想即将实现,和德生不由得满心欢喜。

和德生提议将民寨村的老古会改为乡村"敬老节"

"德生哥,德生哥!"和德生转眼一看,上任不久的党总支副书记、村委会主任孙学明已经来到身边。

和德生问:"怎么了,学明?看把你急的。"

孙学明还兼任村里的计划生育专干、治安主任,平时在村里抓行政管理方面的工作,对村里的大事小情了如指掌。今天他是遇到一件棘手事自己不好做主,才骑着自行车来林场找和德生商量的。

原来,村民焦选文的儿媳妇,性格孤僻倔强,因家庭矛盾导致婆媳关系不和。孙学明已经上门做了思想工作,焦家的老人虽不计较了,但儿媳妇还是憋着口气不跟老人说话。提起婆婆时,连"俺婆婆"都不说,以"俺舅他姐"来替代。左邻右舍都看不惯,在村里影响很不好。

和德生听了孙学明的汇报,沉下脸来,严肃地说:"学明,这件事虽不算太大,但在村里影响很不好,咱们民寨不允许这种现象存在。晚上你就通知大家开会,咱们好好讨论讨论这件事。"

"好,我这就回去下通知。"孙学明骑上自行车回村去了。

晚上,党总支、村委会联席会议如期召开。

和德生说:"虽然民寨村好多年没有发生重大刑事案件,村规民约、红白事理事会都建起来并发挥了一些作用,致富带头人、五好家庭、好媳妇、好妯娌等评选工作也一直都在有序开展,但人人都忙着赚钱,只看重物质财富,不太注重

169

精神文明建设的现象还是存在的。这样下去，咱们村就等于瘸腿了，就不是一个和谐文明的新民寨。今天我们就如何抓好村风民风，建设一个文明富裕、幸福宜居的新民寨为主题，进行讨论研究，请大家充分发表意见和建议。"

党总支、村委会委员们纷纷发表自己的意见和看法。

孙学明首先说："这方面我是深有体会，我认为必须引起高度重视，强化措施与要求，加强这方面的工作，积极创建文明村。"孙学明也是退伍军人，综合素质很高。

"咱们是不是请县里、镇上相关领导来村里指导一下，把咱村的现状和存在的问题好好理一理，这样以后就知道怎么去干了。"焦占臣说。

孙绍林补充说："精神文明建设，民寨村还是有基础的，我看重点是如何查漏补缺、不断深化提升的问题。"

和德生等大家说完，总结道："大家说得都很好，不仅知道自家的根底，而且明白努力的方向，这个我就不多说了。我想说的是，村党总支、村委会下一步要在做好各项工作的基础上，狠抓咱村的精神文明建设，在村里培养良好的村风民风，完善村规民约，发挥好红白事理事会作用，开展星级文明户评选活动等。同时，还要整治村容村貌，改善软硬件设施，总之，要让来民寨的人一进村就感叹，在这里看到了新气象。从民寨出去的人，一言一行都代表着民寨的形象，干部群众都能为咱村代言、争光，让外人说咱民寨人的素质就是高，切实把精神文明建设抓出成效来！"大家听了和德生的发言，都报以热烈掌声。

和德生接着说："我想，加强精神文明建设不是一句空话，更不是喊喊口号，必须有个好的载体与切入点。比如，咱村每年农历十月初十的老古会不是快到了吗？我建议从今年开始，把老古会提前到农历九月初九，办成民寨村的敬老节，大家说怎么样？"和德生的提议，与会同志一致同意。

农历九月初九，正是中华民族传统的重阳节。

这天，民寨村村委会院里、村广场上、学校、戏台两边都升起或插上了一面面国旗，大街小巷也是红旗飘扬。这是民寨村的特色，也是习惯，一有重大活动、遇到重大节日，都会这样布置一番。

村里已经是人头攒动，热闹非凡。通向民寨村的大路小道上，一拨拨、一群群的男女老少也都向民寨村涌来。骑车的、赶车的、步行的,一群接着一群。人们喜气洋洋,说说笑笑,非常热闹。

敬老节大舞台 （杨秋焕 摄）

这是民寨村第一次举办"敬老节",后来民寨村每年都如期举办。

戏台下面,坐着90多位年龄70岁以上、穿戴干净整洁的老人。一群天真活泼的少先队员在老师的引领下,列队来到老人们面前,一边问候着,一边给每位老人胸前戴上一朵大红花,然后听从老师的统一口令,庄严地向老人们行了一个少先队队礼。会场上立刻一片欢腾,人们欢呼着,分享着民寨村老人的幸福与快乐。

随后,和德生与村干部、党员代表把村里给老人们准备的礼物逐一送到他们手上。每位老人都得到了一床精制棉被、一袋大米、一壶食用油等礼品。老人们可高兴了,幸福的笑容写在了脸上,一个个都乐开了花。

从周边邻村赶来看热闹的人们投来羡慕的眼光,大家议论纷纷:"民寨的老人真是太幸福了,这都是人家支书领导得好啊!"

唱完三天大戏,民寨村的第一个敬老节画上了圆满的句号。从此,民寨村的"老古会"变成了"敬老会",在当地传为了一段佳话。

又是一年一度的敬老节。这天,县老龄委、县委宣传部、县文明办、县妇联、团县委等部门的领导都来了,领导们亲临现场表示祝贺,并要求总结推广民寨村开展敬老活动的经验做法。

著名的豫剧表演艺术家任洪恩老师还亲自率队来民寨村演出助兴。主戏是老人们喜欢的《唐知县审诰命》,任洪恩老师亲自出演县官唐成。任老师一出场,台下掌声、欢呼声不断,把现场气氛推向了一个新的高潮。

当任老师唱到"当官不为民做主,不如回家卖红薯"时,又是一片热烈的掌声。因为很切合当时的社会环境,更符合民寨村党总支带领群众努力奋斗的现实情况,这也是和德生平时常挂在嘴边的一句话。

从"偷树"到"护树",两个村子结为"友好村"

正唱得尽兴,距离民寨村 10 多里路的内黄县小李庄的李支书,带着几个人来了,他们把两箱好酒、10 条香烟抬到了戏台上,演出只好暂停下来。

李支书自我介绍道:"我是内黄小李庄的李支书,从今以后,我们小李庄村决不再盗伐咱民寨村沙荒地里的树了。大家都别笑话,不都是因为以前穷嘛,也是俺党支部没有教育好俺村的村民,在这里我给民寨村道歉啦!"李支书说着,抱拳作揖向民寨村的干部群众致歉。台下很多人还不知道怎么回事,一时间议论纷纷。

李支书清了清嗓子继续说:"前段时间,俺村几个人在民寨忙着开荒治沙的时候,弄走了民寨十几棵槐树。这是民寨的集体财产,今天趁着这个敬老节,俺把树还回来。我在这儿做个保证,以后不但不偷,小李庄还要帮民寨村看树护树!为什么这样呢?是民寨村的开荒治沙精神,敬老爱幼的文明风尚感动了我们。俺村也有沙荒地,还要多向民寨村学习取经咧。对了,和支书在吗?我提议咱们两个村从此结成友好村好不好?"台下人这才听明白了,立刻送给李支书一阵掌声。

当时民寨村党支部还不知道小李庄临场插了这么一出"戏外戏"。和德生和其他村干部正在台下陪着老人们听戏拉家常,于是赶快走上舞台,紧紧握着李支书的手说:"谢谢小李庄党支部,谢谢小李庄群众!以后我们加强交流,共

建文明新农村!"

春华秋实结硕果,阳光普照唱新风。这就是影响与带动。旗帜的力量在此时此刻又一次得到凝聚,得到升华……

晒被子比赛成了敬老节上又一个亮点

县老龄委办公室主任赵亚光,是县里有名的摄影师。这天他挎着一大一小两部照相机,其中一个相机的长焦镜头格外显眼,很多人投来了好奇的目光。

赵亚光发表在《人民日报》上的民寨村敬老节照片

赵亚光忙得满头是汗,在台上台下抓取着每一个温暖和谐的瞬间。镜头对着最多的就是这些幸福的老人们。没过几天,一张记录民寨村敬老节的大幅照片刊登在《人民日报》摄影专版上,照片上正是赵亚光抓拍的老人们在戏台下开心听戏、拉家常的温暖瞬间。

"去看晒被子比赛了吗?"县委宣传部新闻科科长王新杰问同来的一位副部长。"还有这等新鲜事儿?快去看看。"他们说着走向比赛现场。

原来,民寨村党支部在确定成立敬老节时,党总支和村委会就针对年轻人如何孝敬老人的话题展开过讨论。和德生说:"有的年轻人嘴上说怎么怎么孝敬老人,但咱不能光听他们说,还要看他们怎么做。比如老人盖的被子,暖不暖?厚不厚?干净不干净?这都是评判的标准。"

村干部都觉得和德生说得很有道理,这种形式也很新颖,就决定敬老节这天搞个晒被子比赛。头一次还是"闭卷考试",事先不下通知、不走漏风声,还得让家里老人确认晒出来的被子到底是不是他们平时盖的。

这一招儿还真灵,头一年晒出来的老人的被子,真是千姿百态。对晒出来的被子,村干部分工负责,落实是谁家的被子并现场打分,然后登记在册,好的表扬,差的批评。后来,敬老节时,老人们的被子几乎都变得非常干净舒适了。

敬老节过后,有个年轻媳妇生气地找到村委会来。"村里搞晒老人被子比赛,怎么不事先给群众说一声呢?这不是搞突然袭击吗?"

"怎么了,为什么要事先给大家说呢?"和德生反问道。

"德生叔,你是知道俺家情况的,婆婆虽然不在了,村里没有人说俺两口子不孝敬俺公公吧?本来公公的新被子正在做呢,棉花、被子面都准备好了,村干部可以去我家里检查。正好这两天俺娘家有事,没顾上把新被子做好比赛就开始了。你说我这个儿媳妇的脸往哪儿搁啊?"年轻媳妇觉得很是委屈。

和德生听完,禁不住笑出声来,说道:"原来是这样呀,不过你能如实说明情况,这次就不批评你了,相信你能做到尊老爱幼,让老人幸福舒心的。"和德生这样一说,这个年轻媳妇点头称是,高高兴兴地回去了。

事后,村干部认真落实了老人被子较差人家的具体情况,提出了善意的批评,当事人都表示接受批评,以后一定改正。

刘玉洁副省长与民寨村老人一起过节拉家常

一石激起千层浪,在民寨村敬老节深得村民好评的同时,周边村来民寨取经问计的接二连三,有关部门在推进全县创建文明单位、文明村镇活动中,把民寨村敬老节作为生动材料加以肯定推广,在全县精神文明建设活动中发挥了具有建设性、指导性的重要作用。

又是一年的农历九月初九,民寨村又一次迎来了敬老节。民寨村又热闹起来了。

与往年不同的是,这次民寨村的老人们迎来了河南省副省长刘玉洁。这天上午,刘玉洁副省长轻车简从来到民寨村,与老人们一起听戏、拉家常。

刘玉洁副省长拉着一位老大娘的手,问她儿女孝顺不孝顺。老大娘笑呵呵地说:"可孝顺了,吃饭端上桌,冬天暖被窝,夏天不受热,真是挑不出毛病来。"

一位80多岁的老大爷主动告诉刘玉洁副省长:"活了这么大岁数,小时候受了不少苦,年轻时经历了生产队、大集体,前几年我

刘玉洁副省长(左)视察民寨村,并与老人们一起过敬老节,和德生(右)陪同

还背着箩斗拾粪拾柴呢。现在生活好了,孩子们不让我再背箩斗了。"老大爷还问:"是不是过些年我们这代人用过的镰刀、锄头,还有磨盘、石碌等,都成历史文物了?"刘玉洁副省长听了,笑着说道:"可不是嘛,农村正在逐步实现耕种收机械化,现在,生活正在发生重大变化,信息时代即将来临。这是中国共产党带领全国人民建设社会主义新农村的必然趋势,人民群众的幸福指数会越来越高,大家就等着享清福吧!"

一位老人说:"真是赶上好时代了,这辈子值了,我们是永远都忘不了党的恩情啊!"随后,刘玉洁副省长在和德生等人的陪同下,视察了民寨村创办的农药厂,对这家深藏于乡村的高科技农药企业所取得的成绩深表赞叹,鼓励他们团结奋战,再创佳绩。

鸟语花香岁月递,春华秋实更相宜。就这样,民寨村的敬老节年年举办,至今已坚持了近30年。

大年初一，杨县长与突击队队员在沙荒地过年

天渐渐黑了下来，远处的村庄传来噼里啪啦的鞭炮声，一缕缕被微风吹散的炊烟还隐约可辨，队员们都不由自主地朝村里望去。

和殿顺说："小年到了，等咱剪完苹果树就可以过大年了！"年轻人听了高兴得欢蹦乱跳。

突击队队员们常年都在开荒工地，虽然工地离村里只有四五里路，可他们一年也回不了几次家。谁不想家？谁不想回家过年呢？

这天晚上，驻地屋里，油灯一闪一闪的。吃过晚饭，队员们正在抓阄，排春节期间的值班表。

和德生说："按往年老规矩，大年三十放假，初六走完亲戚，初七正式集合上班。抓阄以后每个人的值班时间就算定了。"

"初三，初四，初五，初六……怎么没有三十、初一和初二呀？"大家都疑惑地问道。

和德生告诉大家："这三天不用抓了，三十、初一，我与留省值班；丙全哥、俊起哥值初二，其他队员从初三往后轮班。"

和德生还没说完，和俊起憋不住了，说道："村里年年排值班，三十或初一都是你来值。在这儿你还是这样，不中！我来值三十与初一，今年你必须回家过年！"

"就是！不能年年都是你值三十或初一的班，好像你承包了一样！"大家异口同声，都赞同和俊起的意见。

和德生看着队员们，解释说："大家熬一年不容易，趁着回家过年和家人好好团聚团聚，放松几天。今年就先这样吧！"

大家看和德生已经做了决定，只好同意了。"明年你必须得轮换一下了！"

"中！中！今晚都回家过年吧！"和德生答应后，大家才高兴地收拾了一下，回家去了。

大年初一早上9点多，和德生与和留省交过班，刚走出驻地院子，迎面一辆

绿色吉普车缓慢地开了过来,车上的人把头伸出车窗,观察着工地。吉普车开到和德生、和留省面前,停了下来。

"哎呀,是杨县长啊!您怎么大年初一跑到沙荒地来了?"和德生又惊又喜,认出了从车上下来的是县委副书记、县长杨森三。

"我怎么就不能来?你不也没回家吗?我给大家拜年来了!"杨县长高兴地握住和德生的手说。

"好啊,好啊!先谢谢杨县长了,也给您拜年了!祝您新年好,工作顺利!咱们回家吧?兰云肯定准备好过年的菜了。"和德生真诚地征求杨县长的意见。

"我去过你家了,兰云说开沙荒以来,每年除夕夜和大年初一都是你值班,让别人回家过年……"杨县长拍着和德生的肩膀,感动地望着和德生。

"怎么说也不能让您在这儿吃年饭呀!这连个像样的凳子也没有。"和德生有些难为情。

"你和队员们这么长时间都住了,我看一下都不行啊?"杨县长说着就要进院子。

他们一同进了队员们的宿舍。"坐吧!我们这儿都是这长条板凳,太窄也太脏了。"和德生拿东西拍打了几下长条板凳,让杨县长坐下来。

杨县长打量着屋内设施,看到窗户是用白塑料布蒙上的,关切地问:"这窗户冬天过风吧?冷不冷?"

和德生答道:"平时还凑合,风大了不行,需要再加个草帘子。"

杨县长又俯身看了看地铺,伸手摸了摸被子,问道:"大家睡觉冷不冷?"

"下面垫的麦秸厚,上面盖三四床被子。家里盖两三床就行了,这里三四床还不暖和,不过人挨着人睡可以互相取暖。"和德生给杨县长汇报说。

"大家这么辛苦,要尽量让队员们睡得暖和些!"杨县长关切地说。

杨县长看了看屋内设施与队员们的生活用具,沉默了一会儿,好像想说什么,又欲言又止。

"这样吧,德生,既然我来看大家,不见见队员们能行吗?叫哪位同志到村里把大家都请过来吧,咱俩先到工地去看看!"杨县长对和德生、和留省与刚来到驻地的和俊起、申丙全说。

和德生赶忙吩咐和留省骑车去村里叫队员们，又转身对杨县长说："您来时在车上都看到了，还是别去工地了，一去你这皮鞋就成土鞋了，说不定还陷进沙里去了。"

"那有什么，你们天天干活都不怕，难道我鞋上沾点沙土都成事儿了？"杨县长坚持要去。

和德生、申丙全、和俊起领着杨县长先到苹果园，和德生汇报说："这400多亩沙地刚平好，栽上了日本红富士、美国蛇果，河南农业大学的教授培训指导好几次才种上。为了培养自己的管理人才，我们又送了两名队员去农大学习技术。等苹果树挂果了，我们计划承包给村民经营，一是让群众尽快富起来，二是还开沙荒贷银行的款和借群众的钱，我们得还债呀！"

杨县长听了和德生的介绍和打算，高兴地说："真行啊，德生，让群众尽快富起来，与高校'联姻'培养自己的大学生，都是大好事。中央的号召一出来，你们就先行一步了！"

和德生指着远处继续汇报说："除了苹果园，东北面种了葡萄树，北面种了桃树，地边、路边种了速生杨，三年就能成材，这就可以还一部分开荒种树与打井修路的债务了。"

和德生又指着两边留的高沙岗说："听说欧美国家不是有什么沙土公园吗？准备留几个小沙岗，夏天用热沙土治治关节炎与风湿病什么的，也给后人留个地形地貌纪念，让他们珍惜现在，不忘过去。"和德生如数家珍地继续汇报。

杨县长仔细听着，连连点头，说道："可以，可以啊！想法这么超前啊！德生，不过工作量也不小啊！咱再去推沙现场看看吧！"和德生等人又把杨县长领到开沙荒的工地。

沙地漏水，即便是严冬，仍然松软得像沙滩一样。和德生陪着杨县长深一脚浅一脚地走在松软的沙地上，一会儿杨县长的鞋里就灌满了沙土。

"杨县长，咱回吧，等全部推好以后您再来看？""不行，你们活儿都快干完了，我就不能看看？我这县长也没那么娇气。"杨县长继续往前走着。

到了正在推沙的地方，和德生汇报说："这儿就是民寨北沙的最高区域，俺们民寨人祖祖辈辈受着这风沙的侵害，曾经损失惨重。"

杨县长说:"不管怎样说,这北沙都给民寨人留下了祸根,不推平治理好它,还会继续祸害我们啊!"

"德生哥,德生哥!人来齐了!"和留省跑来向和德生报告。杨县长随即说:"咱们回去吧,不能叫大家等咱们!"

回到屋里,和德生介绍说:"今天是大年初一,杨县长来看望大家,我们先谢谢杨县长对我们的关心!"

杨县长站起来,正要伸出手来同队员们一一握手。郑电杰对杨县长说:"杨县长别握了,您看俺这手。"说着郑电杰的嘴唇也裂开了,血顺着嘴角流了下来。

杨县长看在眼里、疼在心上,不再握手,但要求一一看看大家的手。几个年龄大的队员手指上都缠满了胶布,年轻的队员手上也布满了裂痕。

杨县长表情十分凝重,说:"你们吃的苦、受的累,不来现场看看怎么会知道?常人吃不了、受不了的你们都吃了、受了,民寨群众会感谢你们,县委、县政府也感谢你们在全县带了个好头儿!你们为民寨脱贫致富过上小康生活,舍小家为大家,不要钱、不要命地干,你们的奋斗精神民寨会永远铭记,滑县人民也永远不会忘记!德生同志汇报了,你们不仅思想好,作风好,学习也好!计划很实在、很宏伟,你们这一带头,附近几个有沙岗的村就敢治沙了。我代表县委、县政府支持你们!大家有什么要求,也都尽管提!"

听完杨县长一席话,队员们议论纷纷。有人说:"机井太少,多给个打机井的指标吧,沙地容易旱,老是浇不过来。"

还有人说:"尽快架线通电吧,晚上干活一有风马灯就刮灭了。大家晚饭后不加班还学习咧,字都看不清。"杨县长边听边记,不时地点着头。

焦章付知道和德生平时太拼命,想让杨县长说说他,就对杨县长说:"俺们有和支书带领开沙荒,困难都是小事,就是德生太拼命了。"

"有德生这样的支书和大家一起干,是民寨人民的福气啊!"杨县长深情地说。

"是党和人民军队给你们培养了一个好支书,大家不都在为奔小康做贡献嘛,你们突击队不在家做腐竹、蜡烛挣钱,跟着和支书开沙荒,群众会感谢你们,县委、县政府也会尽力支持你们。今天来到这里让我很受启发,你们写的'又一世界'，真是大公无私的世界，回去以后，县政府认真研究一下，尽量让你们多打井、早通电，尽量满足你们的要求，支持你们的工作！"大家听到杨县长的话，备受鼓舞。

这时，炊事员附耳问和德生："都中午一点多了，饺子包好了，吃饭吧？"

和德生问杨县长："按您的指示就在这儿吃饭？ 队员们也都想和您多说说心里话呢。"

"好，就在这儿同大家一起吃，一起过年。"杨县长很是高兴。

队员们簇拥着杨县长来到伙房。大家一边吃着饺子，一边与杨县长拉着家常。

忽然，"咔嚓"一声，杨县长只张了张嘴，却没作声，将饺子一口咽了下去，大家知道，杨县长嚼到饺子馅里的沙子了。

这个大年初一，除了两个值班的，队员们原本要在家里和亲人一起过年的，但又受邀回到工地上与平易近人的杨森三县长一起谈笑风生、畅所欲言。虽然只是吃了一顿普通的饺子，但大家都觉得要比在家里吃大鱼大肉还要开心。

杨县长走后，队员们依旧沉浸在喜悦中，都说虽然吃了苦、受了累、掉了层皮，但是付出能得到认可，这才是人生最大的收获与快乐。

和德生说，除了这一点，突击队最大的收获是凝聚起来一种自力更生、团结奋战、大公无私、勇于牺牲的民寨精神。大家都说，这个年过得很有意义，令人终生难忘。

过了年，和德生又带着队员们大踏步走进工地

初七一大早，队员们全部来到工地。大家分别从家里带来了一些饭菜与年货，交谈着过年的一些趣事、新鲜事，好不热闹。

孙学青说："在家过年虽然热闹，但几天没回工地与大家干活儿，还真有点儿不习惯呢！"

和丁立却逗着和太方，问他过年时与郑素君见了几次面。和太方笑嘻嘻地不作答，抬手在和丁立的后背上砸了一拳头。

焦章付打断队员们的议论，拍着和留省的背说："这年也过了，好的也吃了，县长也来看过咱们了，剩下的就是甩开膀子继续干了。"

和留省也不甘落后："只要你的腿跟得上，咱爷俩就搞个劳动比赛！"其他队员也摩拳擦掌，表示会在新的战斗中，继续奉献自己的青春和力量。

推土机发动起来，一铲一铲推向远处，在广袤的田野上又画出了新的一笔。

队员们有的跟着推土机平沙整地，有的刨荆棘、抬树、拉车，一幅繁忙的、奔向小康路上的劳动场景，再次出现在民寨的大地上。

"诰命夫人"来到工地找和德生

这天早上，工地上风停雨住。刚吃过早饭，几只喜鹊在驻地院里"喳喳喳"叫个不停。

"又有喜事了，你们看喜鹊都快叫疯了！"焦章付高兴地指着那几只喜鹊说。郑电杰在一旁打趣说："别说反了，有坏事儿可就麻烦了。"

两人正说着，一个中年妇女从南边路上骑着自行车急匆匆地赶了过来。"德生呢，德生在哪儿？"

"哎呀，是'诰命夫人'来了，快叫德生躲躲吧，不知道又来找啥事儿哩。"大家看见了来人的模样，低声议论着。

"诰命夫人"是和德生的堂叔和七仁的媳妇。和七仁是以前打过游击的人，现在在外地当副县长。他的媳妇仗着和七仁有功有地位，经常在村里吵这个骂那个的。时间久了，村民就给她起了个"诰命夫人"的绰号。

其实和德生并不怵这位堂婶，只是看她是自己的长辈，尽量不去招惹她。前两年有几次，堂婶在村里撒泼，都被和德生数落了一顿。

和德生不听大家劝阻，主动迎了上去："七仁婶，您什么事呀？看您累得满头大汗的！"

"你甭装得没事人似的了，人家斯新家咋你了？你就不让人家生娃了？是不是想叫人家绝户哩？"七仁婶上去就给和德生来了个下马威。

"我以为啥事呢，斯新没给你说计划生育政策呀？他都四胎了，不执行国家政策能中吗?"和德生给七仁婶说得非常清楚。

"胡说,东头二安家都三胎了,咋不罚呀?"七仁婶又找理由与和德生辩解。

"人家可是三胞胎,一胎生了三个孩子。按国家政策还要照顾哩。"和德生耐心地解释道。

"都是你的理,成心让人家绝户不是? 我要是不拦住斯新,他非与你拼了命不可!"七仁婶一蹦老高,跟和德生吵吵闹闹。

"七仁婶,这计划生育是国策,不是对哪个人的,你回去给他解释一下。"和德生心平气和地劝着七仁婶。

"这还差不多,我以为你这个大支书还敢咋着我哩!"七仁婶松了口气,没有再与和德生纠缠下去。

郑电杰、焦章付、和留省等人也是说的说,劝的劝:"回去替德生做做工作吧,不能白当德生这个婶呀!"

七仁婶笑着说:"你们都不知道我在家里帮了他多少忙,要不是我做工作,恐怕斯新都找德生来闹了。"七仁婶半真半假地吹着自己的能耐。

焦章付半开玩笑地说道:"德生麻烦少了,您才是真帮他咧!"焦章付说得她脸都红了,索性推着自行车回村去了。

大家望着她远去的背影,摇摇头,叹了一口气。

郑电杰说:"德生,看到了吧? 能管千军不管一队,管得住千军万马,管不住婆婆妈妈啊。你在部队干多好,你看现在事儿多了吧? 俺都替你作难啊!"

"秀才遇到兵,有理说不清,有些人就是难缠一些。只要把政策给他们讲透,公平公正就好办了。"和德生非常自信地说。

焦章付说:"小子,俺们天天与你在一起,都知道你能带头吃苦,公道正派。不知道的说不定还说你享福,甚至还怀疑你贪污咧。"

"说归说,事实归事实,身正不怕影子斜。人的觉悟不一样,说话办事也不一样啊,只管干我们的事,随他们说去吧。"和德生笑着说。

随后,和德生组织大家站好队,唱着"下定决心,不怕牺牲,排除万难,去争取胜利……"的歌曲,向工地奔去。

第五章

"工地爱情" 如期绽放

"太方与素君要结婚了,快去喝喜酒吧!"正在村林场坚持开荒治沙后续整理的突击队队员们,高兴地传播着和太方与郑素君要结婚的消息。

这天,和德生特意安排停工半晌,与突击队队员们一起参加和太方与郑素君的婚礼。

和太方家整洁的院子里,几个大红"囍"字格外显眼,全家老少与帮忙贺喜的人们都在忙活着。

大喇叭里一遍又一遍地播放着豫剧《朝阳沟》中的经典唱段,一派喜庆的气氛。

胸前戴着大红花的和太方与郑素君,被一群年轻人簇拥着,俩人显得有点儿羞涩。

孙广红、郑军胜、和丁立等几个年轻人,把一个从民寨林场苹果园里摘来的大苹果,高高地吊在屋梁上,高度让和太方和郑素君勉强能够碰到。其实和太方与郑素君也明白,突击队里的这几个年轻人可不是什么省油灯,一定会在他俩的婚礼上闹腾一番。

没等婚礼正式开始,突击队里的几个年轻人就簇拥着和太方和郑素君啃苹果。大苹果忽高忽低,不停地旋转蹦跳,两个新人几经努力,就是啃不到。人们欢笑着,不停地逗着和太方与郑素君。

热闹够了,孙广红与郑军胜才协助他俩,俩人终于啃到了一口苹果。

和丁立大喊:"快说,这苹果甜不甜啊?""甜甜甜,真是太甜了,咱自己种的嘛!"和太方赶紧回答。大家都哈哈大笑起来,分享着这对新人的幸福与快乐。

主持婚礼的司仪请和德生为和太方与郑素君主婚。

和德生今天特地穿上一身西服,打上领带,显得很是精神。他拿起话筒说:"今天,非常高兴为太方与素君主婚。尽管民寨村不提倡、不支持婚事大操大办,但我还是要代表党总支、村委会与全村干部群众,对这一对新人表示最热烈的祝贺！大家都知道，太方是开荒突击队队员，素君也是支援突击队工作的积极分子。他们在劳动中相知相爱，结下团结奋斗的革命友谊，收获了甜蜜的爱情，这是无上的光荣啊！祝愿两位在以后的人生路上相互学习，携手进步，白头到老！"

婚礼上的观众 （杨秋焕 摄）

和德生的话音刚落，突然有人大声问道："和书记，你是不是他俩的媒人啊？快给大家伙儿说说吧！"

和德生一听也乐了，笑着说："说实话，我不算他们的媒人，那媒人到底是谁呢？这个答案还是让突击队队员们来说吧！"

和德生拿着话筒往外传，被孙广红一把抢到手里，大声说道："我想太方和素君的媒人应该是开荒工地和苹果园吧！"

哈哈哈！人们又是一阵欢快的笑声。一群孩子和青年人簇拥着把和太方和郑素君送进了洞房。

再穷不能穷教育，再苦不能苦孩子

百年大计，教育为本。再穷不能穷教育，再苦不能苦孩子。民寨村办企业有了集体收入,首先加大投入,支持教育事业,改善办学条件,优化教育资源配置,让孩子们不出村就能在优美的校园、宽敞明亮的教室里学习。

1993 年,村里决定投资 20 多万元改建村小学,并向教育主管部门申请增设初中班。根据学校现有教室布局与实际需要,村里在多次征求学校领导意见,并与相关部门沟通的基础上,商定先建一栋两层的南教学楼,一层 10 间,共 20 间教室。

为确保南教学楼的建筑质量,并能如期完工投入使用,村党总支决定由党总支委员和丁选牵头,由他具体负责工程质量监督工作。经过将近一年的紧张施工,南教学楼顺利建成。

同学们搬进了新教室,脸上无不洋溢着幸福的笑容,学习的劲头更足了。这次改建不仅有效改善了民寨村的办学条件,也让村里升入初中的孩子能在家门口读初中,家长们都非常满意。

2001 年秋,村党总支、村委会再次研究决定,村集体拿出 80 多万元,继续加大教育投资。

为加强改扩建学校的领导,党总支确定由党总支副书记、村委会主任孙学明具体负责学校的改扩建工作,建设一座三层高、设计合理、质量优良的北教学楼。后来,县里又投资建设了一座四层高的东教学楼,使民寨村中心学校的教学条件发生了根本性变化。一所环境优雅、功能齐全的村办学校呈现在村民面前。班额配置齐全,能够满足生源和教学需求,受到了教育部门的肯定。

同时,还在校区增设了公办幼儿园、学前班,让学前儿童在本村也能接受良好的教育,解除了村民的后顾之忧。

学校规模扩大了,功能也齐全了。除了满足民寨本村的教育需求,还能安排临近的前安村、秦刘拐等村的 600 多名孩子在这里学习,受到周边群众一致称赞。

学校建好了,党总支不忘抓好孩子们的健康成长,村党总支成立了教育工作领导小组,建立起校外辅导员队伍,经常把爱国主义教育、社会主义核心价值观教育融入校园、带进课堂,树立孩子们正确的世界观、人生观、价值观,努力把孩子们培养成为建设伟大祖国的有用人才。

这天是清明节,民寨村中心学校校园里,同学们都穿着干净整齐的校服,少先队员们都戴着鲜艳的红领巾。升国旗唱国歌仪式上,少先队员们庄严地向国旗行礼,师生们唱着国歌向国旗行注目礼,感念党的恩情,祝福伟大祖国繁荣昌盛。

随后,同学们迈着整齐的步伐,在老师的带领下列队向附近的革命烈士墓园走去,听讲解员介绍革命烈士的英勇事迹,缅怀英雄,感恩今天的幸福生活。

由于学校建设提升,教职员工配备到位,教学质量稳步提高。多年来,各年级的学生成绩提高很快,升学率逐年攀升,向名校输送的学生越来越多,民寨村中心学校多项综合指标考评在镇里、县里都取得了较好名次。村里每年都有好几个考上大学的学生,最多的一年考上了十几个。村里还出了好几个博士、硕士。这既发展了民寨教育事业,也为国家培养了不少优秀人才。

民寨村还有不少退伍伤残军人、军烈属和五保户

民寨村是一个民风淳朴、风清气正、文明富裕的村庄,更是一个向上向善、处处有爱的地方。

党总支、村委会还十分重视对退伍伤残军人、军烈属、五保户以及鳏寡孤独

老人的照顾,在坚持敬老节为他们办好事、办实事的同时,平时还不忘对这些老人们进行走访,及时解决他们的生活困难与烦恼。老人们都说,现在的日子太幸福了!

村里有个叫焦合的老人,年轻时参加了淮海战役,不幸在战斗中身负重伤,膝盖以下都被截肢了。焦合非常坚强,回到村里多年,一直是一个人独居生活,除了民政部门落实的抚恤金和生活补助,老人从没向党组织伸过手。

平时,焦合就在两个膝盖上绑着鞋底,一点一点挪着步,提水、烧火做饭,很是艰难。和德生就经常带着米、面、油等生活用品去看望他,还不时组织年轻人去老人家里帮着干些家务活儿,多年来从未间断,直到老人去世。

和德生心中的村事与村民心中的国事

在大是大非面前,在民寨村的每一个发展机遇来临的时刻,和德生从来都是个果敢坚定、勇于担当的好支书。

村民生活上的吃喝拉撒,甚至是家庭纠纷,只要是和德生知道的,都是他挂在心上的大事。因此,不管谁家有喜事、忧事、难缠事,村民们都喜欢叫上他们的和支书来家捧场、断事,和德生只要是能够抽出身,都会到场。万一去不了,他就委托其他村干部处理,绝不会让村民们失望。

第五村民小组的赵发顺老伯家,5个儿子都先后成婚,连单身好几年的赵家老大也成家并有了一双儿女。但是,天有不测风云,赵家老大的媳妇在她亲舅舅的巧言诱骗下,悄悄丢下丈夫与一双儿女,偷偷跑到浚县一个村庄与另一个男人过起了生活。

赵发顺带着孙女找到和德生,和德生觉得事态严重,遂与赵发顺爷孙俩一起找到浚县那户人家做工作,劝赵家大儿媳回心转意,回去好好过生活。这天,浚县那户人家聚了很多人,甚至还有几个青年想打架要横。和德生说:"我们是来解决问题的,现在是法治社会,咱们都要遵纪守法,违法的事可做不得。"对方知道自己不占理,赵家大媳妇也答应回到民寨去,但要求和支书与赵家不再追究他们的问题。和德生讲明道理,进行批评教育后,点头同意了。

隔了一天,和德生去镇政府办事,正巧看见赵家大媳妇进了镇上一家超市。和德生赶快叫来几个认识的人,等赵家大媳妇从超市里出来,一起劝她回民寨。一家人终于保全了,赵家老小对和支书感激涕零。

春节就要到了,在外工作、上学的人有的开着私家车,有的搭车纷纷回到家乡,民寨村一派热闹祥和的气氛。

这天晚上,几十个青年嚷嚷着找到村党总支、村委会办公室,纷纷要求给国家捐款。和德生正好在场,问他们:"你们几个要给国家捐款? 为什么啊?"

"感谢党的好政策,让我们都富裕起来,钱包都鼓起来了。吃水不忘挖井人,我们准备捐出一个月的打工收入,用在国家发生自然灾害等危难时刻!"这是几十个小青年的共同心声,更是民寨村坚持精神文明创建工作不放松带来的成果。

和德生看到村里青年一代的爱国热忱,很是感动。他说:"你们做得很对,我代表村党总支对你们的爱党爱国行为表示感谢,但目前国家可能不用老百姓捐款。咱们好好准备着,等用得上的时候再为国家出份力吧!"

在"1998 年洪水""2008 年汶川大地震"等重大灾难发生,需要全国人民团结一致、共渡难关的关键时候,这些小青年与其他不少村民都通过不同方式、不同渠道进行了捐款,献了自己的一份爱心。

在民寨,文明新风扑面而来

经过干部群众的不懈努力,民寨村取得了精神文明与物质文明双丰收。

在村党总支、村委会、妇联、团支部的积极组织与干部群众的广泛参与下,村里制定完善了精神文明建设的制度措施,开展了很多行之有效的创建活动。通过努力,村民的政治观念、思想意识、公民情怀得到进一步提高,精神面貌发生了显著变化,时时处处都展现出团结和谐、健康快乐、干事创业的新气象,文明新风吹遍了民寨村每一户农家。

好人好事越来越多,歪风邪气没了踪影,一个思想进步、向上向善、幸福宜居、乡风文明的新民寨享誉全县,驰名豫北大地。

在精神文明创建活动中,民寨村连续两届顺利通过安阳市文明村镇创建工作的考核验收,被中共安阳市委、安阳市人民政府授予"文明村"称号。

民寨村变了,从昔日的一只"丑小鸭"华丽转身,变成了一只漂亮的"白天鹅"。

周边的村民也改变了对民寨村的看法,都惊叹这个名副其实的"红旗村"的巨大变化。

2000年8月,和德生也被中共河南省委评为"优秀思想政治工作者"。2006年3月,和德生因在2003—2005年工作突出,再次获得中共河南省委评定的"优秀思想政治工作者"的殊荣。

第六章

高举大旗，加强党的领导，提升干部群众素质，红色血脉永传续

旗帜,是永远不倒的信念,也是方向的指引,更是使人不断前进的力量源泉。

高举党的伟大旗帜,抓好党的建设,形成工作合力,稳固组织基础,是和德生团结带领干部群众开展工作、打开局面的一个重要法宝,也是他多年来积累的一套工作经验。

上靠组织,下靠群众,已经成为和德生的习惯和工作的信条。在村支部班子里,和德生一直都是那个扛旗的人。每到关键时候,他都会及时召开村党支部、党总支、村委会等会议,特别强调发挥好党支部的战斗堡垒作用和党员的先锋模范作用。这在民寨村以往的重大工作安排上、在民寨村的每一步发展中都得到了验证。

高举旗帜,着力抓好党的建设,形成工作合力

民寨村党总支会议正在进行。会议的主要议题是进一步加强党的建设,强基础、惠民生,加快建设社会主义新农村的步伐,让民寨村群众共享发展成果,提升幸福指数,早日步入社会主义新时代。

和德生说:"咱们民寨村党支部、党总支领导班子,一直以来都是强有力地贯彻执行党中央与上级党委、政府的工作要求,落实好各项工作,让党中央、让上级党委放心,让群众高兴满意,让民寨村得到发展,这些,我们基本上都做到了,我们也多次被县委、乡镇党委评为先进党支部。实践证明,哪里有党的领导,哪里的工作就开展得好。党的建设、党的领导什么时候都不能放松啊!结合咱们村的现实工作与未来发展,我们现在需要着重考虑的是,怎样延续光荣传统,建设一个社会主义新民寨。那么,建设一个什么样的新民寨,请大家展开讨论。"

和德生说完,党总支委员们纷纷讨论开了。

党总支副书记孙殿堂说:"是啊,建国初期人们把'楼上楼下、电灯电话'作为当时的奋斗目标,改革开放后我们又把'兜里有钱花'作为一个阶段的发展方向,现在都实现了。这说明一个道理,只要心中有方向、有目标,通过党的坚强

领导和干部群众的共同奋斗，我们的目标就能如期实现。"

"现在回过头来想一想，咱村里开沙荒、建林场果园、办农药总厂，开始别说老百姓不理解了，就是咱们这些班子成员也有顾虑，缩手缩脚不敢放开干。说到底还是学习不够，学习理解党的方针政策不够，看来继续加强学习非常必要。"突击队副队长和俊起接着说。

民兵营长孙绍林说："德生，今天你说的这个议题好像有点儿大啊，俺都有点儿懵了。你有胆有识、政策水平又高，还是你来唱主角，好好给大家讲解讲解、谋划谋划吧！"

和德生听了大家的发言，确实感到离他自己的想法有点儿远，也许是刚才没有给大家说具体、讲清楚。既然有疑惑，就该给大家详细讲解一下自己的工作思路与打算。"大家说的都有道理，从不同时期、不同角度都做了分析和讨论，这说明我们班子的整体素质还是高的，对党的事业是认真负责的。衡量一个班子强不强、能不能干事业、是不是能干成事业，除了团结一致，主要还得看咱们心中有没有目标，有没有理想，这个非常重要，关乎一个村的发展方向。党中央不是号召建设社会主义新农村吗？那么建设新农村可不能只是个口号，得有具体的内容来做支撑。比如说安居乐业，民寨村怎么安居？如何乐业？这就是我们今天讨论并要拿出方案的议题。"

"一个村的发展，理想远大，可不好具体落实啊！"一位支部委员说。

"说起理想，我与国彬去北京出差跑项目时聊过一个话题。有位著名诗人写过一本诗集《布鞋上的海》，可能大家一听就会炸锅，布鞋上会有海、能有海吗？我可以肯定地说，会有！这就是作为领导干部，你的思路是不是开阔，是不是超前，是不是敢想敢干的问题了！我们的决心有多大，格局有多大，舞台就有多大，理想总能变成现实的！"

和德生这么一讲解，党总支委员们顿时明白多了，思路也开阔多了，又立即讨论起来。

党总支副书记、村委会主任孙学明说："对对对，咱民寨村以前抓经济、抓生产方面出力大，像引进腐竹生产，推广蜡烛加工，开荒治沙种果树，兴办村林场、农药总厂等，都让群众得到了实惠，村集体也有了收入，甩掉了贫穷落后的帽子,变成了远近有名的富裕村了。这些都是'硬'指标,可'软'的方面好像还有些欠缺。"

"咱村在沙荒地打井,在全村办电这些事,彻底改善了民寨的生产生活条件,也是硬指标啊!"党总支委员焦占臣补充道。

党总支副书记齐荣山说:"照这么说,咱村提倡尊师重教、尊老爱幼,设立敬老节,评选'五好家庭''致富带头人''星级文明户',是不是属于那个'软'的方面呢? 咱也做了很多工作啊!"

和德生听了大家的讨论,笑着说:"看来大家是越来越明白了,分析的基本上是对的。你们说的那个'软'方面叫'软实力',应该属于精神文明建设的范畴。其实这方面我们党支部、党总支已经抓了很多的工作,但也有'偏科'的情况,就像学生学习语文、数学这两门主科,一门考 100 分,一门只考个 60 分,这不是有点儿偏科了吗?"

"德生,怪不得你能当书记哩,还是你学习得好、领会得好,啥都懂,啥都能讲透彻。"大家纷纷点头,都很佩服和德生。

和德生接着说:"作为一名共产党员和基层干部,除了尽职尽责做好工作,就是要全心全意为人民服务。要想为人民服务好,就得多充电、多学习,只有掌握更多的文化知识,了解更多党的方针政策,才能更好地为人民服务。以后,咱们党总支,林场、农药总厂、行政三个党支部不管再忙,都要坚持政治理论学习、落实好'三会一课'制度。不仅要学习党的方针政策,还要学好党的知识,始终保持共产党员的本色,增强为人民服务的本领。这方面我也要多带头,不瞒大家,我正准备报考大学哩。"和德生刚说完,会场上又是一阵议论,大家都很惊讶。

"你哪里有空去上大学啊,村里的事就够你操心了,前段时间不是还累病了嘛。""雷锋同志说过,时间都是挤出来的。以后我不仅要带头,大家有条件的也得跟上啊!""好好好,我们都跟着你干,跟着你干不掉队。"和德生与几位党总支委员互相鼓励。

这次党总支会议,总结了前几年的工作,讨论了民寨村未来的发展方向,启发了思想智慧,提出了党员干部加强政治理论学习的要求,为今后一个时期的发展储备了人才,在民寨村的历史上具有里程碑式的意义。

为了进一步提高自己的领导力和增强自己为人民服务的本领,和德生以坚韧的劲头、锲而不舍的精神,从繁杂的事务中抽出点滴时间,起早贪黑地学习。

1991 年 6 月,和德生以惊人的毅力,取得北京人文大学汉语言文学专业本科毕业证书;7 月,又取得了河南大学汉语言文学专科毕业证书。此后,他又先后参加了北京大学、清华大学的 MBA 工商管理硕士课程的学习,经考试合格取得结业证书。

在他的带动下,党总支副书记、村委会主任孙学明也于 1997 年拿到中央农业广播电视学校滑县分校农林专业的中专文凭;村里几个年轻的干部也分别取得了成人自考文凭。

在和德生的不懈努力下,民寨村的各项事业都获得了很好的发展。2000 年 12 月,和德生被河南省人事厅、农业厅评为"河南省优秀乡土人才"。

开荒工地终于通电了

1993 年 9 月,在电业管理部门的大力支持下,开荒突击队盼望已久的架线送电这件大事就要解决了,队员们一个个都喜出望外。

和德生与党总支、村委会的领导,村里电工与部分村民,都在从村里到开荒工地的路上忙活着。拉电线杆、运电线,挖坑栽电线杆、帮助电业部门职工递物料、拉电线,一个个累得浑身是汗。

经过几天的紧张施工,60 多根高低压电线杆、10 多千米的铝线、一台变压器等用电设施依次安装好了。通往开荒工地与集体林场的输电线路终于架设完毕。沙荒地终于结束了长期用不上电的历史。

郑电杰、焦章付、焦聚星等几个老队员,"咔啪"一声拉亮电灯泡,高兴地拍着手,很是激动。"真好呀,终于通电了! 再也不用捂着马灯怕风刮灭啦!"

和太方、郑军胜、孙广红等几个年轻人更是高兴,唱起了"社会主义好……"的歌曲,高兴得像一群孩子一样,蹦啊跳啊唱啊。

突击队副队长和留省说:"有了电灯,以后咱们组织学习更方便了,学习效

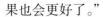

果也会更好了。"

焦章付与郑电杰打赌说:"以后再浇果树,一开电闸,我一晌午就能浇十来行果树,你信不信?"

"我信我信,反正让我浇啊,比你浇得还多!"郑电杰反驳焦章付道。

队员们听了,都哈哈大笑起来。

38眼深水井送来了源头活水

在集中办电的同时,县政府、镇政府也给民寨村送来了好消息。县水利局批准了为民寨村新开发的沙荒地打机井的计划。按照30亩地一眼机井的规划,让镇政府水利部门协助民寨村做好打机井的工作。

镇政府主抓水利的张茂林主任亲自联系了三支打井队,带着机械设备进驻到民寨村沙荒工地。他们昼夜不停,加班加点打井。

这天,打井工地红旗招展,彩旗飘飘,一个热火朝天的劳动场面又一次展现在人们面前。

这时,一队人骑着自行车朝打井工地来了,原来是镇党委新上任的刘相深书记带着机关干部过来察看打井的进展情况。

和德生与张茂林分别给刘相深汇报了打井的进度。刘相深满意地点点头,随后问道:"德生,还有什么困难需要镇里解决的吗?"

"没什么了,刘书记,如果再遇到困难,村党总支能够自己想法解决的尽量自己解决,请刘书记放心。"和德生说。

刘相深拍拍和德生的肩膀说:"好,要的就是这种干工作的劲头。"

经过将近两个月的奋战,共打成38眼机井。

沙荒工地、村林场再也不怕天旱无雨了。

终于可以交答卷了

这天晚上,和德生召集突击队领导班子开碰头会,商量下一步的工作安排。

　　和俊起这段时间一直负责带人推沙平沙,眼看开荒推沙的任务即将完成,他请示和德生说:"德生,经过队员们加班加点的努力,推沙平沙的活儿就要收尾了。你看最西边、东北角的边缘地带都推不出一条直线来,是不是留一点儿沙堌堆做个纪念什么的?"

　　和德生知道民寨村与邻村接界的地方有的不是直线,就是全推了也不好耕种,就同意了和俊起的意见。"好,那就先留着吧,即便是推平了也腾不出多少有效用地。以前农大教授也说,咱这沙荒一开垦,整个地形地貌就完全大变样了,再想看见咱村的北沙窝就难了,就给大家留个念想吧!"

　　申丙全介绍说:"根据测量与统计,这回开荒治沙总共推沙 70 多万立方,消灭了百十道沙岗沙丘,新开出土地 1200 多亩,有原来全村可耕地的将近一半了!"

　　"这几年咱们突击队与全村干部群众一起团结奋战,也让咱民寨村凝聚起一股能够战胜一切困难的力量!"和留省自豪地说。

　　"是啊,我们突击队在这里奋战也快 5 年时间了。现在终于可以给全村父老乡亲交上这张答卷了!"和德生长舒了一口气,很是高兴地说。

　　开荒治沙工程即将收官,突击队队员们最是兴奋,他们脸上都露出了欢欣的笑容。

民寨村发家致富的"秘诀"

　　1998 年 12 月下旬,滑县县委宣传部新闻科长王新杰、新闻干事苏迅慕名前往民寨村采访。二人在村里待了三天两晚,亲身感受到民寨村的沧桑巨变与和德生在村里举足轻重的作用。

　　那天上午 10 时许,王新杰、苏迅来到民寨村。和德生正在农药总厂忙碌,他安排村委会委员焦付昌陪同二人采访。王新杰、苏迅先后采访了制帽、蜡烛加工专业户和云章及其儿子,腐竹加工户和喜民、郑丁栓等。和云章有四个儿子,都是靠蜡烛加工、制帽致富,其中两个儿子还用上了"大哥大",这在当时的农村可是不多见的新鲜事儿。

采访中两人了解到,民寨村发家致富的村民有一个共同的观点:谁听和德生与村党支部的话,谁家上项目早,谁家就致富快,赚钱多。

王新杰、苏迅不禁纳闷:干部群众对和德生咋会这么信任?和德生与村党支部的威信是如何树起来的呢?群众都说,和德生走得正,行得端,处事公道,没私心,所以村民都服他。特别是他带领大家开荒治沙,不但增强了村党支部、村委会班子的凝聚力、战斗力,也造就了"民寨精神"。

在与和德生及其妻子的聊天中,王新杰、苏迅更是深刻理解了"民寨精神"的内涵。当天晚上,忙活了一天的和德生回到家,让妻子张罗了几个小菜,他拿出一瓶白酒,四人边吃边聊。从在部队当兵时,聊到回村任党支部书记,再聊到开荒治沙、考察上项目、建农药总厂、创立敬老节等。和德生好像在讲述一个个发生在昨天的故事,在王新杰、苏迅看来,不是和德生记忆力有多好,而是这些都是他的亲身经历,所以他刻骨铭心。

和德生的妻子边说边抹眼泪。开荒工地距家只有两公里多,但和德生和突击队队员们两三个月还不回家一次。和德生连续两年的春节都是在工地上度过的。为在新开的沙地里育苗木、保树苗,和德生带头一个下午挑水将近60担,每次往返500多米。冬天,和德生与突击队队员们的双手都裂开了血口子,他们握过的劳动工具上都留下道道血印。如此繁重的体力劳动,他与队员们却天天吃白菜、萝卜和咸菜,有时甚至蘸着盐水吃馍。

即使条件这样艰苦,和德生还是带领大家白天开荒,晚上学习毛主席著作。他是在为大家鼓劲,更是在为自己鼓劲。为人民服务、无私奉献与不怕困难、坚持不懈的愚公移山精神早已根植在和德生与突击队队员们心中,这也是"民寨精神"的重要内涵。

王新杰、苏迅在民寨村采访了三天,掌握了大量一手材料。经过筛选整理,他们三易其稿,写成了7000余字的长篇通讯,《河南日报·农村版》在1999年1月1日用两个整版推出。文章发表后,在社会上引起了强烈反响。

也许,正是和德生的这种精神成就了民寨,也成就了民寨村摆脱贫困、过上富裕新生活的梦想。

20万棵速生杨树苗3天内就高质量栽种完毕

几辆大货车拉着20万棵速生杨树苗,送到开荒工地。这批树苗非常整齐,每一棵都有小擀面杖粗细,四五米高,煞是喜人。

申丙全指着刚开发出来的一片沙地,笑容满面地对和德生说:"德生,县里林业部门支援咱这么多好树苗,你看怎么安排栽种?"

"晚上咱们召开党总支会,研究怎么尽快把这批树苗栽好,给它们安个家。决不能因为咱的动作慢,影响了成活率。"和德生说。

晚上,村委会办公室里灯火通明,会议直奔主题。"同志们,我想用3天的时间,把20万棵杨树苗栽好。大家说,这样安排行不行?请大家发表意见。"和德生说明栽树的主要任务,征求党总支委员们的意见。

"这样安排挺好,只要我们栽种好、管理好,三年就差不多成材了。栽树任务太重,还是村4个班子、党团员、村民组长一起上,建议让学校几百名师生也帮助我们突击栽树。"孙殿堂表示同意并提出了自己的建议。

和俊起说:"参加栽树的人员比较多,而且还有学生。建议各位委员不仅要督促巡查,还要保质保量完成栽树任务,随后由突击队、林场负责后期培土与管理。"

大家一致表示同意,散会后就抓紧时间下通知去了。

第二天一大早,人们打着红旗,男女老少齐上阵。挖树坑、扛树苗、浇水、培土……一个个忙得浑身是汗。

村民们见了,自觉地赶来帮忙。农药总厂的职工也来了,很快聚集了2000多人,大家一起栽树,场面十分壮观。

由于从栽种就做到了认真精细,20万棵速生杨成活率很高。加上林场人员后期的科学管理,速生杨在沙荒地起到了很好的防风固沙作用。

1996年,民寨村被评为"河南省造林绿化百佳村"。

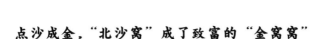

点沙成金，"北沙窝"成了致富的"金窝窝"

秋天来了，豫北大地一片金黄，果园、林场和农田，一派硕果飘香、林茂粮丰的喜人景象。

民寨村开荒治沙的任务已经基本完成。开出来的土地，经村党总支、村委会慎重研究，决定采取"开出一片，改造一片，承包一片"的基本方法，由村集体和农户共同开发耕种。

450多亩果园，其中300亩的苹果树留给村集体林场经营管理。另外150多亩果树、750多亩土地共计900余亩，民主评议、评估后通过竞争程序，分别承包给村里300多户村民经营耕种。承包户在新开的土地上分别种植了花生、红薯、豆类等农作物。

村集体经营的300亩苹果园，其中150亩日本红富士已经挂果，当年创收54万元；另外150亩美国蛇果有的也已挂了果。

沙荒地边沿、几条纵横的生产路两边，都种上了速生杨、泡桐树等，作为集体财产由村林场集中经营管理。

昔日一遇大风就沙尘暴肆虐的北沙窝，终于在民寨干部群众艰苦创业、团结奋战的伟大实践中败下阵来。民寨村终于实现了综合开发、点沙成金的美好梦想，这里也变成了民寨村致富奔小康的"金窝窝""聚宝盆"。

不管是集体经营，还是农户承包；不管是果树、用材林还是庄稼，在民寨村民的精心呵护下，都长势旺盛，郁郁葱葱，一派生机。

民寨村民人均可耕地达到了将近1.2亩，村民心里都像喝了蜜一样的甜美。

孩子们陪着老英雄参观开荒突击队昔日驻地

这天是民寨村中心学校少先队活动日。

在林场驻地，一群少先队员在申校长和老师们的带领下，搀扶着曾经参加过战争的老英雄们，一起来到开荒突击队昔日的驻地参观。

路过一片一眼望不到边的果园时，孩子们看见挂满枝头、红彤彤的大苹果，紫里透红、青如碧玉的葡萄，还有个头硕大、红艳欲滴的桃子，一个个高兴得跳了起来！

"太漂亮了，真是太漂亮了，我们有自己的百果园啦！"孩子们欢呼雀跃，老人们也是驻足观看，兴奋不已。

和德生特意让林场管理员摘了一些成熟的苹果、葡萄和桃子，让老人和少先队员们品尝。大家脸上都乐开了花，直夸道："真甜啊！"

一会儿，老英雄和孩子们来到停放在车库里的那台推土机前。看到推土机的履带与前面的大推铲都是锃亮锃亮的，一位老英雄上前摸了摸，微笑着说："这台推土机可是咱们村开荒治沙的大功臣啊！"

"说得对，这台推土机是咱民寨村开荒治沙的功臣，但更大的功臣是咱们的开荒突击队！让和书记给大家讲讲突击队的故事好不好？"申校长对大家说。

孩子们齐声说："好，好，好！"

和德生拉着和俊起，说："俊起是突击队副队长，推土机他开得最多，让他说说自己开荒治沙的故事与感受吧！"

和俊起不好意思起来，身子直往后退，说道："我可说不好，还是让和书记给大家讲讲吧！"

和德生也不好再推辞了，语重心长地说："孩子们，突击队用了5年时间，在全村的帮助下终于把这片沙荒地开出来了，大家也都看到了。至于突击队吃了多大苦、受了多大累我就不说了。我想说的是，希望你们长大后要发扬咱们突击队开荒治沙的精神，听党话、感党恩、跟党走！好好学习、增强本领，把民寨建设好，把国家建设好！"和德生说完，现场爆发出热烈的掌声。

掌声一停，申校长问孩子们："大家说，和书记与突击队当年为什么要开荒治沙啊？"

"我知道！我爷爷给我说过，为了让咱村不遭罪、不受穷！"一个男孩子抢着说。

和德生接着问孩子们："那谁知道你们身边的这些老英雄、老前辈胸前为什么挂着奖章、军功章呀？知道他们因为什么残疾的吗?"孩子们小声议论着，没人敢站出来回答。

"可能你们怕说不好，说不准确，是吧？那我来告诉你们，正是有了千千万万的老英雄、老前辈不惜牺牲，才建立起来了我们的新中国，才为我们创造了和平发展的环境与今天的幸福生活。其实，开荒突击队也是为一代代后人创造一个更好的发展环境，好让你们以后有用武之地啊！大家说对不对呀?"和德生深入浅出地教育启发孩子们。

图中下方为 1992 年改建后的突击队驻地　（王子瑞　摄）

听了和德生的讲解与鼓励，孩子们都举起了小手，纷纷说："我们一定要好好向老英雄、向突击队学习，长大了报效祖国！"

只有传承，才有赓续；只有发扬，才能光大。红色的基因，红色的理想，红色的旗帜，红色的精神就这样在民寨传给了下一代。

美丽的新村，让民寨村民的幸福指数有了新的提升

为了改善农村人居环境，建设社会主义新农村，在普遍整治街区环境卫生、清除乱堆乱放、完善公共设施的基础上，民寨村又在探索新农村建设的路径上迈出了坚实的一步。

2000 年，在和德生的积极努力下，村里从高起点规划、高质量建设入手，盖起了一排排新颖实用的别墅、农家院，为改善民寨村村容村貌增添了浓浓的一笔色彩。

和德生主持召开党总支、村委会联席会议，建议让村里急需住房的农户先搬进去一批。其余的新房低价分配给符合条件的村民，几十户村民先后住进了漂亮的新房舍，但和德生还住在简单改建的一处旧平房里。在他的带动下，村党总支和村委会的干部，没有一个搬进别墅群的。

民寨村新建别墅群 （王子瑞 摄）

村民们无不感激地说："德生和村干部办事公道正派，真是咱们民寨的好支

书、好干部啊！"

"红旗大道"贯通民寨南北，一头儿连着党的旗帜，一头儿连着民心民意

2002年的一天，从白道口镇政府驻地白道口村的大路下道，途经前安村到民寨村，再到开荒工地，全长7000米的路上，红旗再一次飘扬在一片繁忙的工地上。工人们正在专心致志地操作着各种机械设备，技术员拿着测量仪走来走去，忙得不可开交。

"德生自己出钱给咱村修路了，以后行路就方便多了！""这条路设计规格这么高，修好能用很多年，以后村民的生产生活就方便多了！"乡亲们奔走相告，喜不自禁。

突击队开发出的大片农田，中间的大路为"红旗大道"　（王子瑞　摄）

这条路是民寨村村民祖祖辈辈走出来的，是进出民寨村的必经大道，过去一直是土路，遇到大雨大雪天，泥泞难行不说，有些路段还是高坡，坡陡难行。

民寨村群众一直有修一条好路的梦想，可因集体拿不出修路资金，一直没能修成。

为了实现"要致富，先修路"的美好愿望，和德生拿出了270万元，主动给村党总支、村委会建议，尽快为乡亲们修一条既宽阔平坦又坚实耐用的水泥路。

和德生说："既然要修，就修一条像样的大路。"在他的建议下，这条大路设计为宽6米、长7000米的水泥路。从设计到施工，再到验收，坚持高标准、严要求，经过几个月的紧张施工，这条具备"一级公路"标准、横穿前安村和民寨村的乡村大路终于修好了。道路从民寨最北端的"北沙"直通到镇政府驻地白道口村的公路上，极大地方便了民寨群众的生产生活，让全村群众和附近村民都走上了一条光明舒适的大道。

民寨村村民亲切地称这条路为"红旗大道"。

韩增茂主席说，民寨真的是"丑鸭子"变成"白天鹅"了

通过开荒治沙，民寨"北沙"彻底变了。过去风沙肆虐、让民寨村群众大受其害的"北大荒"，如今变成了人们观赏田野风光、赏花纳凉的好去处。

年轻的情侣选择以这里为背景拍婚纱照，留下他们难忘的爱情瞬间；孩子们周末来这里踏青春游、体验劳动、接受教育，丰富人生阅历；老人们三五成群来这里，聊天下棋、

民寨村头白马坡的高标准麦田风景　（王子瑞　摄）

抚今追昔，享受幸福晚年；外村群众，慕名而来的领导、游客，每每来到民寨，也是赞不绝口，流连忘返，为民寨村的淳朴民风、村容村貌和秀丽风光所陶醉。

这天,突击队副队长和俊起、和留省带着几个队员,正在林场驻地附近的大路边上给速生杨浇水,大路上还有三三两两的村民上工劳动,不时还有一些路人从此经过。

"嘀嘀——嘀嘀——",一辆吉普车缓缓驶来,停在大路边上。车上下来几位干部模样的人,和俊起、和留省、孙广红迎上前去,一看有他们认识的杨森三县长,他们赶忙热情地打招呼。

杨森三指着身旁的一位长者介绍说:"这是咱们安阳市政协主席韩增茂同志,韩主席来看大家了!"大家赶忙向韩增茂问好。

韩增茂说:"同志们,你们辛苦了!杨县长给我汇报了你们 5 年来坚持开荒治沙的情况,你们真是了不起啊!"

这时,现场也聚集了不少村民,大家一齐鼓掌,欢迎韩增茂与杨森三的到来。

"乡亲们,听说民寨的这个大沙窝以前没少祸害大家,你们的村支书和德生带领突击队与全村人,硬是把这个千年老祸害变成了良田,真是一件了不起的大好事啊!我想问一问,现在这里还有沙尘暴吗?"韩增茂亲切地问大家。

"没有了,没有了!现在刮大风也不起沙了!感谢党,感谢政府!感谢俺村党支部……"人们急忙回答韩增茂。

"德生同志呢,德生同志在哪儿呢?"杨森三没有看见和德生,就问大家。

"报告杨县长,和支书到省里办事去了,顺便学习了解一下外地建设小康村的经验做法。"和俊起对杨森三说。

"好,祝愿你们在奔小康的路上再接再厉,取得更加优异的成绩。""民寨村真是'丑鸭子'变成'白天鹅'了!"韩增茂、杨森三等领导对民寨的下一步发展寄予厚望,给以赞赏。

2005 年 3 月,在河南省首届村党支部书记经济论坛经验交流会上,和德生被评为"建设小康村优秀带头人"。

多年来,除了前面提到的各项荣誉,和德生还获得了"河南省劳动模范""河南省退伍军人建功立业先进个人""河南省十大民营科技实业家""安阳市劳动模范"等称号,被河南省委评为"优秀共产党员",被中共安阳市委评为"优秀党

支部书记",被中共安阳市人大常委会评为"安阳市第十一届人民代表大会优秀
人大代表"等,得到的荣誉与表彰数不胜数。

民寨村全景图 （王子瑞　摄）

民寨村除了获得两届市级"文明村"的称号,还先后被评为"省级先进基层
党校""河南省奔小康科普示范村""全市'五个好村'党组织""安阳市依法治市
工作先进集体"等。

县里、镇里的各种荣誉,几乎都被民寨村拿到了。如果要问一个村拿到了
哪些荣誉,在民寨只有反过来问才合适:还有哪些荣誉没拿到? 总之,民寨村几
乎在各方面都拔了头筹,拿到了红旗,成为一个名副其实的"红旗村"。

不忘来时路,才能走上更光明的大道

2007 年 10 月 21 日,党的十七大胜利闭幕。和德生在主持村党总支政治理
论学习时,激情满怀地进行理论宣讲:

"党的十七大精神主要是要高举中国特色社会主义伟大旗帜,以邓小平理

论和'三个代表'重要思想为指导,深入贯彻落实科学发展观,继续解放思想,坚持改革开放,推动科学发展,促进社会和谐,为夺取全面建设小康社会而奋斗。

"我们民寨村的发展经历与所做的工作,是非常符合党中央的要求的。虽然我们也取得了一些成绩,但我们不能满足现状,躺在功劳簿上睡大觉。我们还要继续加强党的建设,继续努力做好各项工作,跟上祖国发展前进的步伐,建设一个新时代的新民寨!"

2012年年底,和德生光荣退休。在给新班子交接工作时,他仍然对民寨村的发展寄予厚望。他和新班子一起又描绘了一张新的蓝图。这就是建设民寨四大园区,即北有百果园游览区、南有农业科技观光区、东有宜居别墅区、西有高科技工业区,把民寨村变成现代化的美丽乡村,尽早实现习近平总书记的伟大号召,把绿水青山变成金山银山!

村界边、大路旁,树木一排排、一行行,排列整齐、高低相近,如同等待检阅的仪仗队,更像一队队值班站岗的哨兵,护卫着农田,护卫着民寨村,让民寨人看了心生欢喜,不由得打心眼儿里赞叹自己的家乡真的太美了!

民寨泡桐林 (杨秋焕 摄)

这天,和德生和几个突击队队员来到地边的一片泡桐林里,和德生看着笔挺高大、已经长成碗口粗的泡桐树,感慨地对大家说:"当年俺和丙全哥在兰考

209

参观时,是多么羡慕人家沙地里的泡桐林啊,如今咱民寨也有自己的泡桐林了!"

"有谁知道这泡桐树的别的叫法吗?"和德生问申丙全与几个队员,大家摇摇头,一时答不上来。

和德生若有所思,深情地说:"泡桐树浑身都是宝,当年焦裕禄书记带领兰考人民栽下的泡桐树如今都成了'致富树'了。兰考人民亲切地称泡桐树为'焦桐',这是为了纪念焦裕禄书记。希望我们突击队队员与全村干部群众,都能把焦书记亲民爱民、艰苦奋斗、科学求实、迎难而上、无私奉献的精神发扬光大起来,让它在民寨永远扎下根来!"

队员们频频点头,也把不朽的焦裕禄精神深深地埋在了心里。

而今民寨的"北沙"种满了果树、泡桐、速生杨和经济类农作物,生机盎然。抚今追昔,不由让人感慨万千……

民间说书艺人在民寨村歌唱"红旗哥"

河南坠子,源于民间,是一种比较接地气儿的传统曲艺,使用河南方言说唱表演,以唱为主,唱说结合,流行于河南、山东、安徽、河北、北京、天津等广大地区,很受群众欢迎。

当地一位小有名气的说书艺人在白道口镇一带演出时,听到很多和德生与民寨村的故事,很受感动。经过进一步深入了解,他创作了一段《说说民寨沙窝窝》的坠子曲前往民寨村演唱,以表达他对和德生的敬佩之情。

这天吃过晚饭,天慢慢黑了下来。听说有说书艺人来唱曲儿了,村民们赶紧刷锅洗碗,带上凳子走出家门。不一会儿,民寨村村委会门前的井台旁聚集了很多人,有本村的,也有外村的,非常热闹。

说书艺人一边等人,一边调着弦。

"开始吧,开始吧!"场上的听众催着说书艺人赶紧开始。说书艺人笑了笑,拉起二胡。

一段过门儿拉过之后,说书艺人开场唱了起来:

各位父老乡亲,敝人今晚来到民寨宝地,一不图吃,二不图喝,三不图钱。那么有人要问,你是干啥来哩?今天我来呀,是要唱一个坠子小段儿——《说说民寨沙窝窝》。该抽烟的抽烟,该喝茶的喝茶,该哄娃的哄娃。大家且听我来唱吧——

一阵轻风拂面过,

老少爷们台下坐。

民寨自古多受穷,

缺吃穿来又少喝。

黄河故道多灾难,

南面盐碱北沙窝。

祖祖辈辈盼脱贫,

致富路上常摸索。

自从这人当书记,

村里有了红旗哥。

旗帜引领鼓士气,

团结一心智谋多。

敢向困难来挑战,

共创未来新生活。

今晚我要表一表,

哎——

父老乡亲们恁听俺说……

说书艺人唱完这段，稍微一顿，又旁白道："叫你一声，我的红旗哥呀！"接着又唱起来：

> 你是党员退伍兵，
> 赤心为民做楷模。
> 担起重任扛红旗，
> 你的事迹可真多。
> 抓好生产多打粮，
> 群众温饱有吃喝。
> 组织社员搞副业，
> 腐竹蜡烛一起做。
> 家家户户富起来，
> 全村搞得真红火。
> 前进路上不停步，
> 一眼盯上北沙窝。

又是几句旁白。"再叫你一声，我的红旗哥呀！有人说你是'憨大胆儿'，有人说你是'疯子'，还有人说你要踢开头三脚（方言音），到底是咋样的啊？大家继续听俺说……"接着，继续唱：

> 考察学习去仨县，
> 大胆决策战沙魔。
> 建好开荒突击队，
> 亲任队长不推脱。
> 风里来呀雨里去，
> 嘴唇干裂手磨破。
> 队员吃苦又受累，
> 吃饭少菜盐水馍。

流血淌汗为人民，

受热挨冻治沙窝。

干部群众齐上阵，

红旗插遍村与坡。

头年开出几百亩，

改善地质种苹果。

三天三夜表不尽，

十天半月也难说。

开荒造地暂不表，

俺把别事来传播。

计划生育宅基地，

粮食征购做工作。

办起林场农药厂，

集体收入在增多。

忙里忙外为民寨，

不让岁月成蹉跎。

叫你三声红旗哥，

叫你四声不嫌多。

五声六声你别烦，

艺人俺给你唱赞歌。

唱到这里，听唱的群众忽然骚动起来。

"唱咧好啊，唱咧真好！""这是说的和德生啊，德生不就是咱村的红旗哥嘛！""就是，就是，德生是民寨的红旗哥，民寨就是红旗村，一点儿都不假啊！"台下男女老少有的站了起来，大声议论着，高声喊叫着。有几个年轻人一连打了好几个呼哨，表达出对和德生的爱戴之情。

民寨团结奋进的史诗永远没有句号

2023 年初夏,小麦即将收割。滑县是全国小麦生产第一大县,近年来规划建设的"全国绿色食品原料(小麦)标准化生产基地",已顺利通过国家级考评验收。民寨村地块也在示范区内。党和政府带领人民群众把这里的沙质土地进行了艰苦而卓有成效的改造,硬是在白马坡建起了高标准农田示范区,使之成为豫北粮仓的核心区域之一。

白马坡高标准农田示范区收麦景象 (王子瑞 摄)

当你现在来到民寨村的"北沙",首先映入眼帘的是平坦广袤的土地,一条大路从中间穿过,给人一种视野开阔、一望千里的感觉。

黄澄澄的麦田在微风的吹拂下泛起金黄色的麦浪,不禁让人心旷神怡,充满希望与梦想。

一列高铁从民寨村北驶过 （王子瑞 摄）

果园郁郁葱葱,枝头挂满青嫩的果实。不远处,一条条输电线路纵贯田野,一座座高大的线塔威武壮观;一架架风力发电机酷似巨大的风车,随风转动;济郑高铁线紧贴着民寨村的北部穿行而过。

一幅动人的画卷,展现在豫北大地上,为美丽中国添上了一笔绚丽的底色。

画面深处,一面面红旗在太阳的映照下,格外红艳。

后　记

第一次采访：初识和德生，却无功而返

1992 年 11 月，我在滑县县委宣传部任专职新闻干事时，听县委组织部的一位领导说，白道口镇民寨村党支部书记和德生亲自带领突击队开荒治沙、造福百姓，事迹很是感人。我觉得这条新闻线索很有价值，随即决定前去采访。

县城距离民寨村也就 50 里左右，大概的方位我是知道的。为了能够早些赶到民寨，我出发前先给白道口镇党委办公室打了电话，简单问了和德生开荒治沙的情况，打听了路该怎么走。然后顺着公路骑着自行车到白道口镇政府驻地——白道口村。怕走错了道，又问了路边群众，就直奔民寨村而去。

到了村口，遇见一个拾柴的老大爷，我就问老人怎么能找到和德生。老大爷告诉我："你找德生啊，他在北沙窝推沙咧。"

我又问："和德生有多大？真的在那儿推沙？他不是村支书吗？"老大爷听我这样接二连三地问，一脸的不高兴，反问我是干啥的，啥身份。我给老人说明来意，他脸上立刻有了笑意，高兴地一一回答了我的问题。可惜的是，当时没有

拾柴的老人　（杨秋焕　摄）

问老人的名字,至今想起来还有点儿遗憾。

我照老人指的路,直奔他说的北沙窝。不大一会儿,就找到了推沙的工地。抬眼望去,只见一群人正在忙忙碌碌地干活。去工地前,有人给我说开荒现场常常是沙尘飞扬,站不住人。好在当时没有刮起大风,工地上虽有沙土不时扬起,但还不至于那么严重,而且我还戴着眼镜,没有被沙子眯到眼睛。

"大家好,我找和支书!"听到我的声音,一个身材高大、颇有军人气质的人走到我跟前,礼貌地说:"您好,我就是和德生!"然后伸出了一双大手。我触碰到他的双手时,感觉到他的手很大、很是粗糙,但很有力量。

和德生很热情,问明来意后却冷静地说:"开荒虽然已有两年时间了,但其实是刚开始。现在已经开出来了几百亩地,打算种上苹果树,但整个工程要像个样子,还得等一段时间。所以你这次来,没什么好采访的,更没有什么好写的。等我们干出成绩时,你再来吧!"

我仔细想了想,觉得这个和支书说得也对。新闻稿是必须讲究真实的,眼下确实不好下笔。于是就接受了和德生的建议,没有采访下去。然后我就告辞返回了县城。

这是我第一次采访和德生,无功而返。别说是抓到"大鱼"了,连个"小虾米"也没逮住。不过让我感到这次民寨之行还是有点儿收获的,既认识了和德生,也积累了一条重要而有分量的新闻报道线索。

第二次采访:第一篇通讯见报

大概在 1994 年的 8 月上旬,我与同事袁宏再次到民寨村采访。重点是了解滑县农药总厂的建厂、生产、销售、效益等情况。当时安阳市委、市政府对兴办乡镇企业非常重视,提出"千村创百万""千村创千万"的口号,全市兴起一股创办乡镇企业的热潮。而民寨村兴办的滑县农药总厂,当时在滑县、在安阳市都是比较成功的一家。

民寨村与滑县农药总厂的领导和德生、孙学明、孙电思,以及厂里的技术、销售、财务人员分别接受了我们的采访。这次我们在厂里住了两天,通过座谈、走访、查看,收集到大量的一手素材,非常翔实。

回到县里,几经琢磨与提炼,我们写出了一篇题目为《艰难的求索——滑县农药总厂创"名牌"纪实》的小通讯,发表在了《河南日报》上。

这篇小通讯一经见报,就得到了市、县、乡镇领导和乡镇企业管理部门的好评,为促进乡镇企业发展加了油、鼓了劲、助了力。

第三次采访:促膝交谈,成为挚友

1994年9月,民寨村开荒治沙已经到了第四个年头,基本上接近尾声了。按照和德生当初的说法与约定,开荒工地不仅有了不小的规模,也初步见到了经济效益,我如约第三次采访和德生。

这天上午,我先是在镇政府相关人员配合下采访了几家电线电缆企业。下午整理好采访笔记,天已经快黑了。我从镇政府通讯员那里借来一辆自行车,匆匆赶往民寨村。

见到和德生时,已经是晚上八九点了。

和德生说:"不好意思啊,白天在工地上太忙,没时间聊,让你久等了。"我说:"本来我应该去工地找你才对,是我今天来得晚了。""你想去工地好办,明天我就带你去吧。"我点点头。

这晚,我也只好在和德生家吃了晚饭,并认识了和德生的爱人张兰云。

饭后,和德生叫来一位村委会副主任,还有村会计,配合我的采访。我拿出笔记本,按照事先准备好的采访提纲,我们一个问题一个问题地聊。两位村干部帮我佐证了相关的数字,也为我的采访提供了大量的素材。

这虽然是我与和德生的第三次见面,却如同多年未见的故友。和德生当过兵,我也当过兵,越聊越有共同语言。他比我大几岁,我说:"我就叫你德生哥吧,以后不叫和支书了。"和德生一听马上把手伸过来说:"好啊!我看你这个县委来的干部也没什么架子,又当过兵,我愿意认你这个兄弟!"军人的豪爽性格一展无遗。

说着,和德生非要叫妻子去弄几个菜来。我一看手表,已经是夜里12点了,可怎么拦也没拦住。很快,兰云嫂子炒了一盘鸡蛋、开了几瓶罐头,端了进来。我们四个男人围着一张小饭桌开始喝起酒来。这天夜里的酒,喝得格外尽兴。

过了一会儿,兰云嫂子又进来送开水,提醒和德生说:"德生,明天一大早你还要去工地,都快两点了,你们早点休息吧!"

我问和德生:"德生哥,每次去工地都要赶早吗?""那是必须的!我是支书,也是突击队队长,不以身作则怎么能带好队伍啊!"

一位村干部也说:"你不知道,德生这支书当得硬得很,开荒头几个月都没回过家。"

兰云嫂子一边抹泪一边说:"家里可不能指望他!要是指望他,俺公公婆婆和孩子都得喝西北风了!"和德生赶忙拦住话题不让她往下说了。

和德生坚毅的性格、对工作认真负责的态度,更让我对他增添了几分敬佩。

凌晨两点了,我们收住话题,各自散去。这晚我住在了和德生的家里。

第二天一早起来,我随和德生去了工地,看到了新开出来的1000余亩沙地,新栽的果树,新种的庄稼,工地上完全变了模样。置身于他们开荒治沙的现场,突击队队员们的言谈与干劲儿,都在强烈地刺激着我的每一根神经,心里久久不能平静。

回去后,我认真梳理了采访素材,理出了一条主线来,写了一篇题为《民寨村1200亩沙荒成绿洲》的消息稿。稿件发出没几天,分别在《河南日报》《安阳日报》等媒体发表。

第四次采访:民寨村各项事业发展又上新台阶

1994年年底,民寨村的各项事业发展异常迅猛,民寨村在河南省已是声名鹊起,好评如潮。和德生的感人事迹也随之家喻户晓。

为了更好地宣传这个农村党支部书记的优秀代表,为农村全面发展提供可以借鉴的经验,起到应有的引领带动作用,我与县委宣传部新闻干事安建军同志一起,又一次来到民寨村采访和德生。

进村以后，我们没有先找和德生，而是直接走访了一些村干部、村民小组组长与部分村民。

通过与受访干部群众接触交谈，我们得知全村多数农户主要从事家庭作坊式的腐竹、蜡烛生产，同时还有一些农户从事电线、彩印生产和养殖业，几乎家家户户都有致富项目。

而腐竹生产技术，正是和德生带人三下许昌，自己掏了技术转让费引进来的，并很快在全村400多户中发展起来，成为民寨村庭院经济的特色支柱项目。

该村人均收入增长非常快，从原来的人均100多元，迅速增长到1400多元，在全县处于领先水平。

1991年，和德生被中共安阳市委评为"优秀党支部书记"。和德生同志的优异表现和突出贡献得到了党组织的高度认可。根据党和国家相关政策，组织上将他转为国家正式干部。但和德生不愿离开生养自己的民寨村，甘愿当一名农村基层党支部带头人，于是就继续在民寨村担任党支部书记（后来民寨村成立党总支，和德生为党总支书记）。

对于和德生心系家乡、不计得失、甘于奉献、勇于奋斗的精神，没有人不敬佩的。这也是作为一名农村党支部书记应有的觉悟和素质，和德生做到了，而且做得很好。

我与安建军同志随后起草了一篇反映和德生先进事迹的通讯，由于主题鲜明、材料翔实，很快便在《河南日报》上发表。

请和德生为我儿子主婚

2002年9月，我从县委宣传部副部长、县文明办主任的岗位上调到县内一家文化企业担任党的领导工作。

不再从事新闻宣传工作了，因此与和德生、与民寨村联系就不多了。但我常常会想起他来，仍然牵挂着他们的事业进展情况。

以后的几年里，时不时因事与和德生有些联系，偶尔也能匆匆见上一面，对民寨村的民生大事也有一些耳闻。

2009 年年底,我给儿子筹备婚事时竟然首先想到了让和德生为我儿子主婚。我打电话给和德生说了我的想法,他爽快地答应下来。

我为什么选择和德生来给儿子主婚呢? 仅仅是熟人、朋友吗? 肯定不是。除了和德生的人品和声誉,我考虑最多的是他那一身的正能量。和德生虽然只是一名基层党总支书记,但他勇于争先、不懈努力的精神,待人热诚、处事公道的品格,干事创业的豪情等,时时刻刻都在打动着我、影响着我,也打动、影响着很多人。

我想培养好、影响好我的孩子们,激励他们有一个正确的人生奋斗目标,做对祖国、对人民、对社会有用的人。我还想培养良好的家风,让孩子们听党话、感党恩、跟党走,这便是我选择和德生给我儿子主婚的初衷。

在儿子的婚礼上,和德生的主婚词不长,没有华丽时尚的词语,都是激励与鞭策,都是对孩子未来工作、生活、做人的希望与要求,满满的都是正能量,在场的亲人朋友无不拍手称赞。

我敬仰和德生的缘由

2021 年春天,曾任长春电影制片厂副编审的著名编剧、导演金德顺老师来民寨村参观访问,我有幸借机拜访了这位曾经参与过《保密局的枪声》《道是无情却有情》《月色无言》《情暖人间》等 30 余部电影、电视剧编剧工作的资深文艺工作者。

在白道口镇的一家小旅馆里,我见到了金德顺老师与和德生。看到他俩在一起,我很惊奇地问:"金老师、德生哥,你们是怎么认识的啊?"

金老师笑着对我说,他年轻的时候作为长春电影制片厂的年轻编导,与几位同事在原武汉军区体验部队生活、积累创作素材,就住在武汉军区招待所。因为当时和德生正在军区机关当兵服役,见面多了就熟悉起来,多年来还一直保持着联系。

金老师对我说,和德生在部队表现非常突出,不仅被评为"学习毛主席著作积极分子",还加入了中国共产党,后又连续 5 次获得嘉奖,成为原武汉军区司令部"三结合"领导机构里唯一的一名战士代表,当时提干还是很有希望的。

和德生说:"金老师说得没错。当时领导确实希望我留在部队发展。但有一次爷爷顺道去武汉看我,我问爷爷村里的情况。爷爷说除了新添了几座房子,一切'还是老样子'。我从小在村里长大,知道那个'老样子'是什么样子,当时就下决心要回家改变这个'老样子',一定要让民寨有个新样子、好样子。于是就找领导要求,毅然打报告退伍回乡了。"

和德生是这样说的,也是这样做的。我们谈到和德生几十年来的辛勤努力与付出时,金老师啧啧称赞。和德生很是不好意思,平静地说:"其实我带头做的那些事都是应该的,这是一名共产党员的本分。只要群众满意了,我也就知足了、心安了。"

这就是和德生作为一名优秀的共产党员、一名基层党支部书记应有的党性修养与胸怀,也是我一直以来都敬仰他的缘由。

2021年春天,平时联系并不多的和德生给我打电话,说他已退休好几年了,现在赋闲在家。

他还说,村里几位当年一起参加开荒治沙的突击队队员,在一起闲聊时,常常想起他们一起经历过的那段充满激情的岁月,大家都想把那段历史记录下来。不为别的,只为让自己的孩子能够了解那段豪情满怀、艰苦创业的历史,记住民寨开荒治沙、艰苦奋斗的精神,并能将这种精神永远传承下去。

于是,当年开荒突击队的几位副队长、骨干队员与和德生又凑在了一起。他们一段一段认真地回忆着,并以当年开荒治沙的吃苦精神与十足的干劲儿,硬是克服年老记性不好、文化不高、电脑使用经验不足等不利条件,写出了他们5年开荒治沙的全过程,里边不乏动人的典型事例与细节。

不久前,和德生把他们几个人写的这本资料汇编让人捎给我看。因我当时工作较忙,并没时间仔细阅读,只是大致浏览了一下,没有太在意。

后来,当我得空仔细看了一遍时,看着看着,我禁不住流下了眼泪,有的情节甚至让我差点儿哭出声来。我被他们艰苦创业的精神与丰富曲折的经历所震撼!因为以前并没完全体会到他们在开荒治沙的5年时间里,到底吃了多少苦、受了多少累、克服了多少令人难以想象的困难。今天来看,尽管他们的记述比较平实，但很多细节却依然是那么感人。这是一群令人敬佩、值得我们学习的榜样！

一种强烈的责任感从我的内心迸发出来，触动着我的党性与灵魂。总觉得我不尽力帮助他们整理出来这段豪情万丈、气贯长虹、感人至深的奋斗史，不把他们高尚的精神总结出来，就对不起他们的艰辛付出，就不是一名合格的共产党员。有了写书的想法后，全书的整体布局稍一整理就基本成形。

这段历史发生在 30 多年前，他们的这种奋斗精神在什么时候都不过时。在实现中华民族伟大复兴的征程上，我们仍然需要这种奋斗精神与责任担当。

于是，我把我的想法告诉了和德生。开始，他说只是想留个资料让村里的年轻人记住就行。后来在我的劝导下，他才答应由我来整理成书，更好更完整地记录这段难忘的历史，还原他们曾经走过的艰辛历程。

我还需要补充采访，丰富资料，因此与和德生保持微信、电话联系的同时，又先后 6 次前往民寨村。第一次去时见到和德生，他风采依旧，但走路已经是一跛一跛的了，这是他那年病倒后留下来的后遗症。

我开玩笑地说："当年你们突击队里常常开玩笑说人家焦章付是个'老拐'，郑电杰老人也多次嘱咐你干活别太卖力，将来老了会落伤症的。这不，你也跛起来了嘛！"和德生笑笑说："就是就是，应验到我身上了。不过我不后悔，因为当年我们宣誓时不就有一条'不要命'嘛！"

听到和德生的这句话，我后悔自己不该信口开河跟他开这个玩笑，也许这个玩笑对于他、对于突击队队员们都有些不妥。

我又问到突击队队员们现在的境况，和德生沉默了一下。"都挺好的，最年轻的也快 50 岁了。就是丙全、章付、电杰、聚星、秋玉、殿顺他们几个老队员……"我感觉有些不对劲儿，没再往下问。我大致算了一下，组建开荒突击队时，最大的队员已 66 岁，如果他们还健在的话，已经是 90 多岁、快百岁的老人了。

和德生的眼睛红红的，对我说："舍不得啊，他们的告别仪式都很简单，但我们党支部、村委会所有在家的干部、其他突击队队员都去给他们送行了。"看得出来，和德生对这些老队员的离去是多么不舍与悲伤。

我坚持把这本书出版出来，不仅仅是宣传正能量，也是为了给已经走了的几位老队员一个深情的缅怀。他们都是英雄的突击队队员,值得被后代们记住。我们也必须把他们的精神总结出来并传扬下去。

实现第二个百年奋斗目标和中华民族伟大复兴的中国梦,推进乡村振兴,让全国人民共同富裕,共享改革开放成果,提升人民群众幸福指数,还需要千千万万的农村党支部书记带领群众继续努力、奋发有为、踔厉前行,才能如期实现强国富民的伟大梦想。和德生与民寨村干部群众所走过的路、所体现出来的精神风貌,都是值得我们学习与借鉴的。

为了宣传共产党人的这种拼搏奋斗精神,讲述好基层干部群众的真实故事,作者与编辑不言放弃、精诚合作,静待花开。感谢文心出版社社领导的精心安排,感谢责任编辑刘书焕老师、美术编辑左清敏老师等工作人员的辛勤付出。

由于事情已经过去了30多年,材料掌握不够齐全,遗漏或错误之处在所难免,诚望广大读者批评指正。

因条件限制,当年留下的图片资料不多,只能从各个渠道搜集,特向杨秋焕、赵亚光、王子瑞同志真诚致谢!书稿完成后,得到滑县县委宣传部常务副部长张兴义的鼓励与支持,滑县文联主席李宝华热情给我推荐美术老师为此书绘制插图,在此一并感谢!

在此书编写过程中,得到段其东、苏宪权、苏迅等领导和朋友的大力支持,在此深表谢意。

2023 年 6 月于滑县

附:

开荒突击队名单

队　长:和德生

副队长:申丙全　和俊起　和留省

会　计:申丙全(兼)

队　员:孙学青　孙广红　刘学跃　刘少君　郑电杰　郑军胜

　　　　申克会　和丁立　和殿顺　和留希　和丙如　和太方

　　　　和秋玉　焦章付　焦聚星